산소 도둑의 일기

산소 도둑의 일기

익명인

박소현 옮김

Diary of an Oxygen Thief

민음사

매티에게

차례

1

나는 여자들에게 상처 주기를 좋아했다.

물론 육체적이 아닌 정신적으로. 나는 일생 동안 단 한 번도 여자를 때린 적이 없다. 아니 딱 한 번은 있지. 하지만 그것은 실수였다. 나중에 그 얘기도 해 줄 생각이다. 문제는 내가 그들의 마음을 다치게 하는 데서 성적인 흥분을 느꼈다는 사실이다. 나는 진짜로 그러는 게 즐거웠다.

연쇄 살인마들은 자신의 행위에 대해 아무런 후회도 느끼지 않는다고 말한다. 자신이 죽인 사람들을 두고 그들이 아무런 회한이나 죄책감도 갖지 못하는 것과 비슷하다. 나도 딱 그랬다. 그 일이 너무 좋았다. 그게 얼마나 오래 걸리는지는 상관없었다. 난 전혀 서두를 게 없었으니까. 그들이 나를 향한 사랑에 완전히 폭 빠질 때까지 참을성 있게 기다렸다. 찻잔 접시처럼 둥글고 커진 눈동자로 날 응시하게 되는 그 순간까지 말이다. 그들의 얼굴에 충격이 고스란히 드러나는 게 난 정말 좋았다. 내가 자신들에게 얼마나 큰 상처를 주었는지를 어떻게든 감춰 보려고 눈망울에 그렁그렁한 윤기가 도는 것도. 그건 구타나 살인과는 다르게 합법적인 행위였다. 내 생각에 그들 중 한두 명쯤은 나한테 살해당한 것이나 다름없다. 그들의 영혼을 내가 죽여 버렸다고나 할까. 내가 쫓는 것은 그들의 영혼이었다. 몇 번인가 아주 짜릿하게 다가왔던 순간이 있었다. 하지만 걱정 말라, 나는 충분히 받아 마땅한 벌을 받았으니까. 그래서 내가 지금 이 이야기를 하고 있는 것이다. 정의가 구현되고 만 거지. 세상의 균형도 다시 제자리를 찾고. 나도 똑같은 일을 당하고 말았다, 단지 더 최악의 방법으로. 그 일이 다름 아닌 나한테 일어났기 때문에 최악이다. 보다시피 난 이제 죗값을 치른 기분이 든다. 속죄한 죄인. 내가 당해도 싼 벌을 받고 난 다음이니까, 그것에 대해 전부 말해도 괜찮을 테지. 뭐, 최소한 내가 볼 때는 그렇다.

술을 끊고 난 이후로 수년 동안 나는 내가 저지른 악행에 대한 죄의식을 꾸역꾸역 안고 지냈다. 나는 어떤 여자에게든 차마 눈길조차 두지 못했고, 언감생심 몇 마디 대화를 나눠 볼 자격마저 허락되지 않는다고 여겼다. 어쩌면 나는 그들이 내 실체를 꿰뚫어 볼까 봐 두려웠던 것인지도 모른다. 그 어느 쪽이든, '익명의 알코올 중독자들(Alcoholics Anonymous)' 모임에 나가게 되면서부터 나는 오 년간 여자에게 키스조차 한 적이 없었다. 진지하게, 손 한 번 맞잡은 일도 없다.

이 말은 정색하건대 진실이다.

내게 음주 문제가 있었다는 사실을, 나 자신도 언제나 마음 깊은 곳에서부터 알고 있었던 것 같다. 그냥 그것을 인정하게 되기까지가 오래 걸렸다. 나는 순수하게 분위기에 취하기 위해서만 술을 마셨다. 하지만 또 생각해 보면, 다들 그러고 있는 것 아니었나? 나는 술을 먹다가 남들에게 두들겨 맞고 다니기 시작하면서부터 뭔가 잘못되어 가고 있음을 느꼈다. 물론 내 입방정이 언제나 문제를 일으키곤 했다. 이를테면 그 술자리에서 가장 몸집이 크고 다부진 남자한테로 다가가, 나보다 키가 훌쩍 큰 그의 콧구멍 속을 올려다보며 호모 새끼라고 비아냥대는 것이다.

화가 난 그가 내 머리에 박치기를 하고 나면, 나는 이렇게 이죽댄다. "고작 이 정도밖에 안 돼?" 그러면 그는 더 세게, 다시 한 번 내 머리를 강타할 것이다. 이렇게 또다시 얻어맞고 나면 내 말수는 훨씬 적어진다. 내 고약한 주사에 엮여 민폐를 보고 만 "피해자들" 중 하나가 가스레인지 원형 버너에다 내 머리를 처박은 적도 있었다. 리머릭[1]에서였는데, 이른바 '칼 맞는 도시'라고도 불리는 그곳 말이다. 내가 그 술집을 살아서 걸어 나온 게 요행이었다. 하긴 그도 그럴 만하긴 했다, 왜냐하면 내가 "완져니 그 잉간 뚜껑 제대러 열리게 해써쓰니까." 어쩌면 그래서 내가 여자들에게로 옮겨 간 것인지도 몰랐다. 여자들은 더 고상하고 세련됐잖아, 그렇죠. 그리고 여자들은 나를 때려 눕히진 않을 터였다. 그들은 그저 불신과 충격 속에 나를 빤히 노려보고 말 것이었다.

그들의 눈, 바로 그것.

모든 겉치레와 규칙들은 이내 풀어져 버리고, 오직 우리 두 사람과 신랄한 고통만이 존재하고 있을 뿐인 그때. 그 순간에 가기 위해 겪었던 그 모든 친밀한 순간들, 매 순간 조그맣게 뱉어진 한숨들, 그 부드러운 스침들, 다정한 성교, 신뢰, 오르가슴, 절정에 도달하기 직전의 시도

---

1 리머릭(Limerick): 아일랜드 남서부의 도시로, 2000년대 초반 잦았던 범죄 조직들 간의 불화로 인해 한때 '칼 맞는 도시(Stab City)'라는 불명예스러운 별명을 얻기도 했다.

들 ─ 이 모든 것들은 그저 이 순간을 위한 땔감일 뿐이었다. 그들이 우리 관계에 깊게 빠져 있을수록, 다가온 파국의 순간에 더욱 충격적으로 아름다워 보였다.

그리고 나는 그 순간을 위해서 살았다.

이 시기 내내 나는 런던에서 광고 외주 프리랜서로 일하며 지냈다. '아트 디렉터'로 말이다. 이런 게 있다고 하더라도, 그 자체로 이미 모순적인 용어다. 지금도 여전히 그 일을 한다. 이상하게도, 나는 항상 돈줄이 부족하지 않았다. 미대 시절에도 아빠가 갑자기 은퇴하시는 바람에 수혜자 조건에 해당되어 학자금 지원을 받고 다녔다. 그 뒤로도 별달리 고생이랄 것도 없이 계속해서 일감이 줄지어 들어왔다.

나는 겉보기에 결코 술이나 마시고 다니는 사람처럼 보이지는 않았다. 그냥 실제로 그랬을 뿐이다. 그리고 어쨌거나 그 당시에는 광고 쪽 일이라는 게, 요즘보다 훨씬 더 술 냄새 풍기는 일이었다. 말하자면, 나는 프리랜서였기 때문에 독립적인 생활을 할 수 있었고, 데이트 상대들을 줄지어 만나도록 스스로를 바쁘게 굴리느라 여념이 없었다. 여자들 중 그 누구도 이 사실을 알아서는 안 되었다. 딱 적당하고 효율적으로 돌아가는 순서를 짜 놓는 일이야말로 핵심이었다. 한 여자와의 만남이 거의 완숙에 가까워질 때쯤에 — 보통 서너 번의 데이트를 하면서 그간에 몇 차례 전화 통화를 한 이후에 — 또 다른 여자를 골라 새로운 만남을 시작한다. 그렇게 그 전 여자가 폐품 더미로 행차하실 쯤에 새로운 여자가 다시 그 자리에 들어서는 것이다. 이런 내 방식이 딱히 남다를 것은 없었다. 다들 그렇게 하는 거니까. 하지만 나는 그것을 너무나 즐기게 되었다. 섹스나 심지어 정복의 과정이 아니라, 고통을 야기하는 것을 말이다.

나에게 꼭 맞는 삶의 방식을 발견했다고 깨닫게 된 것은 펜[2]과 광란의 밤을 보내고 난 직후였다. (그에 대해서는 곧 다시 얘기하겠다.) 어째서인지 나는 이 피조물들을 내가 머무는 은신처로 유혹해 끌어들일 수 있었다. 대개 나는 그들을 밀어내려고 애썼지만, 그 정반대의 효과만 나타날 뿐이었다. 그리고 그들이 나처럼 쓰레기 같은 놈에게 매력을 느낀다는 사실 때문에, 나는 그들이 내 면전에다 대고 비웃음을 터뜨리며 매몰차게 돌아설 때보다 심지어 더 많이 그들을 싫어하게 되었다. 외모에 대해서 말하자면 나는 별로 특별하게 잘생긴 편은 아니다. 하지만 눈이 아름답다는 말은 종종 듣는다. 오직 진실만이 묻어 나올 것

2 펜(Pen): 여성 이름 페넬로피(Penelope)의 애칭.
호메로스의 『오디세이아』에서 이타케의 왕 오디세우스가
트로이 전쟁에 나가 있던 동안, 무수히 접근해 온 구혼자들의
압박을 물리치며 남편을 기다린 왕비(페넬로페)의 이름이다.

만 같은 그런 눈이라고.

바다는 사실 암흑인데 그저 하늘의 푸른색을 반영하고 있는 것뿐이라고들 말한다. 나 역시 그랬다. 나는 당신이 내 눈에 비친 당신 자신을 보고 감탄하도록 내버려 두었다. 나는 어떤 서비스를 제공했다. 나는 당신의 이야기를 듣고 또 들어주었다. 당신이 내 안에 당신 자신을 충분히 축적할 수 있도록.

이전의 그 무엇도 내게는 그토록 적절하고 옳은 일로 느껴진 적이 없었다. 솔직히 말하자면, 심지어 오늘날에도 나는 그들에게 상처를 주던 게 그립다. 나는 완전히 치유되지는 않았지만, 내가 습관적으로 하던 체계적이고 질서정연한 해체 작업에는 더 이상 손을 대지 않는다. 술 마시는 것쯤은 절반도 그립지 않다. 오, 다시 누군가의 마음을 아프게 할 수만 있다면. 그 짜릿하던 시절부터 나는 지금 여기에 딱 어울리는 격언 한마디를 들었다. "상처받은 사람들이 남에게도 상처를 준다."

지금에서야 나는 내가 고통 속에 있었으며 다른 이들도 그것을 느끼기를 바랐다는 점을 안다. 그것은 나 나름의 소통 방식이었다. 나는 어떤 여자와 처음 만난 밤에 의무적으로 그녀의 전화번호를 따내고, 하루 이틀 정도 잠자

코 그들을 조금 초조하게 한 뒤에, 비로소 전화를 걸어 온 통 긴장한 듯이 군다. 그들은 모두 좋아서 어쩔 줄 몰랐다. 나는 그들과 밖에서 만날 약속을 잡고 "이런 종류의 일"이라곤 전혀 해 본 적 없는 척하며, 런던에 대해 사실 잘 모르기 때문에 이 주변을 많이 돌아다니지 못했다고 말하는 것이다. 이건 진실이기는 했다. 왜냐면 내가 늘 하는 일이라곤 캠버웰 근처의 동네 술집들에서 제정신을 놓아 버리는 것뿐이었으니까.

우리는 어딘가에서 만나기로 한다. 나는 그리니치를 좋아했다. 강물과 배들도 있고 당연히 술집들도 즐비하니까. 그리고 마치 연인 사이로 발전할 것 같은 낭만적인 분위기가 물씬 나는 곳이다. 점잖고 근사하다. 나는 우리가 만나기도 전부터 이미 반쯤은 나 자신이 아닐 테지만, 그래도 재치 있고 매력적이며 소년 같은 느낌의 긴장된 모습으로 덜덜 떨고 있을 것이다. 내 긴장을 덜어 주려고 그들은 미소 지으며 내 몸이 떨리는 것을 두고 한두 마디 남길 테지. 그들은 내가 자신들에게 좋은 인상을 주고자 잔뜩 긴장한 거라 생각하니까. 사실 내 몸을 적셔 주는 술기운이 부족한 상태였기 때문에 나라는 존재 자체가 진저리를 치던 것뿐이었다. 나는 그녀가 맥주를 반쯤 비울 때마다 계산대로 달려가 제임슨[3]을 큰 잔으로 두 잔씩 주문해야 했다. 그녀가 보고 있지 않은 틈을 타서 얼른 그 녀석들을 내 몸속으로 흘려보내고, 다시 무대에 올라 천연덕스럽게 연기를 이어 가는 것이다.

사랑스럽군.

나는 그들을 침대로 데려갈 수 있는지 없는지에 대해선 사실 별로 신경 쓰지 않았다. 나는 그저 내 화가 은은히 솟구쳐 오르는 동안, 내 안에서 누군가를 상처 입힐 용기가 착실히 차오르는 그 기간 동안, 내 곁에 누군가 같이 있어 주길 바랐다. 그리고 내가 그들의 몸을 함부로 더듬어 대려 하지 않는다는 사실 때문에 그들은 기뻐하는 듯 보였다. 물론 가끔은 내가 그럴 때도 있다. 하지만 대체로 나는 꽤 점잖은 태도를 보이는 편이다. 몇 차례 만남이 이런 식으로 이어진다. 그동안 나는 그들이 내게 자신들의 이야기를 털어놓을 수 있도록 이끈다.

이것은 차후의 성공적인 순간을 위해 매우 중요하다. 그들이 당신을 신뢰하고 당신 안에 풀어놓은 감정들이 많을수록, 그들이 받는 충격의 심도가 깊어지고 그만큼 최후의 순간이 맛깔스러워지는 것이다. 그래서 나는 그들의 개가 가진 습관, 그들이 자기 곰 인형에 붙인 이름들, 그들

---

3 제임슨(Jameson): 아일랜드의 위스키 브랜드.

아버지가 느끼던 기분, 그들 어머니가 느끼던 두려움에 대한 온갖 이야기들을 들었다. 내가 아이들을 좋아하는지? 내 형제나 자매는 몇 명인지? 내가 꾹 참고 견뎌야만 했던 가족 시트콤 장면들. 하지만 괜찮았다. 왜냐하면 나는 곧 내가 그 재미있는 희극에서 빠져나와 버린 그녀에 대해서 쓰게 되리라는 것을 알고 있었으니까.

그녀는 지치지도 않고 이야기를 늘어놓을 테고, 나는 열심히 고개를 끄덕거릴 것이다. 전략적으로 눈썹을 들어 올리고, 필요할 때는 얼굴을 찡그리며. 짐짓 너털웃음을 터뜨리거나 굉장한 충격을 받은 척 연기하거나, 그 어떤 것이든 필요하다면 거리낌 없이 해 보인다. 나는 대화를 나누는 사람들을 관찰하며 그들의 표정 변화를 염두에 두었다. 흥미로울 때: 한쪽 눈썹을 들어 올리고 대화 내용에 따라서 다른 한쪽도 따라 올리거나 아니면 아래쪽으로 찡그려 보인다.

상대방이 아름답다고 느낄 때: 얼굴을 붉혀 보라. 이건 쉽지 않다. (나중에 내가 그녀에게 어떤 일을 저지를지 미리 생각해 보니 도움이 되었다.) 그리고 일단 내 얼굴이 발그레해지면 대체로 상대방의 얼굴도 따라서 홍조를 띠기 마련이다. 무슨 말이냐 하면, 만약 내가 최대한 힘을 써서 내 얼굴을 발갛게 물들이면, 그녀 역시 상당히 높은 확률로 나를 마주 보며 얼굴을 붉히게 되단 말이다. 공감을 느낄 때: 이마에 잔주름을 잡고 부드럽게 고개를 끄덕거린다. 매혹될 때: 머리를 살짝 한쪽으로 기울인 채 몸 둘 바 모르는 표정으로 미소를 짓는다. 나는 이런 즉석 조립식 가면들을 바로바로 조달해 썼다. 쉬운 일이었다. 즐겁기까지 했다. 남자들이 여자들과 함께 누워 보려고 언제나 하는 일이다. 나는 공평해지기 위해 이런 일을 했다. 여성 동지들을 잔혹하게 취급하기. 그게 바로 내게 주어진 임무였다. 그때쯤 나는 "미소지니스트[4]"라는 단어의 의미를 알게 되었다. 그 이름에 "미스(Miss)"라는 접두사가 들어간다는 점이 굉장히 웃긴다고 생각했던 일이 기억난다.

내가 아는 거라곤, 누군가 고통스러워하는 모습을 보고 나면 내 기분이 한결 좋아진다는 것뿐이었다. 하지만 물론 그들은 내가 얼마나 자기들을 다치게 했는지 종종 숨기려 했다. 그래, 그것은 그녀가 자기 감정들을 밖으로 끌어내는 데에 도움을 준다는 점에서 하나의 도전이었지만, 그 모든 고생을 하고서도 극적인 재생 과정을 제대로 즐기지 못하게 된다면 그야말로 지독하게 김빠지는 일이기도 했다. 그렇기 때문에 그 모든 것들을 어떤 숨길 수 없는 순간이 올 때까지 세심하게 꼭꼭 눌러 응축해 가야 할 필요가 생겨났던 것이었다.

소피는 남부 런던 출신이었다. 그녀는「날 만나서 좋지요?(Aren't You Glad To See Me?)」라는 코미디 프로그램의 진행자인 앵거스 브래디(Angus Brady)의 의상을 담당하던 여자였다. 나는 우연히 들이닥친 캠버웰 예술 대학 파티에서 그녀를 만났다. 그녀 다음에는, 디자이너인지 뭔지 하던 그 여자였다. 솔직히 말해서 이름은 기억나지 않는데, 그녀가 두 번 다시 내게 전화를 걸지 않은 걸 보면 아마도 틀림없이 내가 상당히 깊은 상처를 주었나 보다. 좀 재미있기도 하다. 왜냐하면 그녀를 다시 만난 적 없고 심지어 그 순간 이후 그녀에게서 단 한 마디의 말도 듣지 못했는데도, 그녀 마음이 심각하게 훼손되었다는 사실이 내게 확실히 전해져 왔기 때문이다.

그걸 내가 어떻게 아느냐고?

나는 그냥 알 수 있다.

제니도 있었다. 내 얼굴에 들입다 맥주를 끼얹은 장본인이다. 나는 그녀에게서 그토록 격렬한 분노를 이끌어 냈다는 사실에 전율을 느꼈다.

그다음은 에밀리 차례였다. 하지만 그녀까지 내 목록

에 포함시키기는 좀 그렇다. 왜냐하면 그녀는 내가 벌이는 이 일을 뭐라고 부르든 여하튼 이런 일에 이미 익숙했고, 심지어 나보다 더 능수능란했다고 볼 수도 있기 때문이다. 나는 그녀에게 살짝 반했던 것도 같다. 그즈음에 로라도 있었다. 전직 밴드 홍보 담당자로, 어린 딸을 하나 낳고서도 탱글탱글한 엉덩이 맵시가 아주 예술이었던 여자다. 어느 아침에 일어나 보니까 여덟 살짜리 여자아이가, 완전히 탈진해 잠이 든 제 어머니의 얼룩덜룩한 주근깨투성이 팔다리에 칭칭 감긴 몸을 빼내려는 내 모습을 빤히 쳐다보고 있었다. 결국 그녀는 내게 죄책감을 주었고, 자기 학교까지 데려다주도록 하였다. 나는 그 모녀가 그들 삶을 스쳐 가는 남자들에게 시킬 수 있는 모든 것들은 최대한 활용하며 살아왔으리라는 느낌을 받았다. 마치 아메리칸 원주민이 버펄로를 활용하고, 에스키모가 바다표범을 활용하고, 생활 보조금 수급자인 어머니가 나를 활용하듯이.

그리고 그 모든 것들을 시작하게 했던 그 사람이 있다.

페넬로피 앨링턴. 나는 그녀와 사 년 반 동안 사귀었다. 긴 시간이다. 그녀는 내게 매우 상냥했다. 그 어떤 여자보다도 내게 더 잘해 준 사람일 것이다. 내가 입을 열면, 그녀는 내 쪽으로 고개를 돌리고 내가 하는 말 한 마디 한

마디, 마치 그녀 자신을 그 말 속에 내던지듯 깊이 몰입하는 것처럼 보였다. 나는 그게 좋았다. 그녀가 침대에서 끔찍하리만큼 서투르다는 사실을 깨닫게 된 것은 한참 후였다. 그 당시만 해도 나는 그녀가 아무하고나 쉽게 자고 다니는 헤픈 여자라고 생각했다. 그녀는 그런 사람이 아니었다. 하지만 나는 누구보다 그녀에게 상처 준 일을 가장 후회한다. 왜? 그녀는 전혀 그런 취급을 받을 만하지 않았으니까. 물론 다른 사람들이 그럴 만했다는 말은 아니지만, 내가 그녀를 그토록 갈기갈기 찢어 놓지만 않았어도 그녀는 날 떠나지 않고 내 곁에 쭉 있어 줄 사람이었다. 그런데 그녀는 자꾸만 내 음주 습관을 방해하려 들었다. 그래서 그녀를 내 곁에서 떼어 놓았어야 했다.

그리고 어느 밤에 나는 무너져 내렸다. 수년 동안 끓어올랐던 것이 부글부글, 거품이 잔뜩 일다가, 열기를 훅 뿜어내며……. 급기야 터져 버린 것이다. 나는 술에 취해 완전히 갈 데까지 가 버렸고 이 일련의 사건들이 꼬리를 물고 이어지며 마구 덜컹거렸다. 왜 누군가는 자기가 사랑하는 사람의 심장을 부서뜨리기 위해 첫 운을 떼는 걸까? 도대체 왜 그런 종류의 고통을 의도적으로 야기하는 것인가?

왜 사람들이 서로를 죽이겠는가?

왜냐하면 그들이 그 일을 즐기기 때문이다. 정말로 그렇게 간단한 걸까? 영혼을 산산조각 내는 경지에 이르기 위해서는, 그 범행을 저지르는 가해자 역시 동일한 일을 겪어 보는 편이 더 좋다. 상처받은 사람들이 남에게 더 능숙하게 상처를 준다. 남의 마음을 다치게 하는 전문가들은 과연 어느 쪽을 베면 더 효과적인지 잘 알고 있다. 미처 눈치채지도 못한 사이에 날카로운 칼날이 훅 스며들고, 예리한 고통과 사과의 말이 한꺼번에 도착해 버리는 것이다.

나는 내가 사 년 반 동안이나 사귀어 온 여자 친구를 점점 지겨워하게 되었다. 나는 그녀를 사랑했었다. 그렇기에 내가 지금 말하려고 하는 이야기가 더 끔찍하다. 그녀가 지금 어딘가에서 이 책을 읽고 있을 가능성도 존재하겠지. 그러니 나머지 여러분들은 잠시만 다른 쪽으로 고개를 돌려 주길 바란다, 다음 부분은 오직 그녀에게만 전하는 말이니까.

펜, 미안해. 난 당신에게 상처를 줘야 했어. 난 우리 사이가 끝나고 있다는 사실을 알았거든. 난 당신이 나를 경멸하기 시작했다는 걸 알았어. 당신은 자기가 날 어떻게 느끼는지를 내 앞에선 감췄지만, 감정은 당신 얼굴에 물결처럼 잔잔히 번져 가고 있었어. 그건 역겨움이었지.

나는 당신을 미워하게 됐어. 당신이 나를 정말로 어떻게 생각하는지, 내게 말해 버릴 만큼 당신은 용감하지 않았으니까. 그래서 내가 대신 당신의 마음을 결정해 줘야만 했던 거야.

이제 여러분은 다시 이쪽을 봐도 된다.

어느 금요일 밤 빅토리아 파크의 한 술집에서였다. 나는 회사에서 일찍 나왔다. 어느 서툴기 짝이 없는 크리에이티브 디렉터가 그저 그런 시안들을 잔뜩 도륙해 나가던, 또 다른 흔한 광고 회사. 한 가지만은 확실했다. 내 코가 삐뚤어질 만큼, 내가 술에 절어 있어야만 했다는 것. 그래서 나는 불안하고 다급한 속도로 맥주 몇 잔을 비워 냈다.

쪼글쪼글한 주름투성이 바텐더가 걱정스럽게 여기는 눈치였다. 그리고 다음은 위스키다. 오후 7시 30분쯤 되자 혀가 꼬이기 시작했다. 8시에 페넬로피를 만나기로 했었다. 우리가 만나는 곳 주변까지 내 자전거를 끌며 걸어가야 했다. 약속 장소는 또 다른 술집이지, 당연히.

분노, 지루함, 만취 상태가 서로 얽힌 조합은 나쁘기 마련이다. 나는 대충 이런 말로 운을 뗐다. "지난 사 년을 다 깨뜨려 버리려면 어떻게 해야 되지?"

그녀의 얼굴에 떠오른 어리둥절한 표정 다음에는 이러한 형태의 회피가 뒤따랐다. "나 블라우스 새로 샀는데, 괜찮아?"

"어, 식탁이나 덮는, 천 쪼가리, 같아."

상처받은 표정 다음에 이어지는 말, "다른 사람 있는 거야?"

술을 더 마신다. 그러면 보통은 효과적이다.

"여자 있냐고? 제발, 그러면 환영이지."

이제 슬슬 지루해지는 만큼 많이 상처받은 것은 아니다. 술집 내부를 둘러본다. 침묵.

그러고 나서 그녀가 말했다. "다른 데로 가자."

보통 그러면 그렇게 끝나곤 하지. 하지만 오늘 밤은 그렇게 끝나지 않을 거라고 나는 결심했다. 오늘 밤은 아니야. 오늘 밤 우린 끝까지 가는 거야. 지금 단지 경계선에 다다랐을 뿐이었어. 최초 방어를 위한 모래주머니들이 겹겹이 쌓여 있는 곳에. 타인의 감정을 공격하는 나의 날랜 특수 부대 한 무리가 모욕의 언어들을 잔뜩 갖추고 드릉거리며 몸을 풀고 있었다.

"그러지 뭐, 다른 데 가자고."

나는 이 술집에서 다음 장소로 옮기는 사이에는 아

무 말도 하지 않고 입을 다물고 있기로 결심했는데, 다행히 성공을 거두었다. 그녀는 이제 몸을 부들부들 떨고 있었다. 아니, 확신은 못 하겠네. 내 몸도 흥분해서 부들대며 떨리고 있었으니까. 그녀는 바에 가서 마실 것을 주문했다. 미쳤냐? 내가 그 돈을 내게? 나는 원형 탁자의 자리 하나를 차지하고 앉아, 보란 듯이 다른 여자들한테 과도하게 수작을 걸고 있었다. 그녀는 그런 나를 봤다. 당연히 봐야 하는 거였지. 여전히 반응이 없다. 여기 걸려 있는 건 사년 반이라는 시간이라는 말이다. 대체로 좋았던 순간들. 왜 그녀가 하루쯤 눈감아 주지 않겠는가? 하지만 바로 그것이 그토록 흥분하게 하는 요소였다. 나는 결심을 했고, 그녀로서는 내 머릿속에 어떤 생각이 들었는지 들여다볼 수가 없었다. 저기 푸른 동맥이 도드라지는 창백한 피부의, 한쪽 젖가슴만 갖고 있는 창녀와 내가 섹스하는 모습을 떠올린다. 나는 내가 펜을 영영 망가뜨릴 수 있다는 사실을 알았다. 그녀 역시 나를 영영 망가뜨릴 수 있었다. 하지만 내가 먼저 그녀를 강타할 테니, 그녀는 내게 그렇게 하지 못하겠지.

그런데 도대체 왜? 나는 이게 말이 안 된다는 것을 알았다. 나는 내 나름의 방식으로 그녀를 사랑했다. 무척이

나. 그녀는 아름답고 재미있었으며 배려심도 있었는데, 하지만 나는 지루했다. 너무나 따분했다. 내 물건을 단단히 세워 볼라치면 그녀가 아닌 다른 여자들을 상상해야 했다. 나는 그녀의 오르가슴으로 향하는 그 길고 고된 여정을 시작하고 싶지 않았다. 내 만족감을 추구하기는커녕 고생스러울 뿐이었다. 혹시 섹스하자는 신호로 잘못 받아들여질까 봐 그녀를 만지는 일조차 꺼렸다. 그래서 이 무감각한 마비 상태를 뚫고 무엇이라도 느껴 보기 위해, 나는 내 영혼과 그녀의 영혼을 찔러 상처를 입히기로 한 것이다. 마치 만취해 감각을 잃어버린 내 사지를, 담뱃불로 지져 보듯이 말이다. 만약 내게 고통이 느껴진다면 그것은 삶의 신호로서 더없이 반갑게 받아들여지리라는 것이, 내가 가진 희망이었다.

아니면 그냥 내가 술에 취했던 것일 수도 있고.

어쨌든 내 결심은 더욱 굳어졌다. "이게 바로, 내가 당신의 그 지겨운 얘기들을 듣는 척해 줄 때의 표정이야."

나는 최대한 상냥한 표정을 띠운 채 잠시 그대로 있었다. 가짜로 흥미를 느끼는 척하며 순진한 푸른 눈동자를 크게 뜨는, 내가 교사들 앞에서 종종 써먹던 그 표정이다. 펜은 의혹이 맴도는 눈초리로 나를 주시했다. 이건 뭔가 새로운 건데. 나는 내 얼굴을 옆으로 홱 돌렸다. 마치 다른 사람들의 특징을 잡아 흉내 내는 연기자가 다음에 묘사할 인물을 준비하듯이.

"이건 내가 당신과 사랑에 빠진 척하는 표정이고."

나는 사랑스러워하되 존경심 어린 얼굴로 그녀를 똑바로 쳐다보았다. 그토록 여러 번 내가 진심으로 그랬었던 것처럼. 나는 심지어 지금도 진심이다. 그게 내가 원하는 설득력을 더해 주기만 한다면.

"기다려 봐. 또 뭐가 있지? 아, 그래. 이건 마치 당신한테서 일말의 재치라도 발견한 듯 굴어서, 나중에 당신 곁에 뒹굴려고 할 때 짓는 표정이야." 그리고 나는 곁눈질로 능글맞은 눈웃음을 치며, 고개를 한편으로 기울인 채 머리를 한껏 뒤로 젖히면서 호쾌한 너털웃음을 터뜨렸다. 미안하지만 여자들이여, 남자들도 이런 것들을 다 할 줄 안다. 그녀는 현재 상황을 조금씩 이해하기 시작했다. 그녀의 눈이 흐려졌다. 내가 좀 도와줘야겠지.

"그리고 이게 나야."

나는 이 부분을 특히나 즐겼다. 영국의 인기 모사가인 테드 카우드(Ted Carwood)가 진행하는 프로그램을 끝낼 때마다 작별 문구로 쓰는 계시적인 캐치프레이즈가 바로 이 멘트였다. 그가 자신의 모습으로 등장하는 유일한 순간. 나는 거기에 나름의 변주를 더했다. 그 멘트에 더해진 나의 표정은 상대방을 화나게 하기 위한 순수한 도발 그 자체였다. '어디 한번 쳐 보든가.'와 '엿이나 먹어.'가 뒤섞인 그 얼굴은 보통 나보다 훨씬 큰 몸집의 남자들을 상대로 술집에서 시비가 붙을 경우를 대비해 마련해 두곤 했던 것이었다. 항상 통하는 표정이지. 날 후려갈기지 않는다면 넌 겁쟁이야, 라고 나는 그녀에게 말하던 참이었다. 물론 그녀는 날 때리지 않았다. 그저 나를 바라봤을 뿐이었다. 더없이 순진하게. 이건 내 예상보다 더 재미있게 돌아가고 있었다. 이쯤 되면 최소한 울어야 하지 않나? 사실대로 말해 주자면, 솔직히 나는 내심 감명을 받았었다. 하지만 이 시점의 나는 그저 슬슬 몸을 푸는 단계에 지나지 않았다.

"당신은 내가 장난하는 거라고 생각하지, 안 그래?"

응답이 없다.

"난 오늘 밤 우리 사이를 깨 버리고 말 거야. 그리고 당신이 거기서 할 수 있는 건 아무것도 없어. 당신은 그냥 거기 앉아서, 내가 우리의 '우' 자에서 '리' 자까지 하나하나 부숴 버리는 걸 들어야 하겠지. 당신은 자기가 옳은 판단을 했었는지 스스로 되묻게 될 거야. 아마 다시는 당신 자신을 믿을 수 없게 될지도 몰라. 나는 그랬으면 좋겠어. 내가 당신을 원하지 않는다는 건, ── 난 정말로 당신을 원하지 않아, 그건 꼭 믿어. ── 당신이 다른 사람이랑 행복해지는 것도 원하지 않는다는 말이거든. 내가 다른 여자를 만나게 되리라는 점에는 의심의 여지가 없지만."

이해하겠지만 나는 아직 스스로가 당신 코앞에서 무서운 화염을 내뿜어 대는, 영혼을 불태우는 용광로가 되어 가고 있다는 사실을 의식하지 못했다. 하지만 나는 내게 마땅히 갖춰져 있어야만 한다고 생각했던 직설적인 단호함이 점점 떨어지고 있음을 느꼈고, 그래서 이와 같이 덧붙였다. "당신 보지는 헐거워."

그녀는 내 말을 들었지만 어떻게 반응해야 할지 미처 몰랐다. 그러면 내가 그것도 또 도와줄 수 있지.

"다시 말해 볼게. 당신의 질 안쪽이 헐렁하다고⋯⋯. 너무 많이 쑤셔 버린 느낌이야."

이제 뭔가 좀 끓는 느낌이 나네. 그녀의 눈이 커졌다. 나는 그녀가 자신의 격분을 내적으로 참아 내기 위해 얼마나 노력하는지를 보았다. 하지만 너무 늦었지, 내가 이미 거기 있는데. 나는 그녀의 눈동자를 통해 이미 그것을 거의 들여다볼 수 있었다. 그녀는 숨어 버릴 수 없다. 나한 테서는 결코. 나는 그동안 내내 잠복근무 중인 형사였는 걸. 나는 그녀가 가진 모든 수를 다 알고 있었다. 그녀가 그 수를 만들어 낼 수 있도록 도와주었던 게 바로 나였는데. 이건 너무 쉬운 일이었다.

"당신 젖통은 축 늘어졌고."

나는 마치 회심의 일격을 날리듯 이 말을 내뱉었다. 그것이 가져온 효과를 더 잘 감상하기 위해 나는 등을 뒤로 젖히며 느긋이 앉았다.

"너무 큰 데다가 아래쪽으로 너무 처져."

이건 혹시나 말을 잘못 듣지 않았나 하는 그 어떤 의심조차 품지 않도록 덧붙인 말이었다. 강한 충격은 전속력으로 달리는 인지력을 감속시키고 주체를 보호하기 마련이니까. 공격 표적에 확실히 적중했는지 확인해 두는 것이 낫다. 내가 말하는데, 약간의 혼동은 참으로 멋진 표정들을 이끌어 내기 때문에 때때로 재미를 주는 것이다. 당신이 비열한 내용의 독설을 퍼붓고 난 직후에, 그 내용을 미처 파악하지 못한 그녀가 부드러운 미소를 지어 보일 때도 종종 있다.

"발기를 하려면 말이야, 나는 버스에서 가끔 만나는

다른 여자 생각을 해야 해."

나는 이 말의 효과가 사무치게 저며 들도록 잠시 기
다렸다. 마치 다음에 무슨 대사를 칠지 생각하고 있다는
듯 턱 부분에 손을 갖다 대어 짚으며, 할 수 있는 한 가장
다정하고 달콤한 모습으로 있었다. 나는 내가 하는 일을
즐길 때 유독 잘생겨 보인다고들 한다. 뭐, 남들이 그렇다
고 해 준 말이니까.

"그건 그렇고, 나 당신한테 얘기했던 여자 말고도 또
다른 여자랑 섹스했어."

이제 나의 승리가 짙어지고 있었다. 그래서 나는 연
민을 느끼며 미소를 지어 보였다.

승리자는 그 승리에 도취되어 뽐내기를 원하는 게 아
니다. 그저 이기고만 싶어 하지. 그녀는 다른 사람처럼 보
였다. 완전히 새로운 사람. 그녀에겐 내가 더 이상 쥐어 짜
낼 구석이 없었다. 나는 심지어 그녀의 입에서 어떤 말이
나오기를 원하는지도 알 수가 없어졌다. 얼마나 고심해서
선택한 말들이냐에 상관없이, 그 말들을 전달하는 목소리
라는 수단이 언제나 믿음직한 것만은 아니었다. 목청을 가
다듬는 것, 그것이 딜레마다. 지금 벌어지는 상황이 그에
게 어떤 영향을 미쳤는지, 그가 알지 못하도록 무진장 애

를 쓰며 목청을 가다듬기. 그는 왜 이런 짓을 하는 걸까? 이유는 신경 쓰지 말고, 중요한 건 지금 이게 일어나고 있는 일이라는 것이다.

"충분히 알아들었어?"

망설이지 않는다. 그녀는 그저 고개를 한 번 까닥할 뿐. 아래로 떨구었다가 다시 한 번 더 위로 든다. 공기 중에 맴도는 일말의 자비로움을 감지했던 거겠지. 그건 그녀가 잘못 생각한 것이었다. 그녀가 보인 모든 행동은, 내가 간절히 노리던 바로 그 효과에 다다랐음을 알려 줄 뿐이었다. 그녀가 내적으로 흐느끼고 있다는 것.

"그래, 뭐, 그렇더라도……. 나 그냥 다른 여자랑 한 판 뜨는 수준보다 더 나쁜 짓들도 많이 했어. 진짜 나쁜 것들, 심지어 내 기준으로 봐도. 사실 너무 나쁜 짓이다 보니까 당신이 그걸 직접 듣는 고통만은 피하게 하려고 해. 어쩌면 나중에 말해 줄 수도 있고. 아닐 수도 있고. 하지만 만약 내가 그걸 말한다면 당신은 완전히 무너져 내릴 거야. 아직까지는 내가 당신을 그렇게까지 만들고 싶은지 잘 모르겠거든."

그녀는 너무나 큰 충격에 휩싸여서 더 이상 얘기를 이어 나갈 필요도 없었다. 그걸 보고 내가 가슴 아픈 회한을 느꼈냐고? 전혀 그렇지 않았다. 내 고문의 강도를 더하기 위해, 나는 그녀의 직장과 그녀의 블라우스와 그녀의 인생에 대해서도 꼬치꼬치 쏘아붙였다.

나는 그녀를 더욱 격앙시키기 위해 이미 길이길이 쓰려고 남겨 둔 바 있는 표정들 몇 개를 조심스럽게 활용했다. 그리고 술을 더 시키기 위해 그녀에게서 돈을 뜯어낸 것도 기억 속에 어렴풋이 남아 있는 듯하다.

하지만 잠깐만, 뭔가 더 있다. 좀 이상한 부분이다. 이제 내게 복수할 만한 충분한 이유를 그녀에게 주었으니, 나는 몇 가지 선택지를 제안했다. 말하자면, 문제의 해결책을 제시하듯이. 이 부분을 내가 잘못 계산했었던 것 같다.

내 논리는 다음과 같았다. 만약 누가 당신에게 상처를 준다면, 당신은 자동적으로 복수를 원하게 되리라는 것. 얼마나 오래 걸리든, 당신은 복수를 원한다. 만약에 내가 그녀를 충분히 상처 입힌다면, 그녀는 분명 복수를 원하리라 생각했다. 그러므로 내가 그녀의 모습을 또다시 보지 않게 되리라는 것에 전전긍긍하지 않아도 되리라고. 왜냐하면 그게 바로 내가 가장 두려워하던 것이기 때문이다. 내가 그녀를 조금씩 잃어 간다는 사실. 그럼 문제는 어떻게 해야 그녀를 모든 시간 동안 잃지 않는가였다. 나는 나에게 성공적으로 상처를 되돌려 주는 방법에 대해서 그녀에게 몇 가지 단서를 주었다.

거짓 아래 감춘 사랑.

그녀를 얼마나 사랑하는지 절대 알게 해선 안 된다. 그녀가 그것으로 숨통을 끊어 놓을 테니. 슬프게도, 심지어 오늘날에조차 나에게 이 말은 약간의 진실을 품고 있다. 하지만 신경 쓰지 말자. 그러니까 그때가, 맙소사, 십 년쯤 된 얘기던가?

그래, 아마도 그랬던 것 같다.

"한 1~2주 동안은 저녁 8시마다 나한테 전화해. 내가 받으면, 아무 얘기도 하지 말고. 배경 음악 같은 거 틀어 놓지 않도록 주의해서. 그러고 보니까 난 당신 언니하고도 항상 한판 떠 보고 싶었어. 아마 내가 하자면 했을걸. 내가 지금 해 달라고 말하는 이것들 당신 잘 기억해 둬. 직장에 당신한테 추근거리는 놈 있다는 거 알거든. 난 당신이 그놈이랑 주말에 한번 외박 여행이라도 하고 왔으면 좋겠어. 못 할 게 뭐야? 당신한텐 그 정도 보상받을 자격이 있어. 그냥 가 버리라고. 나한테 아무 소리도 하지 말고. 내가 지금 당신한테 얘기하는 것도 난 기억 못 할 텐데 뭐. 아마 필름 끊기지 않을까……. 이다음은 브랜디로 마셔야겠다. 그거 마시면 항상 필름 끊기거든. 그래서 그렇게 할 거지? 참 착해요. 또, 당신 차를 타고 내 뒤를 한 번 밟아 줬으면 좋겠어. 어쩌면 당신 차도 바꿀 수 있겠다. 당신이 그러고 싶으면, 중간에서 얘기 전할 사람으로 폴을 대신 보내든가. 당신 자유로워지고 싶잖아, 안 그래? 특히 나 오늘 밤 이후엔 그러겠지. 그럼, 당연히 그러셔야지. 그럼 말이야, 내가 말하는 대로 하라고. 안 그럼 내가 계속 졸라 댈 거니까. 나 진심이야. 어쩌면 당신은 이것들 중 일부만 하겠지. 그래도 괜찮아. 또 나름대로 생각해 낸 당신만의 아이디어를 좀 추가해도, 그것도 좋은데, 중요한 건 난 당신이 나한테 복수를 했으면 좋겠다고. 난 당신이 날 증오하길 원해. 난 당신이 날 미워하도록 성심성의껏 도와 주고 있는 거라니까. 난 당신한테 좋은 일을 해 주는 거야, 당신을 자유롭게 놔주면서, 당신도 나를 위해 똑같이 해 주도록. 제발 그렇게 해 줄래?"

　나는 이 독백을 가능한 한 최대한의 진실성을 담아 전달했다. 나는 열성적이었다. 나는 그녀가 나에게도 상처를 입히길 원하게 하고 싶었다. 이것은 새로운 '우리'의 모습이었다. 그녀는 나를 바라보며, 나의 내면까지도 들여다

보는 듯했다. 그 아름다운 눈이 물기에 촉촉이 젖어 반짝반짝 빛나는 모습이 마치 작고 푸르게 든 멍들 같았다. 그러나 그녀는 내가 지금까지 봤던 그 어떤 모습보다도 가장 강인해 보였다. 아무에게도 매이지 않은 사람. 오롯한 독신자로, 닿을 수 없는 곳에 있는 모습으로.

내가 영영 닿지 못하게 된 곳에.

이제 끝난 것이다. 사 년 반 동안의 시간이. 나는 그녀가 계속해서 나를 기억 속에 간직할 것인지 확실히 알아 두어야 했다. 동시에, 어떻든 개의치 않기도 했다. 나는 무엇인가, 나를 계속해서 앞으로 밀고 나가 줄 그 무엇이라도 필요했다. 꼭 그래야 한다면 최후의 선을 넘는 선택이라도. 나는 앞으로 일어날지도 모르는 일에 대해서 그녀를 비난하고 싶었다. 나는 그녀를 신화화하여 남겨 두고 싶었다. 감히 반역을 꾀한 자에게 복수의 벼락을 내릴 여신.

연애는 암으로 죽은 것보다 더 많은 수의 사람들의 목숨을 빼앗아 갔다. 그래, 정말로 목숨을 끊게 한 것은 아니겠지만, 더 많은 삶들을 둔화시켰다. 더 많은 희망을 지워 버리고, 더 많은 약물을 팔았으며, 더 많은 눈물을 흘리게 하는 원천이 되었지.

돌아보면, 그런 모습이었던 것 같다. 해크니[5]에 앉아서 히스클리프[6] 역할로 오디션을 보는 배우처럼 연기하는 나. 나는 추가로 골라 놓은 모욕들을 몇 가지 덧붙였다. ─ 당신 아버지는 멍청하고, 당신 남동생은 꽉 막힌 재수 덩어리에, 당신은 내 여자 친구가 될 만큼 똑똑하지 못하며, 왜냐하면 난 천재니까, 그래서 당신이 내 말귀를 간신히 따라잡도록 나 자신을 실제보다 덜떨어지게 연기하는 데에도 질렸다고 ─ 그러고 나서 브랜디를 마시러 일어나 바 쪽으로 향했다. 보다시피 나는 그날 있었던 순간들의 세부 사항 대부분을 기억해 냈지만 이 이상의 모욕이 더 있었을지도 모른다.

그녀를 생각해서, 내가 그러지 않았길 바라지만.

그날 밤, 케밥을 먹으려다가 나는 빅토리아 파크 어디쯤에선지 내가 타고 있던 커다란 검정 자전거에서 고꾸라져 길 위에 나동그라졌다. 도로에 깔린 타맥[7] 위에 드러누워서 굳이 일어나야겠다는 마음도 들지 않았다. 나는 큰 소리로 웃어 대면서 「자유롭게 태어나(Born Free)」[8]를 불러젖히다가 그 이후 어찌어찌 다시 비틀거리는 자전거를 타고 그녀 집으로 돌아왔다. 평상시처럼 그녀는 나를 위해서 문을 잠그지 않고 열어 둔 채였다.

나는 당시 이렇게 생각했던 걸 기억한다. "뭐야, 이년

6　영국 작가 에밀리 브론테의 소설 『폭풍의 언덕(The Wuthering Heights)』(1847)의 남자 주인공.
7　타맥(Tarmac): 아스팔트와 비슷하지만 입자가 더 두꺼운 도로 포장재.
8　「Born Free」: 영국 가수 맷 먼로(Matt Monro)가 1966년

이……. 내 말을 귓등으로도 안 들었잖아."

하지만 그녀가 누워 있는 침대 옆자리로 거칠게 기어 들어 갔을 때, 나는 그녀가 잠이 들 때까지 숨죽여 우는 진동을 느낄 수 있었다. 나는 그다음 날 일어나서 옷을 입던 그녀의 모습을 기억한다. 아래위로 색을 맞춘 하얀 브라와 팬티에 몸을 비척비척 구겨 넣던 그 모습을. 거울 앞에 선 그녀의 모습은 아름답기 그지없었다. 자신의 모습이 마음에 드는지 스스로 품평하던 중에 그녀 얼굴에 떠오른 표정은, 내가 자신을 지켜보고 있다는 사실을 알아챈 순간에 떠오른 표정과는 사뭇 날카로운 대조를 이루었다. 나는 이 불 속에 몰래 숨어들어서 그녀를 훔쳐보는 낯선 노숙자라도 되는 것처럼 느껴졌다.

그녀는 사무실 동료인 남자와 함께 가 버렸다. 나는 이것이 가져온 고통에는 준비가 되어 있지 않았다. 나는 내가 그녀에게 상처를 주었을 때 그녀가 느꼈던 감정이 어땠을지를 느꼈다.

마치 서로와 말다툼을 하듯이 거울을 상대로도 논쟁할 수 있을 것이다. 결국 우리 모두는 똑같은 사람이 아닌가?

어쨌든 나는 이 말을 해야겠다. 펜이 떠나 버린 후, 이

발표한 노래. 같은 이름의 영화 주제곡으로 1966년 아카데미 주제곡상을 받았으며, 이후 로저 윌리엄스(Roger Williams), 프랭크 시나트라(Frank Sinatra) 등 많은 가수들이 다시 부르기도 했다.

주 동안 저녁 8시마다 누군가 내게 전화를 걸어 오긴 했었다. 이건 정말 나를 겁나게 했다. 내가 전화를 받으면······. 아무 말도 없다. 전화를 걸어 온 사람이 누구였든, 내가 전화를 받으면 그저 조용히 전화를 끊을 뿐이었다. 이 '조용히'라는 부분이 그 무엇보다도 나를 무섭게 했다. 아무런 감정이 없는 것. 수화기 저편의 정체를 향한 강렬한 호기심이 나의 편집성 망상들에 잘 맞아떨어졌고, 내 음주벽은 점차 간헐적인 습관에서 종일 근무로 발전하기에 이르렀다. 나는 술로 인해 죽게 될 것처럼 보였고 그런 미래를 두 팔 벌려 환영하는 바였다.

나는 스트랫퍼드어폰에이번[9]에서 상경한 페넬로피라는 수수하고 소심한 여자의 간교한 계략에 넘어간 것이 바로 내 불운의 원흉이었다고 생각하게 되었다. 그리고 그녀가 내게 복수할 방법을 찾고 있으리라는 생각으로 잔뜩 헛바람을 들이켜는 동안, 나는 그렇게 스스로의 피해망상으로 속이 문드러지도록 나를 내버려 두는 것 자체가 이미 충분한 복수라는 점은 미처 깨닫지 못했다. 그녀가 내게 저지를 그 무엇을 꿈꾸었든 간에 나는 그보다 더 심한 짓을 스스로에게 했으리라. 지나가던 차와 오토바이 사이에 껴서 거의 죽음 문턱까지 가게 되었을 때, 나는 그녀가

9 스트랫퍼드어폰에이번(Stratford-upon-Avon): 영국 워릭셔 남부의 소도시. 셰익스피어의 출생지로 유명하다.

이 모든 사건을 뒤에서 조종했을 거라고 상상하기까지 했다. 그 사고로 인해 내가 타던 자전거는 완전히 박살 났고 내 손목도 분질러졌다. 나를 향한 낭만적인 복수라는 이름으로 그녀가 이처럼 애를 썼다는 생각에 나는 얼마나 기뻤던가.

결국 그녀는 정말로 나를 사랑하는 게 틀림없다고.

나는 왼쪽 팔을 아예 쓸 수 없는 상태였고, 오른쪽 팔도 도로에 쓸렸기 때문에 혼자서 소변을 볼 수가 없었다. 터질 듯한 방광의 요의를 느끼며, 두 팔을 양쪽으로 벌린 채 마치 응급실의 다른 어중이떠중이 환자들에게 돈을 구걸하는 듯한 꼬락서니를 하고서 나는 미소를 지었다. 왜냐하면 페넬로피가 이런 우스꽝스러운 내 인생을 어떻게든 조종해 보려고 시도했을 만큼 나를 사랑한다고 생각했으니까. 나는 그녀가 금방이라도 간호사 복장을 하고 나타나서 내 물건을 잡고 아주 오래 천천히, 사치스러운 자위를 대신 해 주는 모습을 망상했다……. 하지만 일단은 내가 먼저 오래, 천천히, 사치스러운 소변부터 싸고 다음에 해야겠지.

나중엔, 나는 그녀가 룸메이트 광고를 보고 찾아온 낯선 사람으로 변장해서 나의 형편없는 지하층 집에 나타난 거라고 망상하기도 했다. 나는 이 '지원자'가 보이는 행태를 전혀 진지하게 받아들일 수가 없었다. 예컨대 그녀가 화장실은 어느 쪽이냐고 물었을 때, 나는 박수를 쳐 주고 싶은 욕구를 참느라 애썼다. 나는 이 집에 수백 번이고 와 본 적이 있었던 그녀가 그 점을 전혀 모르는 일인 듯 그토록 실감 나게 연기하며 내게 질문한다는 것이 정말 웃기다고 생각했다. 화장실에 대해서는 나보다 그녀가 더 잘 알았을 것이다. 나는 매우 자주 술에 취해 필름이 끊긴 상태였으니까. 하지만 나는 그녀의 그 가소로운 상황극을 내 쪽에서 조금도 망치고 싶지 않았다. 나는 그녀가 뭔가 질문을 할 때마다 그녀의 연기력에 감탄과 격려하는 미소를 지어 보이면서 매번 비꼬는 투로 대답했다. 지나치게 활짝 웃어 대고, 네 수작을 다 안다는 듯이 연신 고개를 과도하게 끄덕여 보이면서, 나는 그 젊은 여자를 내보내 버렸다.

그녀는 방을 계약하지 않았다.

그게 내 모습이었다. 내 연인은 나를 떠나 자기 소유의 집도 있고, 차도 있고, 멋진 코트도 있는 다른 남자에게로 갔다. 나는 고통으로 가득 찬 세계로 들어가고 있었는데, 그 고통조차 전부 내 소유인 것은 아니었다.

이쯤에서 컨트리 음악이 흘러나올 때지.

2

이제 나는 내가 깨달은 바를 아무것도 모르는 풋내기들에게 전수할 준비가 되어 있었다. 상처받지 않은 사람들. 순진한 사람들. 이제 여자 친구도 떠나고 없으니 나 자신을 더욱 온전히 헌신할 수 있을 테지. 나는 아주 심각하게 울화가 치밀어 오른 상태였고 내가 원하는 것이라곤 다른 이들도 이 감정을 느껴 보게 하는 것뿐이었다.

특히나 여자들 말이다. 이런 고통을 불러온 게 한 여자였으니, 다른 여자가 이를 대신 갚아야겠지. 나는 누군가를 상처 입히고 싶었다. 나에게는 새로운 세계가 펼쳐진 것이나 다름없었다. 나는 내가 이렇게까지 상처받을 수 있으리라고는 전혀 상상하지 못했다. 누군가에게 흠씬 두들겨 맞은 것도 여러 번이지만 이에 비할 바는 아니었다.

육체적 고통은 내가 예상하지 못했던 것이었다. 연기를 내며 타들어 가는 거대한 암석이 밤새 내 가슴팍에 자리를 잡은 것처럼, 속에서 천불이 끓어오르는 감각. 질질 끄는 듯한 느낌으로 느릿느릿하게 펼쳐지는 공황감은, 즐거운 흥분 상태와는 정반대의 것이었다. 이것과 더불어 나타난 증상은 마치 감전된 듯 내 팔 뒤쪽을 타고 찌르르하게 흐르는 날카로운 통증이었다. 이게 뭐지? 거부 반응인가? 이게 이렇게나 물리적으로 드러나는 거였단 말이야? 내가 생각할 수 있었던 것은 오직 이것뿐이었다. 만약 내가 이처럼 상처받을 수 있다면, 당연히 나도 이와 똑같은 고통을 다른 사람들에게 가져다줄 수 있을 거라고. 그 생각만이 나에게 위안을 주었다.

나는 불편한 감정이 새삼 움찔대며 느껴지는 마디마다 꼼꼼히 살폈고 이를 잘 간직했다. 어떤 일이 벌어졌었는지, 그리고 그것이 내게 어떤 영향을 끼쳤는지를 기록했다. 나는 그녀에게 전화를 걸어서, 흘러나오는 자동 응답기에다 대고 내 마음을 상처 입혀 달라고 호소했다. 자유로워지기 위해서 나는 그녀를 미워해야만 했다. 우리 사이는 끝났지만, 나는 내게 그녀가 여전히 필요하다는 사실을 견딜 수가 없었다. 그래서 나는 그녀에게 날 상처 입혀 달라고 빌었고, 그녀는 그 부탁을 거절함으로써 사실상 그렇게 한 것이다. 그러는 동안 나는 다른 한편으로 누군가의 마음에다 칼날을 찔러 넣을 기회를 찾으면서 런던의 밤거리를 비틀대며 누비고 있었다.

아일랜드에서 온 무슨 교사. 스물다섯 살 정도 됐었나. 한 번도 섹스해 본 적 없는 동정이었다. 아니, 진짜로. 그녀는 내가 "영어를 구사하는 언어 감각이 나무랄 데 없이 유창하다."라고 했다. 나는 그녀에게 뭘 어떻게 해 줘야 할지 몰랐다. 나의 특선 메뉴인 순살 닭고기 요리를 차려 주고 나서 그녀 침대 속으로 슬그머니 들어갔을 때에야 간신히 답이 떠올랐다. 닭 요리를 준비하면서 심지어 나조차도 잘되는 것인지 겁을 집어먹고 말았는데, 뼈를 발라내는 과정이 한도 끝도 없이 이어지며 살코기를 계속 떼어 내야 했기 때문이다. 그녀는 결혼을 앞둔 약혼 상태였다. 나는 그것 때문에 그녀를 싫어했다. 자신이 동정이라 부끄럽다는 내용의 대화를 하다가 그 얘기가 나왔다. 그녀는 결혼식 날 밤에 약혼자가 자신이 한 번도 섹스를 해 보지 않았다는 사실을 알게 되는 게 싫다고 했다.

어디서부터 시작을 해야 하나 싶었다.

신랑의 마음속에 의심의 씨앗을 뿌려 둘 만한, 지저분한 기술들을 몇 가지 가르쳐 줘 볼까? 예를 들어서 내 정액을 입속으로 삼키는 여자를 볼 때면 그렇고 그런 생각이 든다. 오해는 하지 말길, 정말 환상적인 느낌이고 그 순간만큼은 고마움으로 전신이 환희에 휩싸이지만, 실제 그런 건 헤픈 여자들이나 하는 짓이지. 아내가 될 사람의 행동은 아니다.

어쨌든 내가 그녀의 동정 상태를 그대로 남겨 두어야 한다는 것만은 분명했다. 나의 관심은 약혼자에게로 넘어갔다. 어떻게 그녀를 통해서 그의 마음을 상하게 할 것인가. 애널 섹스? 그러면 일단은, 그녀는 동정으로 남을 테지. 그녀는 정말로 동정을 잃고 싶어 했던 걸까, 아니면 진짜로는 할 마음이 없으면서 지레 허풍을 떨었던 것일까? 대부분 내가 병나발을 불어 가며 마셔 버린 커다란 병에 가득 담긴 와인을 비우고 나서, 나는 결국 소파에서 자게 되었다.

4시까지 그러고 있다가, 발기된 상태로 잠에서 깨어나 그녀 옆으로 슬며시 기어들어 갔을 때 그저 형식적인 저항만이 있었을 뿐이었다. 그녀는 정말로 동정을 떼고 싶어 했던 것이다. 하지만 나는 나 자신이 그저 막힌 파이프를 미리 뚫어 줄 뿐인, 성적인 배관공 역할을 한다는 점이 별로 마음에 들지 않았다. 나는 그녀의 결혼식 초야에 내 존재가 감돌기를 원했다. 나는 내가 페넬로피의 몸을 기억하듯이 그녀의 몸이 나를 생생히 기억하기를 원했다. 나는 그녀를 혀로 샅샅이 핥아 냈다. 두 시간 동안이나 꼼꼼히. 그녀가 너무나 민감해졌을 때마다 잠시 멈추고 기다렸다가 다시 매우 부드럽게 할짝대기 시작했다.

때때로 고개를 들어 그녀를 올려다보며 그녀가 얼마나 아름다운지를 이야기했다. 그녀의 살갗 위로 차가운 입김을 불었다. 나는 그녀의 허벅지 안쪽을 애무하며 내가 그녀와 사랑에 빠졌다고 상상하려 노력했고, 그런 사람이 할 법한 모습을 보여 주었다. 나는 손가락을 집어넣었고 종유석처럼 이어진 그녀의 처녀막을 느낄 수 있었다. 그것을 망가뜨리지 않도록 주의했다. 그쯤에서 나는 다른 쪽에도 손가락 하나를 넣고 있었다. 그녀는 허리와 엉덩이를 치켜들며 자신의 골반을 찰랑대는 술잔처럼 내게 건네주었다. 나는 요란하게 홀짝거리는 소리를 내며 게걸스럽게 그것을 마셨다. 앞으로 그녀가 겪게 될 무수한 성적 좌절감의 밤들 중 이 결혼식 초야가 바로 그 첫날이 되리라는 데에 만족감을 느끼면서. 그녀는 다정한 신랑에게, 그쪽의 성적인 기량이 달린다는 사실을 암시하지 않으면서도 어떻게든 자신의 충족되지 않는 성적 욕구를 설명하기 위해 안간힘을 쓰게 되겠지. 그녀 자신만의 "나무랄 데 없이 유창한 언어 구사력"을 이끌어 내는 데는 추가적으로 공을 들인 격려가 필요했다.

그다음에 온 것은 리지였다. 그녀는 자기 소유의 아파트도 갖고 있었다. 아름답고 단단한 목재 바닥과 보기 좋은 천장이 있던 집이었다. 그녀는 엉덩이에 털이 나 있었다. 그것만으로 충분히 범죄지만, 그녀의 두 번째 범죄는? 나를 정말로 좋아했단 것이었다.

그건 곧 처리할 문제고.

그녀는 오랜 시간 동안 이어져 왔던 관계에서 막 차여 버린 지 얼마 안 된 상태라 매우 예민했다. 내가 몸을 떨고 긴장하는 모습이 리지를 편안하게 했다. 그녀는 내가 자신을 짝사랑하는데, 그녀 진심이 어떤지 확실히 몰라서 위축되어 있다고 생각했다.

진실은 그보다 훨씬 덜 사랑스러웠지.

나는 술이 필요했던 알코올 중독자라 그랬던 거니까.

결국 그녀와는, 별 같잖은 채식주의 요리를 만들던

도중에 주방 바닥에서 뒹굴며 섹스하는 것으로 끝났다. 냄비들이 우리 머리 위에서 그야말로 상징적으로 끓어오르고 있던, 더러운 타일 바닥 위에서. 유리창에 열기가 서려 후끈했다. 위쪽으로 거칠게 밀어 올려진 스웨터와 브라 속에 아래턱을 파묻은 채, 그녀는 믿기지 않는다는 표정으로 나를 바라보았다. 눈을 동그랗게 크게 뜨고. 마치 아이 같은 얼굴로. 그녀를 그렇게 내버려 둔 채 나와 버린 뒤로 두 번 다시 그녀를 본 적이 없다. 그 이후 그녀는 내 자동 응답기에 메시지를 남겼다. 내가 그녀를 강간한 거라고.

감정적인 측면에서 말하자면 어쩌면 내가 그녀를 강간한 것인지도 모른다. 하지만 육체적으로 보자면 그녀도 기꺼이 준비된 상태였다. 그에 대해선 의문의 여지도 없다. 그녀는 당하면서 좋아했으니까. 내가 그녀와 성교하던 순간에 그녀는 이미 그 기억을 소중하게 간직한다는 걸 볼 수 있었다. 그녀의 얼굴이 위아래로 움직이며 벌어지는 일을 샅샅이 살피면서, 마치 그녀의 존재가 피부 아래 덮인 카메라라도 되는 듯이, 눈앞에 보이는 광경을 기록하는 것을. 정밀한 클로즈업으로 그의 얼굴을 담고, 아래쪽의 동작을 더 멀리서 조감해 보기 위해 고개를 좀 떨어뜨렸다가…… 컷.

어쩌면 어떤 법칙 같은 것이 있는지도 모르겠다. 자연적인 법칙. 마치 중력처럼. 우리의 감정적인 교류를 주관하는, 글로 써진 적이 없는 어떤 이치 말이다. 당신이 저지른 일은 그 두 배의 무게로 당신에게 다시 찾아온다. ─아니, 세 배쯤 되는 무게로. 우리는 우리의 죗값을 치르는 벌을 받는 게 아니라, 그 죄악 자체가 우리의 형벌이 되는 것이다.

제니를 만난 순간부터, 나는 내가 그녀에게 상처를 주게 되리라는 것을 알았다. 그건 그저 언제 어디서 하느냐의 문제였다. 심지어 그녀가 약간 펜을 닮아 보이는 것조차 그녀의 잘못은 아니었으리라. 그건 그저 내 행동을 비준시켜 주는 듯 느껴지던 사실일 뿐이었다. 밤새 밖에서 시간을 보내고 난 후에도, 나는 술이 더 필요하다는 사실을 깨닫고 자조적으로 내 집이라 일컫던 장소쪽으로 마지못해 향하였다. 술을 아무리 마셔도 충분하다고 느껴지지 않았다. 심지어 꿈에서도 술을 마셨다. 어느 날 밤에 나는 위스키를 마시고 있었는데, 심지어 그게 내 목구멍으로 넘어가는 순간에도 "술 마시고 싶다."라는 생각을 멈출 수 없었다. 참 희한한 일이지.

어쨌든, 술을 더 많이 마시지 못하게 하는 주된 장애

물 중 하나는 돈이 없다는 점이었다. 프리랜서 아트 디렉터로서 의뢰받는 작업이 언제나 일정하게 떨어지는 것은 아니었기 때문에 돈은 종종 바닥이 났다. 이렇다 할 만한 임대료가 나갈 일은 없었는데, 내가 지방 의회의 복지 기금을 뜯어먹으며 집세와 전기료를 지불하였기 때문이다. 내가 해야 되는 일은 이 주마다 주민 센터에 출두해서 실업 수당 영수증에 사인을 하는 것뿐이었다.

온갖 파티들은 술을 채우기에 좋은 자원이었다. 특히나 파장에 다다른 파티들. 이때쯤이면 뭘 모르는 풋내기들은 떡이 되어 실신한 채 바닥에 쓰러져 있거나 아니면 각자 일찌감치 집으로 돌아가 조그만 침대에 쏙 들어가 있곤 했다.

음악이 흘러나오는, 밝게 불을 밝힌 창문들. 딱히 명탐정 셜록이 아니라도 그런 집에는 냉장고 가득 채운 술이 있으리라 짐작할 수 있었다. 그런 파티에 참석하는 이들은 모두 관대한 여유를 베풀어 보이려고 무엇인가를 손에 들고 오는 법이다. 특히나 그 지역이 꽤 잘 사는 동네라면 더욱 그렇지만, 그런 경우엔 불가피하게 세련되고 복잡한 대화를 이어 가느라 눈치를 잘 살피며 재치를 가다듬어야 하기에 조금 더 까다로웠다. 나는 그 빌어먹을 놈들을 보면서 느끼는 분노로 스스로가 불꽃처럼 타들어 가지 않도록 인내해야 했다. 그 무엇보다도 이런 사람들이 가장 싫었다. 인생을 그저 거저 받아먹는 것들. 내 관점으로 보면 결코 일할 필요도 없고, 자신들이 가진 것에 감사할 줄도 모르는 놈들 말이다. 딜포드[1] 출신의 십 대로서, 나는 장갑 대용의 낡은 양말을 낀 채 손발이 꽁꽁 얼어붙는 찬 들판에 나가 사탕무를 추수해야 했다. 사탕무는 밭고랑에 단단히 얼어붙어 있었으므로, 사탕무 자르는 칼로 줄기를 끊어 추수하기 전에 일단 단단히 언 땅 구덩이에 파묻힌 각 둥치를 발로 세게 차서 밖으로 빼내야 했다. '고된 일'이란 개념은 사람에 따라 상대적이다.

그러니 나는 초인종을 누르고 이렇게 태연히 말하는 것이다. "늦어서 미안하네요."

그럼 문이 열릴 테고 나는 한 번에 세 계단씩을 뛰어오르면서 얼굴에 미소가 번지는 것을 참을 수가 없었다. 문은 이미 열린 상태가 아니더라도, 어차피 곧 열리게 되어 있었다. 나는 겉으로 보기엔 전혀 술주정뱅이처럼 보이지 않았다. 그저 실제로 술주정뱅이였을 뿐이었다. 나는 안으로 들어간다. 먼저 화장실부터 들러서 새로운 술이 들어갈 공간을 만들기 위해 구토를 하거나 아니면 그저 상

1　딜포드(Deelford): 화자가 창작해 낸 것으로 보이는,
가상의 아일랜드 지명.

태가 어떤지를 잠깐 점검한다. 그러고 나서 냉장고다. 아, 이토록 하얗고 행복한 직사각형의 사물이여. 멍든 세상에 주어진 병원의 축소판이여.

문이 열리는 순간의 짤랑대는 소리는 음악과도 같고, 그 내부로부터 환한 빛이 강림하나니. 바로 거기. 따지도 않은 채 가득 차 있는 싸구려 와인과 6개들이 포장에서 외따로 낙오되어 버린 여러 종류의 맥주 캔들이 옹기종기 모여 있다.

병째로 손에 쥐고 돌아다니다가 원래 가져온 사람의 눈에 띄는 일이 없도록 파인트 유리잔에 잘 따른 와인을 들고 거실로 돌아온다.

바로 거기 그녀가 있었다. 두 다리로 서 있는 사람이라곤 딱 셋밖에 없던, 새벽 4시의 파티에서 혼자 소파에 앉아서. 그리고 거기 서 있던 세 사람 중의 하나는 나였다. 다리가 길고 우아하며 무엇보다 당시 주변 상황과는 전혀 어울리지 않는 어색한 모습이, 《보그》의 패션 화보를 연상하게 했다. 지저분하고 우중충한 주변에 비해 눈에 확 띄게 아름다운 여자. 캠버웰의 후진 환경을 애써 감내하고 있는, 무슨 하원 의원의 부유하고 이지적인 딸이라든가.

어쨌든, 나는 그녀 곁에 서둘러 털썩 주저앉자마자

그녀를 따먹고야 말겠다고 다짐했다. 완전히 탈진해 버린 상태에서조차, 나는 춤을 신청하는 것이 그녀의 호감을 살 수 있으리라는 사실을 알았다. 비록 내가 소파에서 일어날 수가 없긴 했지만. 한 손에는 와인이 담긴 유리잔을 들고 다른 손에는 얇은 종이로 만 마리화나를 끼운 채 춤을 춘다는 것은 꽤 짓궂은 짓이었다. 우리 둘 다 미처 인식하기도 전에, 우리는 벌써 키스하고 있었다.

이 주 후 그녀는 내 얼굴에 맥주를 들이부었다. 그러고 나서 세 시간 후에, 내 거지같은 아파트 건물 밖에 그녀의 차가 주차되어 있는 것을 보았다. 나는 술에 취한 채 흐느적대며 내 자전거를 타고 오는 중이었다. 그녀는 포드였는지 뭐였는지 하는 차 안에 있었다. 내가 모퉁이를 도는 순간, 차에 시동이 걸리더니 갑자기 앞쪽으로 맹렬하게 발진했다.

그 자동차의 모습은 마치 기계로 만들어진 곤충 같았다. 다리가 모두 뽑혀 나가고, 새로운 고문을 받기 위해 쿡쿡 찔리는 그런 곤충. 그녀가 열린 창문 사이로 충분히 들을 수 있을 만큼 크게 웃어 젖히자 창 사이로 담배 연기가 흘러나왔다.

나는 자전거가 아닌 말 위에 올라타 있는 듯이 행동

하려고 노력했다. 그녀는 다시 엔진을 작동시켜 잔뜩 성난 태도로 차를 몰아서 휑하니 가 버렸다. 잔뜩 성이 났다고 말할 수 있는 이유는, 기어를 혹사시키는 소리가 내 귀에도 들려왔기 때문이다. 이처럼 부질없는 감정의 전시는 대체 무엇 때문에 일어난 거지? 그저 말 몇 마디에.

앞선 그날 저녁에 그녀는 내게 주말을 잘 보냈냐고 물어보았다.

"괜찮았지." 난 대답했다. "섹스도 했고."

깜짝 놀라 굳어 버려서, 그녀는 방금 전에 내게 물었던 그 질문에 어울리는 호기심 어린 미소를 여전히 띤 채 멍하니 나를 바라봤다.

내 얼굴에 쏟아진 맥주가 너무나 힘차게 내 뺨을 후려쳤기에 나는 그녀가 정말로 나를 갈긴 줄만 알았다. 하지만 내 몫으로 준비한 대사는 아직 입 밖에도 꺼내지 못한 상태였는데, '예의 그 자신감 넘치는 미소'와 함께 연출되었어야 하는 거라고. 페넬로피는 이전에 그 맛을 살짝 봤을 뿐이고, 이제 제니의 차례였다. 이제껏 맥주가 내 얼굴에 끼얹어진 적이라고는 단 한 번도 없었다. 나에겐 과분한 처사였지. 제니는 벌떡 일어나서 의자 등받이에 걸쳐 두었던 재킷을 홱 낚아채더니 떠나 버렸다. 나는 내 입술에 튄 맥주 방울을 천천히 핥고 나서, 여자들, 참! 하고 혼 잣말을 내뱉는 바텐더와 의미 있는 눈짓을 교환했다. 그리 고 '아직 손도 대지 않은' 내 맥주잔을 기울였다. 별로 오 랜 시간이 걸리지도 않았다.

뺨을 얻어맞는 행복감과 '잘난 척 미소'를 사용하는 기술에 대해 말하자면, 누군가에게 날 좀 두들겨 패 달라 고 애걸복걸한 지도 꽤 오래되었다. 사우스런던에 있는 술 집 '스완(Swan)'쯤 되면 그런 노력을 기울이기에 아주 이 상적인 환경이지.

매우 아일랜드적이고, 다들 주먹을 휘두르지 못해서 안달이 난 곳. 수많은 문지기들이 보다 신속한 상황 통제 를 위해 다들 등받이 없는 의자 위에 올라서서, 나 같은 아 일랜드 유배자 술고래들이 함부로 날뛰어 대는 주변의 사 달을 살펴보는 곳이다. 나는 더블린에서 왔다는 키가 큰 붉은 머리 남자와 심도 있는 대화를 나누고 있었다. 다른 유배자들도 기네스라는 수단을 통해 사랑하는 옛 고향 땅 으로 한 걸음이나마 더 가까이 다가가려 했기 때문에, 자 리 잡기가 보통 치열한 것이 아니었다.

더블린 녀석과 내가 차지한 지점은 신성한 영역이었 다. 계산대 바로 앞자리. 그런 자리를 차지하려면 최소한 오후 3시부터는 술집 안에 와 있어야만 한다. 나는 오후 1시부터 내내 그곳에 있었다. 나는 더블린 놈에게 몸을 돌려서 나름 진심 어린 태도로 내 의사를 알려 주었다. "그쪽이 나불대는 쓰레기 헛소리, 하루 종일 들어주기 정말 더럽게 지긋지긋하네. 하긴 괜찮아, 제일 최악의 조건은 더블린 출신이기만 하면 되는 거니까."

그는 곧장 내 머리를 들이받았는데, 어찌나 세게 갖다 박았던지 내 파인트 잔 안에 피가 약간 튀는 게 보였을 정도였다. 그리고 나는 유리잔 바닥에 손가락 한 마디 정도 남은 사과주를 내버리지 않기 위해서, 입안에 고인 피가 뿜어져 나오는 걸 이를 앙다물어 꽉 막아야 할지를 두고 나 자신과 잠시 토론을 벌였다. 뚝뚝 떨어지는 핏방울을 유리잔 안에 고이 담는 것이 중요하다는 사실을 슬슬 깨닫기 시작했다. 어떤 이유에서건 이 장소를 피투성이로 만들지는 말아야 하니까.

나는 그 대신에 이렇게 선언하기로 결심했다. "우리 중 한 사람은 이 바를 떠날 건데, 떠나게 될 사람은 내가 아닐 거야."

이렇게 말하고 나서 나는 날 때린 폭행범을 올려다보았고, 그의 얼굴은 피를 보고 싶어 미치기 직전인 살육자의 난폭한 고통으로 얼룩져 있었다.

　정지 화면.

　나는 저 표정을 살면서 딱 세 번밖에 보지 못했다. 이번
이 바로 처음이었다. 그다음은 내가 '고용된' 오토바이 운전
자에게 치여서 자전거에서 굴러떨어진 직후에, 혹시 중상을
입은 것은 아닌지 확인하기 위해 구급 요원들을 기다리고 있
을 때였다.

　나는 바닥에 등을 대고 누워 있었다. 다친 다리의 상태
를 내려다보는 것이 두려웠다. 내 곁을 지나쳐 가는 2층 버스
의 위층에, 갈색 코트를 입은 한 늙은 여인이 앉아 있는 게 보
였다. 아마도 사고 상황이 일으킨 주변의 소동 때문에 버스
는 멈춰야 했던 것 같다. 그때 본 그 늙은 여인의 표정이 지
금 우리 더블린 친구의 표정과 정확하게 똑같았다. 그의 얼
굴을 좀 봐. 발긋발긋한 붉은 수염이 까칠하게 돋아 있고, 오
동통하게 살집이 있는 입술 사이로 혀끝이 살짝 튀어나와 있
는 —— 꼭 보지 같은 모습인데, 내가 실제로 그걸 본 적이 있다
면 말이야. 내 눈에 비친 마지막 하늘 조각이 될 수도 있었을
공간에 다른 머리들이 비집고 들어왔지만, 구급차를 기다리
는 내내 내 기억을 지배한 인상은 바로 그녀의 얼굴이었다.

거기 누워서, 나는 엘비스 코스텔로의 「사고는 일어나기
마련(Accidents Will Happen)」[2]을 계속 듣고 있었다. 장난
아니고 진짜로. 내 워크맨이 좀 삐뚤어지긴 해도 여전히 신나
게 노래를 재생하고 있었다. 저 버스 꼭대기에 앉아서 이쪽을
쭉 내려다보던 그 할망구가 코스텔로 씨의 감성적인 선율에
맞춰서 줄곧 고개를 까딱대는 것처럼 보이더라니까. 나는 그
노파의 얼굴 표정을 읽으며 내가 얼마나 심하게 다쳤는지를
알아내려고 애썼다. 나는 그 여자가 어떤 사람인지 더 잘 알
고 싶다고 생각했는데, 왜냐하면 만약 그녀가 완전히 못돼 먹
은 년이라면, 분명 그녀 얼굴에 떠오른 엷은 미소는 내가 좆
돼 버렸고 내 다리는 갈려 나간 고깃덩이에 지나지 않았다는
뜻일 테니까.

하지만 만약 그녀가 비둘기에게 먹이를 주고 낯선 사람
의 개들도 어루만져 주는 그런 종류의 착한 사람이라면 내 상
태는 괜찮을 것이었다. 왜냐하면 그녀는 내 상태를 보고 안심
해서 나 대신 미소 지어 주는 것일 테니까. 나는 그녀가 나쁜
사람이고 나는 좆된 거라고 결정했다.

내가 그 표정을 세 번째로 본 것은 바로 내가 사랑했던
여자가…… 잠깐만 기다려 봐, 바로 그래서 애초에 이 빌어
먹을 얘기가 시작된 거잖아. 말하다 보면 어차피 다 얘기하게

2　「Accidents Will Happen」: 엘비스 코스텔로(Elvis
Costello)와 그의 밴드 어트랙션(The Attraction)이
1979년에 발표한 노래.

되겠지.

정지 화면 해제.

더블린에서 온 놈은 마치 나랑 막 섹스를 하고 난 직후인 듯 나를 쳐다봤다. 그가 내 머리를 들이받았다는 사실을 인식하기까지 이렇게 오랜 시간이 걸렸던 것이다. 아픔은 없었다. 그저 주변 불빛이 흐려졌다 밝아졌다 하는 것뿐. 누군가 거실 문 안쪽에서 손잡이를 찰칵대며 돌리는 것처럼 말이다.

"아니, 우리 깔끔하게 하자. 유리잔은 안 돼." 그는 이렇게 말했다.

나는 그가 무슨 의미로 한 말인지 대번에 파악했다. 그는 내가 유리잔으로 자기를 칠거라 생각했던 것이다. 혹은 유리잔으로 나를 쳐 볼 생각이 그에게 들었든가.

나는 꼭 천장에서도 방울져 떨어지는 게 아닐까 싶을 정도로 괴상하게 흐르는 핏물을 내 오른손으로 쥔 파인트 유리잔 안에 잘 받아 내는 데에 온 주의를 집중하였다. 이유는 모르겠지만 스완의 바닥을 더럽히지 않는 게 대단히 중요한 임무처럼 되어 버렸다.

유리잔으로 맞는다는 것은 얼굴로 날아오는 파인트

유리잔을 받는다는 것이다. 유리잔의 입구 부분은 턱 주변과 코 아래쪽을 겨냥하여 조준된다. 그러고 나서 엄지 아래 손바닥에다 꼭 쥔 유리잔 아래쪽으로 찍어 누르듯 엄청난 힘을 가해서 타격하는 것이다. 그날 저녁에 어떤 끔찍한 사고가 벌어질 수 있었는가를 상상하면 지금 이 글을 쓰는 페이지들 위로 떠 있는 이 잘생긴 얼굴은 그저 움찔할 뿐이다.

그렇게 나 자신이 뱉은 피로 반쯤 차 있는 유리잔을 든 나와, 가능한 최악의 방법을 동원하여 나를 마음대로 굴리고 싶어 하는 그가 있었다.

갑자기 거대한 진공청소기에 빨려 들어간 듯 그의 몸이 위쪽으로 번쩍 들렸다. 자신이 술집에서 바로 쫓겨 나가는 신세가 되었다는 걸 이해하고 나자 그 더블린 출신 남자는 내 코트 옷깃에 손을 뻗어서 나도 자기와 함께 끌려가게끔 붙들었다. 우리는 마지못해 억지로 콩가 춤을 추는 사람들처럼 서로 이어진 상태로 칙칙폭폭 이끌려 갔으며, 우리 둘을 태운 기차에는 감시용 횃대에서 막 내려온 세 명의 문지기들까지 합류했다.

그래, 이렇게 조용히 마시는 술 한 잔에 비할 건 아무것도 없지.

더블린 녀석은 나에게 좀 더 여유로운 주먹질을 실컷 날려 주고자 날 술집 바깥으로 끌어내고 싶어 했지만, 나는 간단히 입고 있던 코트를 벗어 버리고 다시 내 자리로 돌아와서 신선하게 갓 따라 온 생사과주 한 잔을 맛있게 들이켰다.

술집 측에서 위로주로 내준 것이었다. 어쨌든 우리 둘 중 하나는 정말 바를 떠나게 되었군. 스완의 영웅적인 직원 한 사람이 내 코트를 찾아다가 예쁘게 개서 다시 갖다주었다. 영원히 번창하길.

페니 다음에는? 또 누가 있었냐면⋯⋯. 어디 보자⋯⋯. 이름이 아직도 기억나지 않는 그 여자가 있다. 그녀는 디자이너였다. 혹은 그냥 본인 말에 따르자면 그랬다. 풍성하게 구불대고 반짝이는 갈색 머리카락을 지녔었다. 외모도 매력적이었지. 서른셋이라고 했지만 서른여덟쯤으로 보였다. 스물아홉일 때는 그 정도 나이가 굉장히 늙은 걸로 느껴지지. 말하자면 나한테는 여든 살이나 마찬가지였다.

"나무들 좋아해요?"

그게 내가 그녀에게 말한 전부였다. 나중에 그녀는 내 질문에 완전히 매혹되었다고 말했다. 그녀는 내가 어떤 의도로 자신에게 접근했는지를 그 누구보다도 가장 재빠르게 알아차린 사람이었다. 하지만 그렇다고 해서 소요 시간 자체가 단축된 것은 아니었다. 어느 일요일에 나는 오직 밤이 오기만을 간절히 기다리게 되는, 정말 견디기 어려운 하루를 그녀와 함께 보냈다. 그녀가 저녁을 요리했다. 닭 요리. 그리고 집채만 한 덩치를 가진 그녀의 두 형제도 식사에 초대되었다. 나중에 나는 이 집에선 이런 행사가 거의 매주 일요일마다 의례적으로 열린다는 사실을 알게 되었다. 그 당시에 나는 그게 나한테 이득이 된다고 생각했다.

나는 마약에 곧잘 손대는 사람이 절대 아니었다. 아시다시피 내 전공은 술이다. 하지만 그날 내 수중엔 술을 사 마실 수 있는 돈이 한 푼도 없었기에, 그래서 그들이 그걸 내놓았을 때 할 수 있는 한 그거라도 많이 빠, 빠, 빨아당겨 보자고 생각했다. 그 효과로 말하자면, 내가 이미 뚜렷이 가지고 있던 피해망상을 아주 범국가적인 수준으로 확대해 버렸다. 나는 그녀 형제들이 저녁을 다 먹고 나면 디저트 삼아 나에게 비역질을 하고, 그들의 하얗고 큰 주먹으로 죽기 직전까지 두들겨 맞으리라는 망상에 사로잡혔다.

나는 완전히 정신이 몽롱한 상태였다. 마침내 약 기운이 온몸에 돌기 시작하자, 닭 요리는 마치 사바나의 열기에 너무 오래 달구어진 사나운 영양처럼 보였다. 세상에, 그걸 보면서 얼마나 겁에 질렸던지. 약에 취한 정신으로 볼 때 그건 여전히 살아 숨 쉬고 있었다. 복수심에 불타는, 열기를 펄펄 내뿜는 사체가 되어서. 자비롭게도 누군가 레드 와인 한 병을 가져왔다. 나는 휘청대며 식탁을 가로질러 가서 그걸 병나발로 벌컥벌컥 들이켜고 싶은 욕구를 꾹 눌러 참아야만 했다. 나는 딱 한 잔밖에 못 마셨다.

그리고 그녀는 내가 얼마나 술을 많이 마시는지를 은근슬쩍 돌려 지적하는 뻔뻔함까지 내보였다. 마약쟁이 주제에 이런 말이 가당키나 해? 그들끼리 나누는 한심하기 그지없는 남매지정의 순간들이 알아서 다 끝나 버릴 때까지 기다리고 나서야, 비로소 그녀 침실에 들어가는 일이 허락되었고 마침내 그녀의 팬티를 내릴 수 있게 되었다.

그날 하루 종일 참고 견뎌야만 했던 불안과 편집증적 망상이, 그녀 골반 사이로 내 몸을 찔러 넣는 거친 동작의 힘찬 연료가 되어 주었다. 이미 부상을 입고 찢어진 살갗의 상처를 더욱 벌려 주는 날카로운 단검처럼. 나중에 그녀를 상처받게 하기 위해서 요구되는 행위 그 자체이기도 했다.

그다음 날 아침엔 늘 겪던 숙취도 없었기 때문에 나는 상당히 상쾌한 기분으로 그 집을 나섰다. 심지어 어젯밤에 남은 닭 한 조각을 집어 들고 나오기까지 했다. 그리고 다시는 그녀와 만나지 않았다.

그다음은?

같이 살던 남자 친구와 막 헤어졌다던 캐서린. 그녀는 어린 딸을 하나 두었었다. 나는 스스로의 기량을 최대한 발휘해 보고자 했다. 그녀에겐 문제들이 좀 있었다. 감정적인 문제들이. 자살 시도를 했었다는 얘기도 언뜻 나왔다. 내 귀가 쫑긋 세워졌다. "날 죽여 줘."라는 말이 귓가에 전해져 오는 것만 같았다. 내가 만약 이 여자의 마음을 충분히 아프게 한다면, 자살이라는 극단의 벼랑 끝까지 그녀를 슬슬 몰고 갈 수도 있겠지. 나는 그녀가 정말로 원하는 바를 이루도록 도와주는 셈이고, 내가 가진 힘이 어느 정도인지 시험해 볼 수도 있는 좋은 기회였다.

내가 대리자로서 어떤 죽음을 야기할 수도 있다고 생각하니 흥분되었다. 하지만 그녀는 너무 강인했거나 너무 멍청했거나, 아니면 둘 다였거나 뭐 그런 존재임을 증명해 보였다. 그렇지만 나는 그녀에게서 훗날 내 인생을 구원할 수 있었던 그 기술을 배우게 되었다.

　나는 너무 과도하게 극적인 태도를 취하고 싶지는 않
지만, 내가 믿기로는 바로 그런 부분에서 상황의 심각성
이 드러나는 법이다. 계획적으로 무너져 내린 마음의 상처
에 따른 고통은 심각한 폭행 사건에 비유할 만한 것이지
만, 그 어떤 법원에서도 이를 범죄로 인정받을 순 없을 것
이다. 부러진 팔은 저절로 낫기라도 하지.

　그녀는 금세 나한테 반해 빠져들었고, 나는 좋은 부
분을 얼른 맛보려고 서둘렀다. 그녀가 완전히 걸려들었음
을 알고 나자, 나는 눈물이 쏙 빠질 고문을 시작했다. 나는
그녀와 만나는 횟수를 점점 줄여 가면서, 내 부재가 가장
뼈저리게 느껴질 만한 황량한 공간으로 그녀를 추방해 버
렸다. 나는 그녀가 어떻게 자신의 삶을 그만 포기하고 말
았는지 모종의 소식이 들려오길 기다렸고, 그녀 장례식에
등장할 나를 얼마나 잘생기고 매력적인 모습으로 상상했
던가. 혹은 그녀가 땅속에 묻히는 바로 그 순간에, 누군가
의 몸 안에 내 좆을 깊숙이 묻어 본다면 더욱 좋을 것이다.

　그녀가 아무렇지도 않게 전화를 걸어서 명랑하게 내
안부를 물어 왔을 때, 내가 얼마나 모욕감을 느꼈는지 이
루 말할 수가 없다. 나는 믿을 수가 없었다. 지금쯤 그녀는

비탄으로 불구가 되어 휠체어에 올라타 있어야 할 텐데. 빛이라곤 한 줌도 투과되지 않는 어두운 안경을 끼고, 나의 아마색 탐스러운 머리카락 한 타래를 손에 꼭 쥐고 쓰다듬다가 결국엔 자조적으로 자신의 인생을 등지고 말았다는 소식이 들려야 마땅한데 말이다.

아니.

그녀는 계속 전화를 해서 내가 잘 지내는지 캐물었고, 그래서 나는 점점 잘 지내지 못하게 되었다. 그건 그녀의 승리였고, 나는 그녀가 이겼다고 인정해 줄 수밖에 없었다. 전혀 상처받지 않았다는 듯한 그녀의 태연함을 나는 받아들일 수 없었지만, 어쨌든 그녀는 그랬다. 다시 돌이켜 보면, 그녀는 자신한테 주어진 상황을 얼마나 초연하게 잘 받아들이는지를 내게 보여 주고 싶었던 것 같다. 그렇지 않다면, 굳이 왜 전화를 하겠는가? 정말로, 당신은 물어볼 수도 있다. 이런 글을 왜 적고 있는 거지? 누가 신경이라도 쓰나? 우리 모두는 각자의 인생이라는 다리 아래로 콸콸 흘러가는, 이처럼 추악한 흙탕물의 범람을 어느 정도 다 경험하고 있지 않은가?

물론 의심의 여지없이 그렇다. 하지만 그 앞쪽엔 거대한 댐이 자리 잡고 있지.

내 변명을 좀 해 보자면, 아홉 살 때 델라살 형제회의 사제(De La Salle Brother)[3]한테 추행당했던 사건을 얘기해 볼 수 있겠다. 교실 뒤쪽에서 그가 가장 아끼는 학생과 함께 어떤 놀이를 하자, 한 줄로 늘어선 책상들 전체가 한꺼번에 흔들리던 그 느낌에 대해서. 이 젊은 사제의 종교적 열정을 막아 내기 위해, 내 반바지 앞섶이 쉽게 열리지 않도록 작은 안전핀을 꽂아 두던 일에 대해서. 그러자 그는 나의 맨다리 쪽으로 관심을 돌렸고, 나는 어머니에게 긴바지를 입게 해 달라고 빌었다. 넌 아직 어리잖니, 그녀는 그렇게 말했다. 여름이기도 하고 올리 형제님은 그냥 너와 친해지시려는 거라고. 심각한 학대까지는 아니었다.

그러니까, 그걸 내 엉덩이에다 받은 건 아니었다고.

올리 형제는 나중에 그런 범죄 행각으로 기소되었고, 나 역시 어떤 면에서는 내가 지은 죄로 인해 처벌을 받았다.

마음에 든다면, 여기 또 다른 이야기도 있다.

우리 아버지가 면도를 하고 있었다. 딜포드의 추운 아침이었고, 화장실 거울 위에 달린 조명이 켜져 있었으므로 겨울이었을 터다. 그는 만화에서나 볼 수 있을 법한 커다란 털투성이 수염을 몽땅 밀어내는 듯 보였다. 나는 아버지의 관심을 끌고 싶어서 뭔가 이런 말을 했었다. "아빠

<hr>

3 델라살 형제회(De La Salle Brothers): 프랑스의
장바티스트 드 라 살(Jean-Baptiste de La Salle,
1651~1719)이 창립하고 로마에 기반을 둔 가톨릭 형제회.
라살리안 형제회라고도 불린다. 전 세계에서 주로 교육
활동을 펼치고 있다.

가 ○○ 안 해 주면 ─ 지금은 그게 뭐였는지 기억도 안 나는데 ─ 나 다시는 아빠랑 얘기 안 할 거야." 그러자 천천히, 매우 느릿하게, 그가 의미심장하게 몸을 내게 기울였다. 면도 크림이 듬뿍 묻은 얼굴이 점점 커지면서 내 얼굴 코앞까지 다가왔다. 그리고 이 우스꽝스러운 탈바가지 아래로, 내게 그토록 큰 의미가 되어 버린 세 마디 단어가 쿵 내려앉았다.

"신경 안 쓴다."

심지어 나는 지금도 저 단어들을 진한 고딕체로 강조해서 써야 할 것처럼 느낀다. 그런 느낌은 분명 저 말들이 내게 그만큼 강력한 효과를 발휘했다는 뜻이다. 아버지는 이 말을 매우 조용하고 낮은 어조로 이야기했다. 마치 이 메시지는 오직 나만을 향한 것임을 확실히 해 두고 싶었다는 듯이. 혹은 어머니가 들을까 봐 두려워했던 것인지도 모른다. 그럴 걱정은 없었다.

어떤 지진과 같은 것이 내 안에서 일어났다. 모든 것이 혼돈 속에서 산산이 붕괴되는 경험. 나는 그것을 언제나 기억할 것이다. 그때는 바로 내가, 인생살이라는 것을 오직 혼자서만 해 나가야만 한다고 알아 버린 순간이다. 모든 문들이 닫히고 말았다. 서부극에서 악당이 거리에 등장하면, 마을 사람 전부가 잇따라서 문을 꼭꼭 닫아 버리듯이.

그때까지 아버지는 나의 유일한 친구 같은 사람이었다. 어머니는 내가 주변을 얼쩡거리는지도 잘 인식하지 못했으며, 두 형과 누나에게 나는 그저 귀찮게도 누군가가 돌봐 줘야만 하는 짐 같은 존재였다. 내게 그 어떤 형태의 애정을 보여 준 사람이라고는 오직 아빠만이 유일했다. 아마도 보상 차원에서였겠지.

산뜻하게 막 인쇄해 나온 책장을 독자들의 짜디짠 눈물방울로 얼룩지게 하고 싶지는 않으니 이 이야기는 이만하도록 하자. 그렇지만 이 말만은 해야겠다. 씨앗이 뿌려지긴 했다는 것.

아마도 이 사건이 나중에 일어났던 다른 일들과 연결점을 가지는지도 모른다. 어쩌면 그렇지 않을 수도 있고. 어쩌면 나는 상대방의 신뢰를 획득한 뒤에 그것을 돌연히 내던져 깨 버림으로써, 어린 시절 내가 경험했던 유일한 인간관계의 양식을 계속 모방하고 있는지도 몰랐다.

각자 생각하고 싶은 대로 생각하면 된다.

나는 캐서린과 다른 몇몇을 우리 집 뒤뜰에서 열린 내 서른 살 생일 파티에 초대했다. 처음 발상은 뭐랄까, 고통의 라자냐 같은 걸 만들어 보자는 생각이었다. 내가 만났던 모든 예전 여자 친구들을 한 장소에 모아 보면 어떨까. 그것도 후져 빠진 내 뒤뜰 같은 곳에. 그 모든 서로 다른 인격들이 내가 야기한 고통으로 하나가 될 수 있다면, 그들의 미래마저 좌지우지했던 악마 같은 정신 상태가 최소한 어떤 것인지 이해할 수 있게 되지 않을까.

파티는 완전히 엉망진창이었다. 나는 너무나 술에 곤죽이 된 나머지 누가 됐건 손님을 맞아들이며 인사를 나눌 수조차 없는 상태였다. 사실 그처럼 세련된 관행 따위는 이미 부차적인 문제였다. 그저 내가 하고 싶었던 일은 펀치 버킷 안에서 찰랑대는 내용물을, 이미 눈이 풀린 내 얼굴을 향해 국자째 들이붓는 것뿐이었으니까. 어느 시점에서는 국자도 내동댕이치고 그냥 버킷째로 들고 마셔 버렸다. 그날 밤 누군가가 누구에게 어디에선가 상처를 입혔으리라고 짐작할 뿐이다. 왜냐하면 그 이후로는 그들 중 누구도 내게 연락하지 않았거든……. 캐서린만 빼고. 그냥 내가 괜찮은지 물어보기만 하려고 전화했단다. 참나.

그 모든 일련의 절차들을 일단 덮어 두도록 하자. 그럼에도 나는 짜증스러웠다. 그건 마치 아름다운 여자 옆자리에서 잠을 깨긴 했는데, 그녀와의 섹스가 어땠는지 조금도 기억하지 못하는 것과 같다. 그건 그런데, 내가 이 모든 얘기를 시시콜콜하게 언급하는 것은 왜일까? 그저 어딘가에서 각자의 인생을 살아가고 있을 이 여자들이 내가 어떤 일을 당하고 말았는지 그들도 알았으면 좋겠다고 생각하기 때문이다. 비록 이 세상을 자유롭게 돌아다니고 있을지언정, 나는 내 몫의 쓰디쓴 약을 얻어 삼켰다. 그리고 설령 그들이 이 책을 전혀 읽지 않더라도 상관없다. 이건 그저 스스로에게 솔직해지려고 노력하는 나의 수기일 뿐이니까. 마치 151페이지에 달하는, 자신에게 쓴 편지와도 같은 것이다. 나는 동정을 구하려는 게 아니다. 나는 동일한 균형을 이루는 대칭 쪽에 훨씬 관심이 많다.

내 얼굴에 맥주를 끼얹고 간 여자는 육 개월이 지난 뒤 전화를 걸어 왔고 여전히 흐느끼는 목소리였다. 이것은 내게 만족감을 안겨 주었다. 그리고 캐서린도 여전히 내 안부를 묻는 전화를 걸어 왔다. 정말 짜증스러웠지만 물론 그녀에게 그런 반응을 들킬 수는 없었다. 왜냐하면 그게 바로 그녀의 승리를 의미하는 것이므로. 이제 슬슬 이 게임 전부가 얼마나 부질없는 짓인지 당신도 느끼기 시작했을 것이다. 이 기간이 약간 더 이어지긴 했다. 내가 도저히 그런 연기 상태를 계속 유지하지 못할 때까지. 근

본적으로 내 연기는 방향을 잃었고, 짜 놓은 줄거리도 다
잊고 말았다.

하지만 기다려 봐, 딱 한 번 내가 여자를 때렸던 일을
얘기해 준다고 약속했었으니까. 아주 오래전에, 이 모든
일이 일어나기도 전에, 나는 딜포드의 마스코트 바에 있었
다. 이른바 내 친구였던 레너핸과 함께 자리를 뜨던 참이
었는데, 나는 취해 있었고 그 역시 마찬가지였다. 금요일
밤이면 딜포드 전체가 취하긴 했지. 술집은 사람들로 붐볐
고 우리는 인파 사이를 헤치면서 나아가야 했다. 레너핸이
내 앞에 서서 길을 터 가고 있었다. 그때 어떤 예쁜 여자가
내게로 몸을 홱 돌리더니 정말 세게 내 뺨을 후려치는 것
이었다. 무슨 일이 일어난 건지 내가 미처 알아차리기도
전에, 나는 반사적으로 그녀에게 주먹을 날렸다.

자, 예의라곤 찾아볼 데 없이 막돼먹은 일부 놈들은
어떨지 몰라도, 아일랜드에서는 그런 종류의 태도가 절대
용납되지 않는다. 나는 술집 밖에 서서 내가 응당받게 되
리라고 짐작되는 주먹질이 준비될 때까지 기다렸다. 그 어
떤 정상 참작이 될 만한 상황이었다고 해도 아무 상관이
없었다.

난 여자를 때린 것이다.

술 취한 군중 사이로 수군거리며 말이 퍼져 나갔고, 머지않아 나와 개인적으로도 잘 아는 다섯 명의 사내들이 밖으로 나왔다. 그리고 일이 이렇게 민망하게 되어 미안하게 됐다는 사과와 곤란한 현재 상황을 개탄하는 말이 그렇게나 많이 오가고 나서야, 그들은 비로소 나를 때리고 발로 걷어차기 시작했다.

하지만 그 동작들에는 적절한 감정이 담기지 않은 겉치레에 지나지 않았다. 보통 이러한 의식은 피를 볼 때까지 멈추지 않는 법인데, 다들 이처럼 서투른 솜씨로는 몸 안에 잘 흐르고 있는 핏방울이 굳이 제 모습을 드러낼 일조차 없을 터였다.

몸을 웅크린 상태에서 나는 그들에게 모욕적인 언사를 퍼붓기 위해 최선을 다했다. 내가 평소에 갈고닦아 두었던 현란한 욕설과 조롱도 별로 효과가 없었는데, 잉글랜드에 친척을 두었다는 말을 내뱉자마자 굉장한 일이 벌어졌다.

불과 몇 초 만에 피가 터져 나오며 상황은 끝나 버렸다.

나는 일을 마치고 그들과 악수를 나누던 것을 기억한다. 한 사람은 내가 한 말 때문에 여전히 마음이 풀리지 않아서 나와 악수하는 것조차 거절했다. 나는 피가 흐르는 눈썹을 닦아 내지 않은 채로 두었다. 피가 그냥 얼굴에 난 길을 타고 뚝뚝 떨어지도록 내버려 두었는데, 그게 곧 올곧은 정의가 집행되었음을 알려 주는 홍보 수단이나 다름 없었기 때문이다. 그녀는 대체 왜 내 얼굴을 후려쳤던 걸까? 레너핸이 그녀 뒤쪽을 지나치면서 치마 속에 슬쩍 손을 집어넣었고, 그녀는 내가 그런 짓을 했다고 짐작한 모양이었다.

그래서 나는 '익명의 알코올 중독자들' 모임에 갔다. 그리고 조금씩, 천천히 예전보다 더 나은 상태가 되었다. 팔 년이 지났어도 나는 여전히 모임에 참석한다. 나는 내가 언제나 거기 참석하는 사람이었으면 좋겠다. 그리고 향후 오 년간은 실로 두려운 존재들, 즉 여자들에게서 멀찌감치 떨어져 있었다.

오 년하고도 반이었다, 사실은. 그러고 나서 나는 직업상으로 큰 도약의 시기를 맞이했다. 커다란 성공이었다. 나는 런던의 명망 있는 광고 회사에 취직했고, 동료 크리에이터와 함께 만든 작품으로 수상의 영예도 얻었다. 그쯤에서 우리는 꽤 유명한 인물들이었다. 내 이름도 여전히 알려져 있다. 나는 저녁에 알코올 중독자 모임에 참석하고, 낮 시간에는 내가 아는 최대한의 방법을 동원하여 열심히 일했다. 아마 나는 이 일에 재능이 있는 것 같다. 왜냐하면 실제로 여러 아이디어들을 떠올리는 일은 전혀 어렵지 않았기 때문이다.

내가 오직 기운 빠지는 일로 느꼈던 것은 끔찍하기 이를 데 없이 격식을 따져 대는 기업 문화였다. 런던의 기업 세계가 미국에 비하자면 사실상 무질서 그 자체라는 사실을 나는 전혀 알지 못했다.

잠시 후, 나는 런던에 있는 내 동료 크리에이터에게 점차 환멸감을 느꼈는데, 그가 자신에게 주어진 임무를 충분히 다하지 못한다는 생각이 들었기 때문이었다. 나는 스스로가 재능 있는 편이라고 믿었고, 그와 함께 작업하는 데에 진절머리가 났다. 우리는 벌써 사 년 동안이나 책상을 두고 마주 앉아 서로를 바라봐 온 사이였고, 나는 이제 맞은편으로 몸을 날려 내 양손 엄지손가락들로 그의 후두 깊숙이 목을 꽉 졸라 버리고 싶은 충동을 참는 데에도 한계가 왔다고 생각했다.

우리는 우호적인 사이로 끝났다. 정말로 그랬다. 그는 같은 회사의 다른 파트너를 찾았다. 나에게 어떤 헤드헌터가 접근해서 미국 세인트라크로이[4]에 있는 정말 괜찮은 회사를 소개해 주었다. 헤드헌터가 회사명을 말해 주자

---

4 세인트라크로이(Saint Lacroix): 화자가 창작해 낸 것으로 보이는, 미국 미네소타의 가상 지명.

마자, 나는 그 선택이 옳으리라는 점을 알았다. 당시에 나는 내 알코올 중독자 모임의 친구들 몇 명과 프랑스에서 이 주간 휴가를 보내고 있었기에, 돌아가면 다시 얘기하자고 말했다. 헤드헌터는 프랑스에서라도 내가 그 회사 담당자에게 전화를 걸어 보면 좋겠다고 간절히 부탁했기에, 나는 그렇게 했다. 킬라론 피츠패트릭(Killallon Fitzpatrick)의 크리에이티브 디렉터가 마침 인터뷰 일정 때문에 며칠 동안 런던을 방문하고 있었다.

최근 삼 년간의 업계 분위기와 작업들에 대해서 끝도 없이 이어진 대화의 첫 운을 뗀 장소는, 도르도뉴 지방의 오래된 프랑스 농가였다. 개들이 짖어 대고, 그 지역 특유의 미스트랄 돌풍마저 창문을 거세게 흔들어 댔다. 나는 그가 어떻게 생긴 인물인지 전혀 몰랐지만, 목소리만 들었을 때 아주 우스울 정도로 전형적인 미국인의 발성처럼 들렸다. 내 친구 중 하나가 나를 놀려 대려고 꾸며 댄 어조로 전화를 했을 때의 목소리와 비슷했다.

뭔가를 요리하는 냄새가 나를 둘러쌌고, 그래선지 나 역시 상대방으로부터 적절히 거리감을 두어야 할 정도를 넘어서서 더욱 고향에 온 듯한 친근한 느낌을 받게끔 했던 것 같다. 왜냐하면 나도 이 미국인에게, 내가 마치 아일랜드판 지미 스튜어트[5]라도 되는 양 꾸며 가면서 스스로의 이미지를 적극적으로 포장했기 때문이다. 비록 키나 재능 면에서는 그의 반 정도밖에 되지 못하지만. 그것은 그 미국인이 정확히 듣고 싶어 하던 말이었고, 그는 나를 정말 마음에 들어 한 나머지 사실상 나에게 홀딱 반해 버렸다.

그는 회사가 미네소타 촌구석 세인트라크로이에 있어서 미안하다고 사과하며, 그 도시는 런던이나 로스앤젤레스 같은 곳이 전혀 아니라고 경고했다. 그는 세인트라크로이가 겨울에 "꽤나 추워질 수" 있지만, 사람들이 일하다 말고 도망갈 만큼 괴로운 수준은 아니라고 했다. 거기서는 호숫가 옆에 지은 멋진 집도 거의 헐값으로 사들일 수 있었다.

그는 내가 거기서 일하기에 딱 적절한 나이라고 생각했다. 나는 서른네 살이었다. 회사에는 예쁜 여자 직원들도 많이 있다고 하면서, 그는 분명히 내가 인기를 얻으리라고 확신했다. 엉큼한 포주 같으니. 그렇지만 당시엔 나도 그게 마침 잘 무르익은 기회라고 판단했다. 물론 나는 런던을 사랑했지만, 동시에 지루해하기도 했다. 나는 런던에서 상도 탔고, 성공도 했다. 뭔가 새로운 시도를 해 볼 차례였다.

---

5 지미 스튜어트(Jimmy Stewart): 미국의 인기
영화배우인 제임스 스튜어트(1908~1997)를 말한다.

나는 그에게 추위따윈 별로 신경 쓰지 않는다고 말했
다. 어차피 내가 하는 거라곤 일밖에 없었으니까. 사무실
에야 난방 장치가 잘 마련되어 있을 테고. 그렇지 않나?

나는 담배를 피우지도 술을 마시지도 않는 사람이라
미안하다고 사과했고, 내심 그가 이 말을 듣고 매우 좋아
하리라는 사실을 알았다. 왜냐하면 미국인들은 영국 출신
크리에이터들이 독하게 술을 마신다는 평판을 은근히 의
식하곤 했으니까. 술을 좋아한다는 건 미국 기업 쪽에서
별로 달가워하지 않는 부분이었다.

거기에 더해서, 나는 그에게 이제 슬슬 결혼을 고려
할 나이가 된 것 같다고 말했다. 아주 긴 침묵이 이어졌는
데, 머리 위 공중으로 짐짓 승리감에 도취한 듯 주먹을 찔
러 대고, 잠시 옷매무새를 매만지더니 곧이어 똑같은 동작
을 계속해 대는 그의 행동으로 봐서는, 앞선 그 긴 침묵의
의미를 짐작할 수 있었다. 이런 내 말을 오직 만족스러워
한다는 것 말이다. 그는 내가 수년 동안 알아 왔던 사람처
럼 친근한 태도로 말을 붙여 오며, 조건절로 말하던 문장
들을 모두 물리쳐 내고 앞으로 확실히 일어날 일을 이야
기하는 미래 시제로 말을 이어 갔다.

나의 미래.

월요일에 헤드헌터가 전화를 걸어 왔다.

"그레이엄이 당신 꽤 마음에 들었나 봐요." 그녀는 이렇게 말했고, 곧이어 "비자"나 "사직"과 같은 단어들을 사용하기 시작했는데 나로선 두 팔 벌려 환영하는 바였다. 이 모든 일은 내 카피라이터가 바로 앞에 앉아 있는 와중에 일어났다. 나는 통화 내용을 들키지 않으려고 수화기를 갖다 댄 내 머리 전체를 창문 밖으로 내민 상태에서 전화를 해야 했다.

오래지 않아 나는 사직을 했고 내 런던 아파트에 앉아서, 노동 허가 승인이 나기를 기다리는 자신을 발견했다. 공식적으로 고용될 때까지 나는 아파트에서 프리랜서로 일할 참이었다.

하지만 그곳의 임대 계약을 끝내고 집을 비워 줘야 했기 때문에 나는 하이드 파크에 있는 호텔 방을 빌려 이사했다. 내가 살던 집에는 낯선 사람 둘이 들어와 살게 되었고, 나는 거기서 십오 분 정도 떨어진 곳에 새로 자리를 튼 셈이다. 육 개월 치 임대 계약서의 잉크가 채 마르기도 전인데, 미국으로부터 노동 허가 승인에 관한 어떤 확인 사항도 받지 못한 상태였다. 이 불안정한 비정규직 상태가 향후 오 년 동안 이어질 내 삶의 전형이 되어버린다.

어떤 일이 벌어지게 될지 미리 알았더라면, 나는 모든 것을 중단해 버리고 본가로 돌아가 어머니에게 얹혀살았을 것이다. 하지만 알코올 중독자 협회 덕분에 나는 내 삶에 다가온 새로운 기회에다 의욕 넘치게 자필 서명을 했고, 그 기회를 기꺼이 사용하겠다고 단단히 결심한 상태였다. 어쨌든 정신이 멀쩡한 상태를 활용해서 뭔가 의미 있는 일을 해 볼 게 아니라면 굳이 술에 취해 있지 않을 필요가 어디 있단 말인가? 또한 협회에 새로 들어온 사람들도 생각해야 했다. 나처럼 가망 없이 미쳤던 놈이 새로운 경력직 제의를 받아 미국으로 향한다는 것은 협회의 신입 중독자 회원들에게 희망을 주었다. 적어도 후원자의 말에 따르자면 그랬다.

미국으로 날아가기 전에 며칠 동안은 딜포드 본가로 가서 고향 집에 온 기분을 느끼며 쉬었다. 부모님은 나를 봐서 좋아하셨지만 남겨질 당신들 생각에는 섭섭해하셨다. 내가 술을 끊자 그들은 나와 함께하는 시간을 정말 좋아하셨다. 나는 딕터폰[6]을 하나 사 드리면서 이걸로 우리가 녹음한 음성 메시지를 대서양을 가로질러 주고받게 되리라고, 그들과 나 자신마저도 설득했다.

그런 일은 결코 일어나지 않았다.

---

6 딕터폰(Dictaphone): 소형 녹음기. 음성 인식으로 문서화하는 기능이 있는 기기도 있다.

아빠가 나를 기차역까지 운전해서 데려다주셨는데, 그때 아주 지독히 가래 끓는 기침을 연거푸 하셨다. 그리고 내가 새로운 나라, 새로운 직장, 새로운 도시의 새로운 집에서 지낸 지 한 달이 됐을 무렵, 어머니가 전화를 걸어오시더니 그야말로 괴상한 질문을 던지셨다.

"너 지금 자리에 앉아 있니?"

그 즉시 나는 아빠가 돌아가셨음을 직감했다. 하지만 실제로 그렇지는 않았다. 엄마 말로는 아빠 상태가 매우 좋지 않아서 내가 언제라도 즉시 돌아와야 한다는 것이었다. 나의 새 직장 상사들은 상황을 매우 잘 이해해 주었고, 심지어 비행편 예약을 도와주기까지 했다. 위중한 일가친지가 있다는 사실을 증명할 수만 있다면, 훨씬 저렴한 가격에 비행기 표를 구매할 수 있다. 병원 전화번호만 알려 주면 되는 것이다. 그래서 나는 비행기를 타고 되돌아왔고, 모처럼 고향에서 귀중한 시간을 보내게 된 일주일 동안에 아버지가 돌아가시길 바랐었다는 사실에 여전히 죄책감을 느낀다.

평생을 점잖은 신사로 사신 분답게, 그는 순응했다. 아버지는 죽어 한 줌의 모래로 돌아가셨고, 그를 땅에 묻고 하루가 지나자 무척 유감스럽게도 월요일이 다가와 있었다. 나는 바로 직장에 복귀하였다. 글쎄, 나는 압박감을 느끼는 상태였지 않았을까? 나는 새로운 상사들은 물론, 런던에 있는 예전 상사들에게도 유능한 인상을 남겨야 했다. 나는 그들이 나 같은 인재를 제대로 대접해 주지 않았었다는 것이 큰 실수였음을 보여 주고 싶었다. 솔직히 말하자면, 그들이 나를 그렇게 나쁘게 대우했던 것은 아니었다. 그냥 내가 그들을 싫어하는 게 편리하게 느껴졌을 뿐. 내가 런던을 떠나야만 했던 진정한 이유는, 나와 한 팀이었던 동료 크리에이터를 혐오했기 때문이었다. 매우 집착적으로.

나는 언젠가 날카롭고 정밀한 제도용 커터로 두꺼운 종이를 자를 때 쓰는, 크고 길쭉한 각도자를 들고 서 있었던 때를 기억한다. 기본적으로 각도자는 다소 날이 무딘 검이나 다름없는 무기였다. 그는 내 왼쪽에 서 있었다. 갑자기 나는 기절할 듯 의식이 흐릿해지는 것을 느꼈다. 어딘가에 부딪혀 넘어진 것도 아닌데 말이다. 몇 초 정도 정신이 나가 버린 것이다. 노란색의 뿌연 안개 같은 것이 눈앞을 가리는 듯했다.

정신을 되찾았을 때, 그리고 내 발치를 내려다보았을 때 설마 그가 머리가 깨진 채로 바닥에 뒹굴고 있는 모습을 보게 될까 봐 두려웠다. 그날이 바로 내가 머리를 창밖으로 잡아 빼고 헤드헌터들과 통화를 했던 날이다. 만약 그와 함께 계속 일을 하게 된다면 내가 어떤 일을 저지르게 될지 두려웠다. 그리고 거칠고 짜증스러운 런던 길거리에서 그를 만나면 어쩔지 걱정하는 것보다 차라리 이 나라를 떠나 버리는 편이 더 나았다. 혹은 그냥 나에게 변화가 필요했는지도 모른다.

새로운 나라, 내가 살게 될 새로운 도시에 막 도착하였을 때는 그곳 여자들에게 별 관심을 느끼지 못했다. 정말 조금도 말이다. 내가 날려 버린 무수한 기회들에 대해서 생각하면 지금도 그냥 흐느끼고만 싶어진다. 미국 중서부 지역에서 나와 같은 외국인은 정말 눈에 띄는 존재다. 뭐 하긴, 한 번은 나름 외모가 빼어났던 어떤 여자한테 데이트 제안을 했던 적이 있기는 하다. 하지만 그녀는 정기적으로 데이트하는 사람이 있다고 했고, 그래서 나는 홧김에 "젠장 됐어, 이 정도 예쁜 여자도 못 가진다면, 그냥 때려치울래."라고 생각했던 것이다. 또 다른 이유라면 물론, 거기서 애 둘이랑 개 한 마리나 키우면서 눌러앉는 신세가 되고 싶지 않았기 때문이다. 나는 그 땅에 발을 들이는 순간부터 언젠가는 다시 나가야 한다는 것을 알았다.

　나는 한 일 년 정도면 적당할 거라고 생각했다. 내 생각은 틀렸다. 나는 거기서 집 한 채를 사기까지 했는데, 그것은 단지 내가 진지한 자세로 근무하고 있음을 회사 사람들에게 설득하기 위한 것이었다. 부동산 경기가 워낙 좋아서 집은 되팔아 버리면 그만이었으니까. 만약 내가 쥔 패를 갖고 변죽을 잘 울릴 수만 있다면, 심지어 멍청한 호구를 하나 잡아서 내가 샀던 것보다 더 높은 가격으로 팔아 치울 수도 있는 노릇이었⋯⋯. 그리고 이때가 아니라면 도대체 언제, 드라마 「월튼네 사람들」[7]에나 나올 법한 견목 바닥에다 베란다에는 깜찍한 그네 의자까지 딸린 빅토리아풍 주택을 사 볼 수 있을 것인가? 회사는 내가 그 집을 구하는 데 어려움이 없도록 은행과 면담하여 융자를 받게끔 도와주었다.

　대충 한 달 정도까지는 아주 멋지게 느껴지는 집이었다.

　그동안, 나는 공항 내부 구조에 대해서도 꽤 잘 알아가고 있었다. 미국에서 비행기를 탄다는 것은 영국에서 버스를 타는 일과 같다. 회의를 하려면 비행기를 타고 간다. 특히나 본사가 미네소타 세인트라크로이에 있는 사

---

7 「월튼네 사람들(The Waltons)」: 1972~1981년에 미국 CBS에서 방영된 드라마. 대공황기와 2차 세계 대전 시기를 배경으로 버지니아 제퍼슨 카운티라는 작은 시골 마을에 사는 월튼 가족의 전원적 삶을 그리고 있다.

람이라면 말이다. 그들이 내게 준 첫 번째 과업은 셰인 폰드(Shane Fond)의 영화 「내일은 영원히 운다(Tomorrow Forever Cries)」와 함께 이어진 BNV 자동차 회사[8]의 광고를 감독하는 대형 프로젝트였다.

그들의 신규 모델인 9T와 새롭게 출시한 오토바이 T2600 서퍼가 영화 속 협찬으로 지원된 상태였다. 그들은 이 대중적 도상들이 고도로 매력적인 협업으로 드러나게끔 하는 영상 광고와 인쇄 광고를 각각 세 개씩 원했다.

그 일은 정말 까다로웠다. 자동차의 위상이 두드러지게 나타나도록 잘 표현해야 하는 동시에, 영화 속 장면들도 보여 주어야 했다. 매우 어려운 작업이다. 이 모든 개별적 요소들을 다 포함해야 한다는 조건 아래서, 멋지고 깔끔한 착상을 얻어 내기란 굉장히 어렵다. 거기에 더해서, 우리는 세 군데의 각각 다른 고객들과 함께 상의를 해야 했다. BNV 북미 지부, BNV 독일 본사 그리고 DGR 영화사까지. 그 빌어먹을 것을 완성하기 위해서 장장 구 개월이라는 시간과 평균치의 세 배에 달하는 비행 횟수를 감수해야 했다.

음침한 회색 마천루 빌딩 27층에 있는 내 사무실에서, 사방 모든 방향으로 수백 마일은 족히 펼쳐져 있는 미

---

8 BNV: 화자가 창작한 가상의 회사명. 독일의 유명 자동차 회사 BMW를 연상케 한다.

국 중서부의 평탄한 지대를 바라보는 기분은 마치 달에 착륙한 것 같았다.

그 풍경은 BBC에서 방영해 주던 공상 과학 프로그램 「우주 1999」[9]를 떠올리게 했다. 비슷한 점이 한두 가지가 아니었다. 드라마에서 나오는 달 본부 기지의 내부는 모두 빈틈없이 깔끔한 직선과 첨단 기술 장치로 꾸며져 있었고, 창밖 풍경은 황량하고 삭막하기 그지없었다. 본부 안에 거주하는 이들은 모두 엄선된 채용 과정을 통해 꾸려진 팀이었고, 고도로 문명화된 사람들이었으며, 그 무엇보다도 철저히 절도 있게 훈련되어 있었다. 이것은 킬라론 피츠패트릭에서 매우 중요하게 고려하는 점이었다. 강압적인 스트레스 아래서도 미소 지을 수 있는 능력. 그들은 그것을 너무나 좋아했다. 그들은 당신이 소란을 피우지 않고 입을 다문 채 고요히 고생하는 것을 원했다.

그리고 나는 그것에 꽤나 능숙해졌다. 나는 오 년째 금주 상태였다. 내가 술을 끊은 것은 바로 이런 것을 위해서였다. 이것은 내가 절대로 하게 될 수 없었으리라고 여겨지는 일이었다. 그러니까, 명목상으로 정말 괜찮아 보이는 것들. 안정된 생활 환경과 직장, 월급, 미국으로의 발령. 내가 술을 마시면서 지낼 때는, 결코 이런 종류의 상황

9 「우주 1999(Space 1999)」: 1975~1978년에 영국에서 방영된 공상 과학 드라마. 1999년 9월 13일에 일어난 사고로 달이 궤도에서 이탈하여, 달 기지에 거주하던 지구인들이 에피소드마다 다른 외계를 모험하는 이야기다.

을 제안받는 일 따윈 없었으리라. 그리고 나는 용케도 여자 친구를 사귀고 마는 덫에 빠지지 않았던 일에 대해서도 자축했다. 왜냐하면 만약 내게 애인이 있었다면 절대 떠날 수 없었을 테니까. 나는 중서부 지역 어디에서든 그 어떤 여자의 그 어떤 접근도 받아들이지 않기로 결심했다. 나는 바보가 아니었다. 나는 스스로의 여생을 여기서 만난 어여쁜 아내와 금발 아이들에게 묶여서 그만 옴짝달싹 못한 채 날릴 순 없었다. 그러는 동안 킬라론 피츠패트릭은 내가 봄날 얼음처럼 녹아서 무너져 내릴 때까지 서서히 압박의 온도를 높여 갈 터였다.

나는 그 지역의 알코올 중독자 모임에 연락해서 활동하게 되었고, 그건 괜찮았다. 나는 기분이 나아지는 걸 느끼기 시작했다. 세인트라크로이는 재활 치료의 수도였다. 미국의 그 어디보다도 많은 수의 재활 센터가 세인트라크로이에 있었다. 애초에 그 사실 때문에, 거기로 이사한다는 데에 심정적으로 편안함을 느꼈던 것이다. 가장 큰 치료 센터 중 한 군데 곁에 바로 술집이 있다는 사실을 깨닫고 조금 불안해지기는 했다. 술집 안에는 이렇게 쓰인 표지판이 있었다. "알코올 중독자 회원용 칩 받습니다." 완전 금주에 성공한 해마다 회원들은 칩이라고 불리는 작은 금속 동전을 받게 되는데, 이 술집은 그만 파계에 이른 회원이 자신의 칩을 술값 대신 지불한다면 그날 하룻밤 동안 무료로 술을 제공하는 것이었다. 술집 바 뒷면의 벽은 그렇게 받은 칩으로 완전히 뒤덮여 있었다.

미국에서 지내는 동안 술에 손대지 않고 누군가와 연애 관계에 빠지지도 않는다면, 언제든 나는 런던으로 되돌아가 거기서 내 인생을 다시 시작하며, 이 시기 전체를 오직 일에만 집중한 채 살았던 흥미로운 일탈의 세월로 볼 수도 있으리라. 어느 쪽이든, 나는 비행기를 타고 낯선 땅에 와서 꽤 많은 월급을 받으며 — 내가 벌어들이는 연봉은 30만 달러였다. — 내 창밖 풍경을 감상하고 있었다. 나의 자의식은 거의 흠뻑 터져 버리기 직전으로 부풀어 올랐고, 내가 가장 좋아하던 가구들은 모두 조심스럽게 포장되어 배송되었고, 어머니에게는 그녀 남편, 즉 나의 아버지를 잃은 데에 대해 심심한 애도를 표하는 엄청나게 큰 꽃다발을 보내 둔 참이었다. 직접 소리 내어 말하지도, 실제 눈에 보이는 글로 쓰지도 않았지만 내 머리 위에는 주변에서 기대하는 이런 문구가 둥둥 떠 있었다. 좋아, 우리 거물, 어디 가 보자고.

그건 꽤 소름 끼치는 상황이긴 했지만, 나는 손해 볼

것 없는 위치에 있다고 생각했으므로 별로 신경 쓰지는 않았다. 만약 내가 일을 망치더라도, 실제로는 상관없었다. 나는 외국에 있었으니까. 그리고 내가 잘 해낸다고 해도, 그것은 그저 그들이 내게 걸었던 신뢰가 잘 맞아떨어졌을 뿐이었다. 그리고 물론 나는 "영국, 런던에 있는 분들"의 귀에도 그런 성공담이 잘 들어가도록 확실히 해 둘 셈이었다.

그래서 나는 저녁마다 알코올 중독자 모임이 끝나면 나의 빅토리아풍 대저택으로 돌아왔다. 나는 크고 번듯한 가구라곤 거의 한 점도 갖고 있지 않다는 사실이 좋았다. 이런저런 잡동사니만 굴러다니는 집에 산다는 점이 나에겐 매력적으로 느껴졌다. 그러한 결핍 상태는 프랑스의 어느 거대한 시골 별장을 배경으로, 녹음 장비나 전선들이나 기타 등등 멋져 보이는 것들로 가득 차 있는 딥 퍼플(Deep Purple) 앨범 재킷을 떠올리게 했다. 이게 바로 내가 애써서 얻고 싶던 그런 효과였다.

하지만 나 이외에는 그 누구도, 이곳이 은행 지원 융자 대상자로 선정될 만큼 책임감 있는 인생을 사는 것처럼 보이지는 않는 어느 삭발의 아일랜드인 남자가 소유한 거의 빈집이라는 아이러니를 눈치채고 즐거워한 사람은 없었다. 나는 이 점이 재미있었다. 만약 누군가가 갑자기 문을 박차고 들어와서 "실수가 있었군. 당장 여기서 썩 나가."라고 말한다 한들 그게 부자연스러워 보이진 않았을 터다. 나는 아무 토도 달지 않고 조용히 떠났을 것이다. 왜냐하면 실은 내가 인생에서 좋은 운을 누릴 자격이 있다고는 생각하지 않았기 때문이다.

이것은 내가 술을 마시던 시절에 사람들에게 저질렀던 짓에 대한 죄책감 그리고 수치심과 연결되어 있었다. 내가 술을 끊었을 때, 남을 상처 입히고 싶은 욕구 또한 줄어들었다. 어쩌면 나 자신에게 상처를 주려는 욕구로 대체되었던 건지도 모르겠다.

이웃들은 나를 환영해 주려고 했지만, 내가 자발적으로 그들과 한데 어울리는 일은 절대 없으리라는 걸 이해하지 못했다. 누군가 현관문을 두드리며 맥주나 한잔하러 오지 않겠냐고 초대하는 것은 괜찮았다. 맥주 대신 콜라로 재빠르게 바뀌긴 했지만. 아이러니가 느껴지는 상황들이었다. 이 모든 것들은 내가 잔디 깎는 기계를 빌리도록 등짝을 떠밀릴 때까지는 괜찮았다.

미국의 정원 잔디는 사회적이고 정치적인 함의로 점철되어 있다. 자기 잔디밭을 말끔히 관리하지 않으면, 당신 이웃들이 강제로 관리하게끔 시킬 수 있다는 법률 조항이 어딘가에 존재한다. 나는 이것에 대해 전혀 몰랐고, 그 즉시 나의 앞뜰과 뒤뜰이 자연 본연의 상태로 돌아갈 수 있도록 허락하는 방탕함을 보여 주고 말았다. 그러자 현관문에 날아와 꽂힌 예의 바른 노크가 그 모든 것을 바꿔 놓았다.

이 세계에서 예의 바른 노크란 상당히 엄격하고 부담스러운 것이다. 문을 열자 서 있는 그는, 미안해서 어쩔 줄 모르겠다는 표정으로 이마를 찌푸리고, 한 손은 가슴에 얹고, 작은 팸플릿을 쥔 모습이다. 미네소타주의 의인화 그 자체 같다.

"안녕하시지여."

"아, 안녕하세요." 나는 짐짓 놀라는 척하며 말하지만 사실 이 뒤룩뒤룩한 개자식이 내 현관문 앞까지 침입해 들어오는 광경을 낱낱이 지켜보고 있었다.

"잔디 간리하는 게 좀 힘드신 거 같아 보이시더라구여. 그래서 이 책자를 보시면 좀 도움이 되실까 싶어서 가져와 봤어여."

"도움" 같은 말을 또박또박 발음하지 않고 게으르게 뭉쳐 버리는 것은, 격식 없는 친근함의 암시다. 도움 대신에 도움이라 말하는 것은, 자기네들이 그저 평범한 좋은 사람들이라는 걸 '증확히 선언'하는 그들만의 방식인 것이다.

"오, 정말 감사합니다. 정말로 상냥하시군요." 나는 바로 이런 순간들을 위해 차곡차곡 모아 놓은 십 년 치 분량의 영국인스러움을 쏟아부어 호들갑 떨어 대며 말한다.

그리고 나면 기분이 참 초라해진다.

그렇게 또 다른 이웃에게서 빌린 잔디깎이는 휘발유가 완전히 채워진 상태였다. 그리고 나 같은 사람조차 그걸 도로 완전히 채워 준 상태로 되돌려 줘야 한다는 사실쯤은 알았다. 그러한 업무를 해결하려면, 주유소 직원과 몇 마디 대화를 나누는 상황에 처하게 되는 법이고.

"여기 분 아니시지여?"

매번 듣는 말.

나는 말투의 억양을 좀 바꾸었다. 높낮이를 약간 평탄하게 만들었지. 뉴욕이나 로스앤젤레스 출신인 것처럼 꾸밀 수 있었다. 그러면 최소한 그들에게 완전히 듣도 보도 못한 별종을 만난 듯한 느낌을 주진 않을 테니까.

만약 내가 아일랜드 태생이고, 그런데 런던에서 왔다고 말한다면, 마치 방금 누군가가 참으로 기괴하게 끝내주는 펠라티오를 해 주기라도 한 것처럼, 그들 눈동자는 흥분으로 희번덕거리고 순간 말을 잃어버린 입가에는 행복감에 물든 미소가 옅게 떠오르는 것이다.

그러고 나면 감사의 말이 밀어닥치기 시작한다. 나는 유럽에서 나온 모든 그림엽서, 영화, 혹은 뜬소문을 대변하는 존재가 된다. 그리고 외국 사절이 외교적인 태도를 보여야 한다는 것은 모두가 아는 사실이다. 나는 내가 사려던 것이 무엇이든 얼른 집어 들고 그 자리를 떠 버린다. 나는 그들이 싫었다. 미안하지만, 나는 그들을 빌어먹게 혐오했다. 내가 크리스마스 휴가를 맞아 아일랜드로 갔을 때는 미국에서 건너온 맥도널드 매장의 간판만 쳐다봐도 침을 찍 뱉고 싶어졌다. 지금은 뉴욕에 살고 있으니 괜찮다. 신이시여, 감사합니다, 저희에게 뉴욕을 내려 주셔서.

하지만 중서부 지역이란 좀 다른 곳이다.

내 상사는 이제 막 채용된 신입 여자들을 가리키며 속삭이곤 했다. "저 여자 애인 없다는데." 그런 태도를 직접 눈으로 보면서도 믿을 수가 없었다. 그는 내가 회사 여직원들과 데이트하도록 적극적으로 격려했다. 물론 이론상으로는, 만약 내가 사내 연애를 거쳐 결혼하게 된다면 한층 두터워진 충성과 봉사로 회사 또한 영원히 번영을 누리게 되리라는 것이었다. 그리고 심지어 애들까지 낳을 지도 모르지.

혹은 그는 이렇게 말하기도 했다. "버스로 출퇴근하지?"

"그렇습니다."

"나도 아내를 버스에서 처음 만났어."

빌어먹을 제발 좀.

그는 충분히 정직하고 착한 부류의 사람이었다. 비꼬는 마음에서 그런 언행을 보였으리라곤 생각하지 않는다. 그는 단지 이 업계를 그저 보이는 대로 단순하게 받아들이는 것뿐이었다. 광고라는 건 가짜다. 일단 그걸 알게 되었다면, 당신에겐 그나마 구제받을 기회가 있다. 하지만 그는 겉만 번지르르한 가짜 광고를 믿었다. 아내/집/아이들/개. 나는 그가 자기 업무에 유능하고 상사로서도 훌륭했다고 생각한다. 그는 그저 충분히 의심하지 않았을 뿐이었다.

물론 나는 당신도 이 책을 읽으면서 내가 경험한 그 어떤 불행조차 그저 조물조물 가짜로 빚어냈으리라 결론 내릴 수 있다는 사실을 안다. 내 상사의 선의를 꼬아서 생각했던 내 의심 자체가 문제였다. 하지만 그게 내가 잘하는 짓인걸. 나는 뭐든 그 이면에 수상한 의도가 숨어 있는 게 아닐까 의심한다. 내가 어려워했던 것은 다른 쪽의 일들이었다. 사람들을 믿는 거라든가. 참 낯선 개념이다. 내가 데이트한 적 없는 그 수십억의 여자들 중 누구에게라도 물어보라.

그래서 상사는 자기 속내를 가지고 있었고, 나도 내 속내를 갖고 있었다. 나는 그저 킬라론 피츠패트릭에서의 일 년 경력을 내 이력서에 올려놓기를 원했다. 딱 그거. 일 년. 삼 개월이 지나자 나는 혼란에 빠지고 있었다. 마침 그때 새집을 사서 이사 들어가지 않았더라면, 그 시점에 그냥 몽땅 접고 떠나 버렸을 것이다. 그러니 모두 다 최선으로 맞아떨어진 것 같다.

어쨌든, 내가 거길 빠져나오기까지 거의 이 년이나 걸렸지만, 내가 이야기하고 싶은 건 그게 아니다. 내가 광고 일에 관한 일들을 다 언급하는 이유는, 그게 곧 내 이야기의 나머지 부분을 비추기 위한 배경이 되기 때문이다. 이 이야기의 진정한 요점은 어떻게 내가 여성들에게, 또한 나 자신에게 지은 죄를 속죄했는지다. 사람은 자기 죗값을 치르느라 형벌을 받는 것이 아니라, 죄 그 자체가 형벌이 되는 것이라고들 한다.

또한, 나는 완전히 피해망상적 편집증에 사로잡혀 있다. 그러니까 아주 심각한 수준으로. 이 세상에는 반드시 내 기준에서 최선의 이익을 고려하지 않는 사람들이 있다는 사실에 그저 약간의 막연한 흥미를 느끼는 게 아니다. '편집증'이라는 단어인 것이다. 또 다른 단어는 '자기중심적'이라는 말이다. 하지만 나는 그 단어를 그렇게까지 좋아하진 않는다. 의학적 성격이 부족한 것처럼 들리니까.

가끔 나의 광적인 사고를 북돋는 연료가 되었던 편집증은 언급할 만하다. 펜이 사람들을 고용해서 나를 미행한다고 생각했던 때처럼. 왜 그녀가 그런 짓을 하는지는 명확하지 않았다. 내 편집증이 그려 내는 각본들은 대략적인 그림만 던져 줄 뿐이었으니까. 세부 사항까지 일일이 파고들기엔 너무 게으른 것이다. 나는 거리를 오가는 평범한 사람들이 그녀에게 고용된 정보원들이라고 믿었다. 그들의 목표는 나를 심리적으로 불안하게 하는 것이다. 캠버웰에 있는 내 지하실 아파트를 떠날 때마다, 예사롭게 지나치는 여성 노인이나 혹은 딸아이를 데리고 있는 남자 같은 사람들이 내가 피해야 할 적들처럼 보였다.

딱하기 그지없이 혼란에 빠진 내 마음속에서 나는, 마치 내가 이런 말을 쩌렁쩌렁 외치고 있다는 듯한 표정을 지어 보일 것이다. "난 당신들 모두 누군지 알아. 하지만 내가 안다는 사실을 드러내진 않을 거야, 상황을 전혀 모른다는 듯한 인상을 남겨 주겠어. 그래야 우리가 이 연극을 계속할 수 있잖아? 하지만 사실 난 알고 있어. 그러니 무리하진 마."

이 표정이 어떤 모습인지 당신은 궁금해할지도 모른다. 내가 말해 주지. 자만에 찬 분노다. 얼굴에는 엷은 미소를 띠고 낮게 으르렁대는 것—너무 미세하여 눈치채지 못할 테지만, 분명히 존재하는 미소. 나는 네가 알고 있다는 사실을 안다……. 무한에 이르기까지 영속적으로 돌아가는 굴레. 물론, 내가 지금 수면 위에서 일어나는 이 모든 일들을 말했다는 것이 한편으로 나의 물밑 신뢰성을 약간 일그러뜨리긴 하지만, 내가 여기서 느끼는 유일한 의무감은 무슨 일이 일어났는지를 솔직하게 털어놓는 것이다.

이게 내 치료가 되는 것이다. 나는 심리 치료사와 상담을 진행하기엔 너무 망가져 있고, 솔직히 말해서, 그조차도 나는 믿지 않을 것이다. 그렇지 않은가? 나의 피해망상 스위치가 일주일에 한 시간씩 상담받는 시간 동안에만 꼬박꼬박 꺼져 있을 것도 아니고. 그리고 나는 이미 너무 바쁜 일정을 소화하고 있다. 낮에는 내 업무에서 재능을 발휘하는 천재가 되어야 하고 밤에는 알코올 중독자 모임을 이끄는 주요 인물이 되어야 한다. 누가 어디서 한 말인지는 몰라도 나는 글쓰기를 통해서 내면의 아픔을 낱낱이 토해 내는 게 가능하다고 들었다. 그리고 혹시 모르지, 누군가는 그걸로 이득을 보게 될지도.

내가 말했듯이, 나는 지금 뉴욕에 살고 있다. 나는 이전보다 훨씬 행복하고, 내가 이곳에 오게 된 계기는 별로 우아하다고 할 수는 없지만, 이제 나는 여기를 사랑한다. 내가 그렇다는 것이 자신에게도 놀랍다. 내가 맨해튼에서 보낸 첫 두 달은, 내 삶에서 자살이라는 행위에 가장 가까이 다가갔던 시간이었다. 어떻게 내가 그런 생각을 하기 시작했는지 돌이켜 보면 우습다. 자신의 목숨을 끊는다는 생각.

아슐링이 조지나스에서 날 차 버린 지 겨우 일주일밖에 되지 않았을 때였다. 그리고 어쩐 일인지 그 기간 동안에 나는 자신을 객관적으로 정직하게 바라볼 수 있었다. 내가 수년 동안 스스로의 역할을 연기하듯 살아왔다는 점을 고려해 보면, 진정한 나를 파악하는 것도 보다 쉬웠으리라고 짐작할 수 있겠지.

잠깐씩 바깥바람을 쐬러 나가서 울고 돌아오는 것이

도움이 되었다.

그래서 나는 세인트라크로이에서 일했던 회사의 뉴욕 지부 건물 15층 창문 앞에 서서, 멍하니 창밖을 바라보는 나 자신을 발견했다. 날짜는 3월 말 정도였고 굉장히 습기 찬 날씨였다. 7월처럼 끔찍한 습기에는 미치지 못하지만, 그래도 여전히 습했고, 여름 이전에는 에어컨을 틀어 주지 않기에 체감 상으로는 훨씬 최악이었다.

그래서 그곳에 내가 서 있었다, 애타게 숨을 들이쉬며 ―대기 중에 부드럽게 퍼지는, 자비로운 산들바람 한 줄기를 찾아 ― 그러다 아래쪽의 시멘트 바닥을 내려다본 것이다.

창이 건물 뒤편을 향해 나 있었기에, 내가 내려다본 시선 끝에는 뉴욕에 언제나 차고 넘치는 이상한 환풍기들이 모여 있었다. 빌어먹을 그것들의 정체가 뭔지 알게 뭐람. 하지만 중간 부분에는 잘 펴 바른 시멘트 바닥이 반듯하게 드러난 직사각형의 빈 공간이 있었다. 아주 부드럽게 그것이 내 눈에 들어왔다. 그러니까 아주 온화하게 말이다. 눈을 깜박이게 하는, 번쩍대는 미친 점프 컷들의 연속이 아니라.

나는 그 직사각형 공간 속에 완벽하게 자리 잡고, 마

치 REM 수면에 빠진 듯 누워 있는 자신의 모습을 차분히 그려 볼 수 있었다. 왼쪽 다리는 꺾이고, 오른쪽 다리는 곧게 뻗어 있는 채로, 구부러진 왼쪽 팔의 왼쪽 손바닥을 땅에 대고 있는 상태. 오른쪽 팔은 내 몸 옆쪽으로 쭉 뻗어 있다. 내 왼손 옆에 있는 내 머리는 베개를 모로 베고 잠든 듯, 측면을 보게끔 돌려져 있다. 내 머리 바로 위쪽과 내 왼손 아래쪽으로는, 굉장히 깔끔하게 공들여 배치된 추상적인 붉은색 영역이 있으리라. 내 머리를 내려놓은 곳을 기점으로 꼭 거대한 꽃 한 송이를 납작하게 눌러 놓은 것처럼. 고요한 휴식에 빠진 상태. 나는 평화로워 보였다. 고통을 벗어나서.

말하자면, 나는 수많은 고통 속에 있었다는 거다. 하지만 그 고통을 야기한 것은 추상적인 칼날이었다. 이를테면, 고통은 물리적이었지만 그 원인은 그렇지 않았다는 것이다. 어떤 사람들은 내가 실연의 아픔으로 고통받고 있었다고 말할지도 모른다. 혹은 그냥 그런 게 인생이라고도. 어쩌면 알코올 중독자에게서 알코올을 빼앗은 결과로 찾아온 금단 증상이었는지도 모른다. 어쨌든, 그 시점에서 오 년째 금주를 하고 있었으니까.

다 맞는 말이다. 하지만 분명히 또 다른 무언가가 있

었다. 내가 어떻게 알아? 난 모른다. 나는 그저 나의 감정적인 상태가 '실연' 같은 전형적인 사춘기적 용어로 설명되어질 수 있다는 점을 믿기가 어려울 뿐이다. 내가 틀렸다고 반박을 받는다면야 기꺼이 인정하겠지만, 그 누구도 어떻게 실제로 그걸 증명할 수 있을지 나조차도 모르니까, 그럴 일은 없겠지. 이 이야기를 계속하면서 나에 대해 깨닫게 될 점 하나가 바로 그것이다. 나는 위험을 감수하는 것을 좋아하지 않는다는 것. 나는 속으로 내가 옳다는 것을 꽤 확신하고 있을 때만, 내가 틀릴 수도 있다는 가능성을 제시하는 사람이다.

그럼 내가 더 겸손한 사람처럼 보이니까.

예를 들어서, 내가 뭔가 재미있게 느꼈던 이야기를 남들에게 할 때면, 나는 다른 사람이 그 농담을 했던 것처럼 가장한다. 그렇게 하면 내가 그 이야기를 하는 상대방에게서 선입견 없는 순수한 반응을 얻을 수 있기 때문에. 만약 그 사람이 웃는다면, 나는 그렇게 재미있는 농담을 생각해 낸 스스로를 자축한다. 만약 그 이야기가 재미가 없다고 느낀다면 내 기분이 상할지 모른다는 부담 없이도, 내 지인으로부터 웃음을 이끌어 낸 것이니까 그건 진정한 재미인 것이다.

무슨 이야기 중이었지? 자살. 맞아, 자살은 오랜 친구처럼 찾아온다. 나는 내가 사랑했던 여자와 함께 있기 위해 미네소타에서 막 이사를 온 참이었지만 그 여자는 아무 데도 존재하지 않았다. 그 어디에서도 그녀를 찾을 수가 없었다. 내가 원하면 언제든지 그녀를 볼 수 있었고, 낮이건 밤이건 그녀와 대화를 나눌 수 있었고, 그녀는 내 친구가 되어서 매우 행복해했다. 가장 궁극적인 좌천이지. '친구'라는 단어는 내 열 오른 마음속에 거세당한 성 불구자라는 의미처럼 등록되었다. 나는 그녀를 볼 수 있었지만, 남자로서가 아닌 상태에서만 가능했다.

아주 정교하고 강렬한 고통이다.

그리고 그것은 너무나 뜨겁게 다가왔다.

나에겐 해야 할 두려운 일들이 너무나 많았다. 사람들에게 유능하고 좋은 인상을 남겨야 했고, 아파트도 보러 다녀야 했고, 아이디어를 착안해 내야 할 과제들도 많았다. 이 세상과 그 안에 든 사람들이, 나를 비웃어 대는 웃음을 내 면전에서 터뜨리지 않으려고 꾹꾹 참아 주는 중이라고 강하게 확신했다. 내가 보지 않고 있을 때면 다들 애써 참았던 웃음을 빵 터뜨리겠지. 그러니 이런 생각이 드는 것이다. "그냥 다 털고 쉬는 것도 괜찮잖아." 나는 이 생각에 스스로 고개를 끄덕이는 것을 느꼈다. 그러고 나면 모든 게 끝나 버린 상태일 것이다. 더 이상의 고통도 없고, 아래로 떨어지는 동안 맡게 될 시원한 공기.

그건 타당한 소리였다. 특히나 아래로 떨어지는 순간에, 시원한 공기가 느껴질 것이라는 부분. 그건 참 매력적으로 들렸다. 무엇인가 끼어들어서 그게 아니라고 가로막긴 했지만. 나는 그 이후 한 달 정도쯤은 그냥 멍하니 어딘가 마비된 듯 무감각하게 지냈던 것 같다. 하지만 회색 깔개 위에 곱게 배치된 나의 모습은, 죽을 때까지 날 떠나지 않을 것이다. 내 편집증의 즉석 폴라로이드 사진. 분명히 그것은 그녀 도움 없이는 존재하지 못했을 사진이다.

그래, 어디 보자, 아무래도 너무 앞서간 것 같네. 다시 조금 뒤로 돌아가야겠다. 그렇지, 아직 내가 세인트라크로이에 있었던 8월쯤이다. 아빠가 돌아가셨고 그는 이제 딜포드 외곽의 교회 뜰 한구석에, 그분 자신의 아버지와도 멀지 않은 땅에 묻힌 채 살고 있다. 그걸 생각하면 이상하게 느껴진다. 나는 아주 멀쩡하게 잘 살고 있으면서, 세인트라크로이의 모든 이들이 기다리고 있는 것을 함께 기다렸다. 겨울 말이다. 만약 당신이 미소 지으며 활기 넘치고 의기양양한 상태라면, 루터교도 같은 엄격하고 침울한 태도를 가진 누군가가 반드시 불쑥 나서서 "어디 기다려 봐요."라는 말로 그 순간을 깨뜨리기까지의 만족감을 만끽하리라.

그들은 행복감을 좋아하지 않는다.

진짜로. 그 모든 스웨덴·노르웨이적 영향력은, 최소한 육 개월 이상 이어지는 겨울 내내 차갑게 얼어붙어 버리는 크고 축축한 털 뭉치 담요와도 비슷한 효과를 보여준다. 우라지게 춥다는 말이다. 그곳에 살게 된다면, 얼음장 같은 추위를 느끼는 감각이 상대적으로 변하게 되리라.

어느 날 아침 자리에서 일어났더니 어떤 재수 없는 자식이 TV에 나와서 전날 영하 30도에서 오늘은 기온이 올라가 영하 17도에 머물겠다는 예보를 전했다. 나는 신이 나 어쩔 줄 모르는 흥분감마저 느꼈다. 거의 여름용 반바지와 샌들을 꺼낼 기세였다. 실제 현실에서 그 어떤 말짱한 사람에게든 이미 충분히 지랄 맞게 추운 날씨인데도. 시원한 비키니 수영복을 걸친 모습의 여자 사진이, 내 안에서 그토록 인지 부조화적 감정을 불러일으킨 적도 없었다. 그건 바로 산더미처럼 쌓인 눈에 갇혀 오도 가도 못하고 정지되어 있는 버스 옆면에 부착된 크리스마스 휴가 광고였다. 미소 짓고 살갗을 햇볕에 태운 채, 한쪽 손에 머리를 괴고 그녀는 이렇게 말하고 있는 듯하다. "너는 참 정신 나간 멍청이야." 버스가 내 옆을 엉금엉금 기다시피 지나가면서, 그녀 입술이 정말로 이런 말을 하며 달싹이는 것처럼 보였다. "왜 이 시베리아 같은 곳까지 기어 들어와서 불알까지 꽁꽁 얼어붙은 신세가 된 거야?"

나는 울 뻔했지만, 아마 눈물마저 얼어 버려서 내 눈을 멀게 할지도 몰랐다. 그 정도 온도에서 눈물이 어떻게 되는지 전혀 몰랐으니까. 내가 어떻게 알겠어? 여기 출신도 아닌데. 나는 이런 것을 경험해 본 적이 없다고. 나는 이 초현실적인 장소로부터 비뚤어진 즐거움이나마 누릴 수 있도록 스스로를 훈련시켰다. 기존 관념과는 역전된 지옥의 모습이었다. 불과 유황 대신에, 눈과 얼음이 넘쳐 나는.

미네소타에 전해 내려오는 신화 중에 종종 언급되는 전설적인 현상이 있다. 특정 온도일 때 — 영하 40도 정도쯤 — 커피 한 잔을 공중에 내던지면 땅바닥에 떨어지기도 전에 얼어붙는 것이다. 나는 이런 겨울을 처음 경험하기도 전에 이 이야기를 최소한 세 번은 들었다.

이 사소한 사실을 들이미는 목적은, 내가 생각하기에, 새로 온 이주자들한테 흠씬 겁을 주려는 의도인 듯했다.

겉으로는 그저 누군가에게 언급할 가치가 있을 만큼 흥미로운 사실인 양 꾸며져서, 본래 의도를 숨긴 채 드러난 아름다운 가장이었다.

그 이야기에는, 심지어 우리 광고계에서 연상 기호라고 부르는 장치까지 있었다. 말인즉슨, 그 이야기가 끝난 이후에도 머릿속에 오래 인상을 남길 정도로 기억할 만한 뭔가가 있었다는 말이다. 그 이야기는 "커피, 공중에서 얼다."라는 제목으로 다가올 것이다. 이야기를 하는 사람에게는 그 사실이 일종의 미끼인 셈이다. 이야기꾼은 그저 지식을 나누는 듯한 태도를 가장하여 이야기를 전달할 수 있다. 하지만 진실은, 뜨거운 커피 한 잔이 공중에서 얼어붙어 결정체가 되려면 날씨가 도대체 얼마나 지랄 맞게 추운 것인지를 깨달을 때, 이야기를 듣던 사람의 표정을 보며 내심 짜릿한 만족감을 느끼는 것이 더 핵심적이라 하겠다.

그러고 나면 듣던 사람은 정직한 반응을 보일지(충격을 받고 구토를 한다든가) 아니면 솔직하지 않은 반응을 보일지(실제 물리 현상에 관심이 있는 척한다거나)를 결정해야 한다. 어느 밤에, 나의 빅토리아풍 저택 안에는 침대와 탁자와 하이파이 오디오와 텍사스 출신의 친구가 하나 들어 있었다. 내가 그의 출신 주를 굳이 언급하는 이유는, 어쩌면 모든 것이 이처럼 좆같이 추운 날씨에 혹시 그도 어느 정도는 익숙한 상태지 않을까 하고 당신이 생각할지도 모르는 가능성조차 아예 없애기 위해서다.

"어이 친구[10], 밖에 영하 35도라는데. 우리 그거 커피해 보자."

"충분히 추운 건 아닌데." 나는 혹시 커피를 타야 할지도 모르는 상황이 닥칠까 봐 겁에 질려서 말했다. 집들이 선물로 누군가 사 주었던 커피메이커를 단 한 번도 써본 적이 없었고, 내가 그것에 대해 완전히 무지한 상태라는 것을 보여 주고 싶지 않았기 때문이다.

"아 친구, 바람 세게 불면 꽤 추워."

"글쎄, 커피를 끓이고 싶지는 않아. 커피가 있는 것 같지도 않고."

"어이, 물도 될 거야. 물이나 좀 끓여 봐."

젠장, 뭐 어때. 어차피 텍사스가 얼마나 위대한지에 대해 듣는 것도 지긋지긋하던 참이었다. 믿거나 말거나 난 나름 소스팬도 갖고 있었고, "알라모를 기억하라!"[11]라고 외치는 말이 끝나기도 전에, 실로 눈 깜짝할 순간에 우리는 이미 소스팬에 물을 담아 끓이고 있었다.

---

10 "어이, 친구.(Dude.)": 대화 중에 상대방을 부르는 호칭 겸 습관적인 추임새로, 미국 남부 사람들의 전형적인 말버릇이라는 인식이 널리 퍼져 있다.

11 "알라모를 기억하라!(Remember the Alamo!)": 텍사스의 독립을 요구하며 멕시코 군대에 항거하던 민병대의

"아, 이 친구, 물이 부글부글 끓을 때까지 기다려야 돼. 부글부글 잘 끓어야 된다고. 안 그럼 잘 안 될 거야."

물은 정말 부글부글 잘도 끓었다. 주방은 뒷뜰 쪽으로 트여 있었고, 한두 단의 계단을 내려가면 바로 정원이었다. 나는 모기 방충망이 있는 문을 열었는데, 심지어 겨울에도 그 문은 꼭꼭 닫아 두어야 한다는 걸 익히 알던 상태였다. 그 작은 모기 새끼들을 절대 얕보면 안 된다. 그러고 나선 내가 아주 고심 끝에 고른, 이불 대용 겸 방탄도 가능한 거위털 다운 점퍼(그야말로 모든 종류의 외부 공격을 차단하는, 다목적의 유연한 격납고 같은 것이었다.)에 파묻힌 채, 나는 주방 문을 눈 한쪽 너비만큼 좁게 열었다. 텍사스 새끼는 아무런 무장도 하지 않은 채였다. 그는 그저 티셔츠만 걸친 채, 두 손으로 소스팬 손잡이를 움켜쥐고, 내용물을 흘리지 않으려고 조심하면서, 어두운 밤 속으로 절절 끓는 냄비를 들고 갔다. 나는 문을 활짝 열고 바깥에 있는 등을 켰다.

아니, 젠장, 그러니까 만약 그 말이 진실이라면 나도 그걸 보고 싶었으니까. 그래서 그는 뜰로 내려가는 계단의 가장 위쪽에 섰다. 열기와 냉기의 온도 차 때문에 소스팬에서는 연기가 올라오는 듯 보였다. 그는 두 손으로 소스

표어. 1836년 알라모 성당에 진을 치고 끝까지 싸우다가 몰살당한 윌리엄 트래비스(1809~1836) 대령과 병사들을 기리는 말이다. 화자가 지인의 출신지인 텍사스를 두고 비꼬는 말.

팬을 자기 앞쪽에 들고 있었다. 단지 그럴 기회가 있었기 때문에 그는 "어이 친구."라는 말을 한 번 더 내뱉고는, 몸을 뒤로 젖히면서 검은 하늘을 향해 내용물을 획 부었다. 그 모든 수증기 사이로 거대한 번득임이 스쳐 갔고, 엄청난 고함 소리가 뒤따랐다.

그는 곧장 앞쪽을 바라보며 몸을 떨었다. 처음에 나는 그가 추위하는 거라고 생각했는데, 이내 그 정반대의 이유라는 사실을 깨달았다. 끓는 물은 위로 솟았다가 아래로 떨어지면서 몽땅 그에게로 쏟아졌다. 얼어붙어 결정이 되기는커녕, 물은 그저 끓는점에서 살짝 식었을 뿐이었다. 그리고 이 사실 덕분에 그는 병원에 실려 가는 신세를 면했다.

모든 것 위에 눈이 120센티미터 두께로 쌓여 버리면 이 세상이 얼마나 고요해지는지 우스울 정도다. 어느 날 아침, 집을 나와 현관문에 섰는데 「닥터 지바고(Doctor Zhivago)」의 세트장에 와 있는 듯한 느낌이었다. 얼마나 초현실적인지! 콧구멍 속의 코털까지도 딱딱해져서, 코를 파려고 하면 코가 부서지고 말 지경이었다. 공기를 들이마시는 것만으로도 폐가 쓰라려 왔다. 가슴에 묵직하게 와닿는 찬 공기의 무게감이 느껴졌다. 나는 우스꽝스러운 모양의 커다란 모자를 뒤집어써야만 했는데, 그렇게라도 귀를 꼭꼭 감싸 주어야 했다.

몸에서 먼 사지들일수록 가장 먼저 감각을 잃어 갔다. 귀, 손가락, 발가락들. 스콧 대령[12] 같은 부류의 사람들이 탐험을 하다가 늘 추위에 발가락이 뜯겨져 나갔다고 하는데, 정녕 뼈저리게 실감하는 순간이다. 추위 속에서 버티려면 귀를 덮는 우스운 꼬락서니의 모자도 꼭 필요하다. 겨울은 육체 감각만을 둔중하게 하는 것이 아니라, 그와 똑같은 무서운 열의를 가지고 패션에 대한 개인적인 미적 취향까지도 뭉개 버린다. 하지만 잡균을 싹 박멸한 듯한 무균의 냉기가 가져다주는 정화 효과는 어쩐지 편안한 느낌을 주기도 했다. 그것은 공모적인 나태가 영혼을 뒤덮어 버리도록 해 주었다. 공모적이라는 말은, 다른 사람들 역시도 이 인생의 유예에 기꺼이 원조할 것이기 때문이었다. 말하자면 바로 그런 것이다. 나는 스스로에게 이렇게 말했다. "뭐, 이런 상황에선 아무것도 할 수가 없네. 날씨가 이렇게까지 험한데, 좀 더 나아질 때까지는 새로운 프로젝트를 시작해 본들 의미가 없잖아." 그리고 결코 나아지지 않기를 바라게 되는 것이다.

미네소타는 그러한 희망을 품기에 적절한 장소이리

12 스콧 대령(Captain Scott): 영국의 군인이자
탐험가였던 로버트 팰컨 스콧(Robert Falcon Scott,
1868~1912) 대령. 1901부터 1904년까지의 남극
탐험으로 당시로서는 가장 남단에 도달하는 기록을 세웠으며,
이후 1912년에는 테라노바호를 지휘한 2차 남극 탐험을

라. 미네소타 사람들은 겨울을 나는 동안 굉장히 뚱뚱해진다. 눈과 추위로 바깥출입을 못 하고, 결과적으로 그것 때문에 더 뚱뚱해진다. 그들은 지속적으로 음식들을 주문해서 현관문 앞까지 배달시키는데, 제설차가 계속 도로를 닦아 두는 것은 단지 이 뚱뚱이들이 끼니때마다 피자를 받아 처먹을 수 있도록 하기 위해서다. 물론 제설차 운전자들이라고 해서 딱히 호리호리한 체형이라 하기는 어렵다. 하지만 저기 있잖은가 말이다, 참, 난 이 말버릇도 그만둬야 한다. 미네소타에서는 이 말을 정말 많이들 한다. "여기 있잖아요," 그리고 "저기 있잖아 말이야." 나에게는, "있잖아 말예요,"라는 말은 무엇인가 정말로 깜짝 놀랄 만한 이야기를 위해 아껴 두어야 하는 말이다.

"거 있잖아?"

"뭐?"

"엿이나 먹어."

어쨌든, 내 이야기에 끼어들어 훼방을 놓기 전에 하려던 말은, 만나는 사람마다 워낙 호들갑을 떨어 댄 그 겨울에 대해 내가 엄청나게 대비해 두었더니 막상 겨울이 닥쳤을 때 그렇게까지 최악은 아니었단 것이다. 나는 실로 오랜만에 아주 온화한, 이 지역 겨울 같지도 않은 따뜻한 겨울을 연속으로 두 해나 겪었다는 말을 들었다. 나는 신경 쓰지도 않았고, 억울하지도 않았다. 여전히 내 가슴에 손을 얹고 말할 수 있다. 내가 미네소타의 엿같이 추워 뒈질 것 같은 겨울을 두 번이나 버텨 냈다고.

나는 고생스러운 복무 기간을 충분히 마친 것이다.

당시 나의 금욕 상태를 이런 극지방 체험과 결합해 보면, 잔뜩 억눌린 공격성과 자기 부정이 맛깔나게 뒤섞인 아주 도수가 센 혼합주를 얻게 되리라. 나는 자아의 만족감을 얻기 위해서, 우지 기관단총을 들고 맥도널드 매장에 들어서는 사람들의 심리 상태를 이해하기 시작했다. 인정하건대, 만약 내가 그런 광풍이 부는 마음 상태로 공공장소에 우뚝 선 당사자라면, 결국 자기 자신을 향해 총구를 겨누고 사태를 종결시키는 종류의 사람은 되지 않을 것이다. 차라리 내 다리를 쏘고 피해자 중 한 사람으로 위장해서 빠져나오는 게 훨씬 낫겠지. 그렇게 하면 병원 침실에 편안히 누워서 TV를 통해 사건의 경과를 관람하게 될 수 있을 테니까. 하지만 다른 피해자들이 당신을 알아본다면? 그러니까 주의 깊게 얼굴을 잘 가리고 해야 되는 거고. 아이고, 맞아요, 난 이것에 대해 진지하게 생각해 본 적이 있고말고.

미네소타에서 보낸 한 해는 꼭 삼 년 같았다. 나는 세인트라크로이에서 가장 좋은 동네에 있는 화려한 빅토리아풍 저택을 소유하고 있었다. 이때쯤이면 내가 연봉 30만 달러를 받을 때였고, 대출금은 매월 4500달러로 치솟았으며, 나는 완전히 스트레스에 시달리고 있었다. 내가 받는 월급은 매달 지불해야 할 대출금의 두 배 정도였으니까, 그 정도 지출은 감당할 수 있었지만, 그럼에도 불구하고 나는 여유롭지 않았다.

난 내가 부자가 되리라고 생각했었다. 난 돈에 대해서는 무심해질 거라고 예상했었다. 주크박스나 오디오 장비나 당구대나 버블랩에 꼭꼭 싸인 골동품처럼 값비싼 장난감쯤은 충분히 가지게 될 거라고.

그건 사실이 아니었다. 근데 잠깐만 있어 봐, 내가 집을 팔면 엄청난 목돈이 생기는 거잖아, 안 그래? 그래, 물론 그렇지. 이제 다시 일이나 하자.

나는 이 빅토리아풍 집 밑으로 매달 4500달러씩 들일 때마다, 이건 은행에 돈을 예치해 두는 것과 비슷하다고 생각하였다. 사실은 그렇지 않았다. 바깥 온도에 적절히 걸맞은 비유지만, 내가 성취한 것이라곤 대출금이 더 불어나지 않도록 동결시켜 둔 것뿐이었다. 빚 자체는 조금도 차감되거나 청산되지 않았다. 그저 이자와 보험료를 내고 있었을 따름이었다.

기본적으로 나는 대출금의 월별 금리를 집세 삼아 내고 있었다. 그리고 물론 그 사치스러운 집을 마침내 팔아 버린 뒤에도 목돈 같은 것은 손에 쥘 수 없었다. 세금을 떼고 나자 거의 빈털터리 같은 지경에 이르렀다 해도 과언이 아니었다. 간신히 파산을 면했다고 할까. 그래도 돌이켜 보면 실제 내게 닥칠 수 있었을 위험보다는 손해를 덜 본 셈이다. 하지만 그 당시에는 내 모가지에 이 거대한 집이 대롱대롱 매달려 있었고, 여성 또는 인간뿐 아니라 그 어떤 종과도 추후 지속적으로 연락하고 지낼 만한 어떤 계기도 만들지 말자고 단단히 결심했었다. 런던으로 돌아가고 싶은 욕망이 어찌나 강렬했던지 내 주변 공기 중에 떠도는 그 열망을 맛볼 수 있을 정도였다.

나는 술집 문 여는 시간만을 기다리는 술주정뱅이처럼 《옵서버》[13]가 배송되기를 기다렸다. 그 주간지가 품절되었거나 다름 아닌 추위 탓에 제때 도착하지 않았으면 형언할 수 없는 슬픔에 잠겼다. 그리고 결국 그 잡지가 들어오면, 나는 품속에 그것을 꼭 끌어안았다. 이미 사흘이나 늦어 버리긴 했지만, 그럼 뭐 어때서?

---

13 《옵서버(The Observer)》: 일요일마다 간행되는 영국의 주간 신문. 《가디언》의 자매지로 주로 사회 자유주의·사회 민주주의적 관점의 기사가 실린다. 1791년부터 발행된 세계 최고(最古)의 일요일자 주간 언론지다.

나는 재치 있고 영리하며, 여유 넘치고, 작가들이 거의 자신들의 글을 지겨워하는 듯한 어조로 세련되게 요점을 짚어 낸, 그 잡지의 글들을 사랑했다. 나는 내가 얼마나 도시의 삶을 지향하는 인간인지를, 그렇게 절실하게 깨달았던 적이 없었다. 런던에서 세인트라크로이로 이사한 것은, 만일 내가 런던에서 아일랜드로 다시 돌아갔을 때 겪게 되었을 일보다 더 큰 충격을 안겨다 주었다. 나는 그 사실을 뉴더블린에서 며칠 밤을 보내면서 깨달았는데, 그해 크리스마스이브는 정말 활기차고 젊음의 열기로 가득 차 있었으니 나는 곧 미네소타로 돌아가야 할 일을 생각하며 차오르는 눈물을 참아야만 했다.

《옵서버》,《타임아웃 런던》[14] — 사실 런던에서 온 것이라면 그 무엇이라도 — 나는 이런 발행물들을 좋아했다. 아마도 전형적인 향수병 증상이려니 생각했지만, 그렇다 하더라도《옵서버》에게 나의 상상 속 모자를 벗어 정중히 감사 인사를 올리고자 한다. 특히나 그 덕분에 맥도널드 및 다른 미네소타 스타일의 식당이 험한 꼴을 보지 않고 무사히 보존될 수 있었다는 부분에서 말이다. 영화도 마찬가지. 프랑스 영화들. 그래, 그때 나에겐 DVD 플레이어도 있었다. 지금은 없지만. 요즘에야 애비뉴 A에 나가서 산책

---

14 《타임아웃 런던(Time Out London)》: 영국의 여행
잡지《타임아웃》에서 내는 런던 특화지. 런던 시내의 주요
전철역에서 무료로 배포한다. 다수의 초빙 칼럼니스트들이
기사를 싣고 있다.

하듯 한 바퀴 거닐고 돌아오기만 해도 내게 필요한 모든 종류의 여흥을 추구할 수 있다.

하지만 그때만 해도 프랑스 영화 한 편을 본다는 건 마치 탈수 환자의 갈라진 입술에 촉촉한 물기 몇 방울이 똑똑 떨어지는 일과도 같았다. 프랑스인들이, 그들에게 축복이 함께하기를, 꼭 멋진 영화를 잘 만들어서가 아니라, 그 화면 속에서 고풍스러운 거리들과 건물들과 축축하고 습한 기후를 볼 수 있다는 것 때문이었다. 세상에나, 그걸 들여다보는 게 어찌나 좋았던지. 심지어 어떤 장면들에서는 재생을 잠시 멈춰 두고 정지 화면을 사진으로 찍어 두기까지 했다. 아직도 그 사진들이 어딘가에 있을 거야. 나는 내가 할 수 있는 어떤 방법으로든 유럽과 계속 연결된 상태로 있어야만 했다.

내가 가장 두려워했던 것은 "당연하지."나 "똑소리 나네요." 같은 표현들을 나 스스로 일상적인 어휘처럼 자주 쓰게 되는 일이었다.[15] 그래서 내가 보는 프랑스 영화들이나(내가 제일 좋아하는 감독은 클로드 를루슈[16]다.), 영국 간행 신문들 그리고 아일랜드인으로서의 나 자신까지 동원하여, 나는 흉포한 미네소타의 강풍 속에서 꿋꿋이 유럽의 깃발을 쳐들고 있었다.

---

15 "You betcha."와 "You're darn tootin'." 모두 미국 중서부 지역 특유의 허물없는 말투로 상대방의 말에 강한 동의를 의미하는 추임새다.

16 클로드 를루슈(Claude Lelouch, 1937~): 프랑스의 영화감독으로 열세 살부터 단편 영화를 만들어 온 거장이다.

이 년. 실제 시간으로 따지면 이 년이지만, 정신적으로는 팔 년 정도로 느껴졌다. 나는 매일 아침, 버스 정류장까지 새로 쌓인 눈 위로 터덜터덜 발걸음을 옮겼고 저녁이 되면 다시 집으로 뽀드득뽀드득 눈을 밟으며 걸어왔다. 가끔씩은 서리가 어린 내 현관문에서 고작 100미터 정도 거리에 있는 호숫가를 따라 걷기도 했다. 멋지게 들리지, 그렇지 않나?

계속 들어 봐.

저체온증을 겪고 있을 때 우리가 계속해서 경계해야 할 가장 뚜렷한 증상 중 하나는, 바로 환각들이다. 당신 눈앞에 나타나는 가상의 매혹들. 나는 자신에게 이렇게 말하곤 했다. "여기서 난 좋은 직장에, 번듯한 집도 있지. 사람들은 정말 친절하고. 여자들은 예쁘고." 등등. 나는 정말 그 생활을 사랑했어야 마땅했다. 서른네 살의 미혼 남성이 그런 곳으로 향해서, 그와 같은 삶의 조건들에 둘러싸여 있었다면 자신을 행운으로 인도해 준 별들의 은총에 감지덕지하고도 남았을 터다. 하지만 나는 그러한 상황들을 만들어 낸 자신을 저주하고 있었다. 만약 이게 다른 사람에게 일어난 일이었다고 한다면, 나는 그가 좋은 조건에 있다는 사실을 인정하고, 심지어 그의 다복함을 칭찬해 주

「남과 여(A Man and a Woman)」로 1966년도 칸 영화제에서 황금종려상을 수상했다.

기까지 했을 것이다. 하지만 그게 나에게 일어난 일이었기 때문에 나는 참을 수가 없었다. 그건 마치 내가 스스로의 인생에서 잘못된 배역을 받은 것만 같은 느낌이었다. 내가 나 자신에게 매일같이 정기적으로 행하는 일들을, 나 자신에게 해 줄 것 같은 누군가와 길거리 맞은편에서 마주치기라도 했다면, 나는 뒤도 돌아보지 않고 정반대 쪽으로 달아났을 것이다. 하지만 난 그럴 수가 없지, 안 그래?

나는 나 자신과 결혼한 셈이었다.

그리고 내가 아는 한, 결혼이란 자신이 아닌 다른 사람이랑 하는 것이 세상의 표준이었다. 나는 술을 마시거나 담배도 피우지 않았고 꽤 단정하게 살고 있었다. 최소한 겉으로 보기에는 그랬다. 자존감이 높고 깔끔한 유전자를 지닌 어느 미네소타 처녀에게 나는 완벽한 신랑감이었을 것이다. 하지만 제기랄, 활짝 이를 드러내며 웃는 미소에, 부담스러울 정도로 의존적인 친절함. 순진한 눈을 휘둥그레 뜨고 노골적으로 쳐다보는 광적인 시선들이란! 나는 여전히 그런 과장된 태도의 원인이 대체 무엇이었는지 모르겠다. 졸로프트[17]의 영향일까? 아니면 우둔함? 뉴욕에서는 그냥 모두가 상처 입은 사람들 같았고, 그게 오히려 더 정직하게 보였다. 아마 나는 그쪽에 더 공감했던 것

---

17 **졸로프트**(Zoloft): 항우울제.

같다.

그래서 나는 이 지긋지긋한 모든 것들을 끝내야겠다고 마음먹었다. 떠나 버릴 것이다. 이건 내가 꼬박 일 년을 다 채우기도 전의 일이었다. 나는 내게 집을 팔았던 사람들을 신뢰하지 않았기 때문에, 알코올 중독자 모임에서 만난 부동산 대리인에게 조용히 일을 부탁했다. 그러자 예전 부동산 직원들이 수화기를 집어 들고 바로 회사에 전화를 걸어서 내가 집을 팔길 원한다고 일러바쳤으리라 나는 믿어 의심치 않는다. 어쨌든 회사에서는 나를 미네소타에 묶어 두기 위해 상당히 많은 투자를 했고, 고작 십이 개월 동안 머물다가 곧장 떠나길 원하는 이유가 무엇인지 듣고 싶었을 수도 있다.

나는 자신의 편집증을 옹호하기 위해서 이렇게 진술한다. 내가 실제적으로 떠나려는 시도를 해 보기 전까지 그게 얼마나 어려운 일이 될지 전혀 알지 못했다. 팔려고 내놓은 집에는 단 한 차례의 구매 제안도 들어오지 않았다. 여름이 다 지나갈 동안 그 누구도, 그 어떤 종류의 제안도 들어오지 않았다. 하루하루 날이 지나갈 때마다 얼마나 피가 말랐는지 이루 다 말할 수가 없다. 여름은 째깍째깍 가고 있지, 겨울은 다가오지, 이다음 한 해 동안 꼼짝없이 유배 생활을 해야 할 가능성은 점점 커지는 것이다. 겨울에는 그 어떤 집도 팔리지 않기 때문이다.

잠도 잊어버린 채, 나는 허리를 꼿꼿이 하고 침대에 앉아서 뜬눈으로 밤을 지새웠다. 나는 주변을 둘러싼 사방의 벽들을 저주하고, 고백하건대 엉엉 울기도 했다. 크게 숨을 훌쩍이며, 자기 연민으로 가득한 슬픔의 시간들. 나는 아무도 그런 나를 보지 못했을 거라 생각하지만(최소한 그러길 바란다.) 종종 침대 위에서 네 발로 엎드린 자세를 취하며 그 시간을 마무리하곤 했다. 그렇게 해야만 간신히 숨을 쉴 수 있었기 때문이다. 가끔은 그런 내가 우스워서 복장 터지게 웃다가 끝나기도 했다.

일 자체도 매우 까다롭고 힘들어서, 그것 역시 내겐 도움이 되지 않았던 것 같다. 사실, 일부터가 문제투성이였다. 그 집을 깔고 앉았으니 내가 어디에도 가지 못한다는 걸 알고 있으면서, 그들은 부드럽게 조금씩 압박의 강도를 더해 갔다. 집을 팔려면 최소한 한두 달은 걸릴 테니까. 그러므로 회사는 가장 고난이도의 과제들을 기꺼이 내 앞으로 넘겨주었다. 나는 어떤 일을 진행하는 도중에 사직할 생각은 없었다. 혹은 설령 내가 그럴 계획이었다고 해도, 사전에 충분히 내 의사를 회사에 미리 통지를 했을 것

이다. 압박감이 더해질수록, 집을 팔고 싶은 마음도 커져
갔다.

하지만 그 빌어먹을 집구석은 도무지 나가 주지를 않
았고, 나는 심지어 내 부동산 대리인의 충고를 받아들여서
가격을 낮추기까지 했다. 우리가 거래를 종료했을 때쯤엔
나는 그를 별로 좋아하지 않게 되었다. 한때 굉장히 훌륭
한 저택이라 여겨지던 그 집으로 돌아올 때마다 나는 그
를 저주했고, 그 누구보다도, 그 집을 샀던 스스로를 욕했
다. 그는 내게 그 집을 좀 꾸며 보라고 충고했다. 실제 그
말의 의미는, 누군가 여기 살았던 생활의 흔적을 남기라는
것이었다. 누군가 정상적인 사람이 살았던 집처럼 말이지.
그래서 나는 무슨 중년 여자가 살던 집처럼 보이게끔 하
는 스타일의 가구 몇 점을 대여해 왔다. 정원도 돌보고, 집
을 보러 온다는 날마다 사방에 꽃을 꽂았다. 잔디도 깎았
다. 그 못마땅한 집을 팔기 위한 목적으로 해야 했던 짓들
중에서, 그나마 내가 즐기게 된 일이었다.

그렇지만 그래도 팔리지 않았다.

어느 날 나는 회사에서 주최하는 크리스마스 파티에
가는 것을 거절하고 집으로 돌아왔다. 회사에서 어떻게 해
준 건지, 집에 와 보니 내 현관문으로 이어지는 작은 길을

사이에 두고 마주 보는 두 개의 얼음 조각상이 선물로 설치되어 있었다. 거대한 얼음 원통 기둥 안에 촛불을 밝힌 장식물이었다.

사실 보기엔 꽤 괜찮았다.

나는 두 개 다 모두 걷어차서 부숴 버렸다. 나에게는, 그 아늑한 조형물이 곧 내가 빌어먹을 돈지랄을 해 놓은 이 집에서조차 그들의 집요한 감시로부터 안전하지 못하다는 사실을 의미하는 듯했다. 나는 완전히 정신이 나간 상태였다. 그래서 직장에 오면 내가 할 수 있는 한 최선을 다해서 일했다. 나는 일을 꽤 잘했다. 하지만 내가 제안하는 아이디어들은 결코 채택되지 않았다. 나는 회사에서 진짜로 원하는 것이 그저 아이디어들을 채굴해서 모두가 공동으로 쓰는 개념 착상용 웅덩이에 던져두고, 회사에 머물도록 종신형을 선고받은 인간들이 양껏 빼다 먹을 수 있게끔 하는 일이라고 생각하지 않을 수 없었다.

그들은 회사에 뼈를 묻을 기세인 종신형 재직자들을 가장 좋아했다. 자기 발로는 절대 떠날 생각이 없고, 스스로 생각해 낸 아이디어를 내놓으리라고는 전혀 기대되지 않는 인간들. 맹목적인 충성을 바치는 대신, 곧 일과 관련한 스트레스로부터 자유로운 상태를 보장받는 사람들. 그들은 보통 결혼해서 아이들을 낳고 집도 장만해 두었으므로 아무 데로도 떠날 일이 없었다. 그들에게는 지속적으로 뜯어먹어야 할 새롭고 신선한 살점이 필요했고, 보통 그것을 얻었다. 일단 이 규칙을 알고 나면 공평하기 그지없는 일이었다. "우리는 우리와 같은 편 모두를 사랑해. 우리는 다 한가족의 일부."라고 적힌 그 암묵적인 방침에 함께 동조하기로 했다면 꽤나 무서울 수도 있다.

나는 이런 방침을 생각만 해도 자리를 박차고 일어나 온몸을 씻고 싶었다. 내 존재 이유의 전부는 이런 종신형 신세에 빠지지 않는 것이었다. 영화 「야망의 함정」[18]을 본 적이 있나? 이건 바로 그런 것이었다. 당신의 모든 움직임을 다 알고 있고 당신을 통제하는 회사. 그들의 가르침에 대항하기 전까지는 모든 것이 정상이며 잘되어 가는 것처럼 보이는 상황 말이다.

그건 그렇고, 나는 내가 말하는 내용의 상당 부분이 편집증적 피해망상의 결과물이라는 사실을 전적으로 인정한다. 이 모든 것과 앞으로 말하게 될 것들도 전부 내 상상의 산물이며 완전히 근거 없는 얘기일 수 있다. 그러니까, 실제적인 사실들이나 숫자로 된 자료들은 진실이긴 하지. 날짜, 월급, 위치, 수상 경력, 그런 것들. 하지만

---

18 「야망의 함정(The Firm)」: 존 그리샴 원작, 시드니 폴락 감독의 1993년 영화. 원제인 'The Firm'은 변호사들이 소속된 법률 회사를 의미하지만 국내에서는 '야망의 함정'이라는 제목으로 개봉되었다. 톰 크루즈가 평범한 변호사 미치 역을 맡아 회사의 조직적인 음모를 상대로

심리적 동기나 내적인 감정은, 그리고 심지어 이 단단한 사실들을 둘러싼 사람들 몇몇의 존재까지도, 실체 없는 한 줄기 연기에 지나지 않을 수도 있다.

나는 굉장히 이상하지만 실력은 빼어난 회사에서 일하고 있었다. 이상하다는 것에는 그다지 신경 쓰지 않았는데, 비록 미네소타에 있더라도 미국에 와 있다는 점은 흥미로운 일이었고, 또 킬라론 피츠패트릭은 유명한 수상 실적에 빛나는 환상적인 광고 작품을 만들어 내기로 명망 높은 곳이었다. 따라서 나에게는 유익한 경력이었다. 설령 내 손으로 만든 작품이 생기지 않더라도, 런던에 죽치고 앉아서 수년 동안 내가 해 온 같은 일을 되풀이하는 것보단 더 재미있었다. 내가 그 당시에 그 일을 즐겼던 척 꾸미지는 않겠지만, 런던으로부터 스스로를 해방시켜서 여기 이스트 빌리지에 앉아 있다 보니, 미국으로 건너온 것만큼은 아주 잘한 일이었다.

어쨌든, 거기서 내가 보낸 시간이 두 해째로 접어들고, 금주한 지는 사 년째 되던 때도, 나는 여전히 그 어떤 여성과도 엮이고 싶지 않았다. 내가 가장 좋아하는 자위 기술은 뜨끈뜨끈하게 기분 좋은 목욕을 하고, 내 대머리 친구를 정성 들여 비누칠한 뒤, 고전적이고 예스러운 방식

곤경을 모면하며 진실을 파헤쳐 나가는 내용이다.

대로 탁탁 쳐 주는 것이다. 어느 단계에 이르러서는 내 오른손을 주인공으로 하는 영화 대본을 쓸 생각까지 했었다, 사랑 이야기로. 내가 나에게 치근대면서 구애하기 바로 직전에, 내 손이 내 허벅지를 쓰다듬으며 어루만지게 내버려 두는 장면들이 나올 것이다. 나는 얼굴을 붉히겠지. 그다음 순간 언제라도, 내 오른손은 내 왼손에게 질투를 느끼고 말게 되리라.

수많은 저녁 시간을, 나는 스스로를 열정적으로 애무해 주기 위해서 집으로 부리나케 달려왔다. 낮 시간 동안 눈여겨봐 둔 비서들의 아름다운 엉덩이들을 머릿속에 잘 간직해 두었다가, 그것들을 정신 속에서 뭉치고 합쳐서 하나의 완전무결한 궁둥이로 상상해 내는 것이다. 진짜로 해 보면 된다. 앞쪽에서부터 쭉 읽어 왔으면 알겠지만, 그렇다고 해서 내 정신적, 영적 상태에 어떤 비뚤어진 효과가 미친 것은 아니었다. 오히려 내가 그랬던 덕분에, 맥도널드에 들렀다가 그만 봉변을 당하고 만 손님들이 병원에 실려 와서 각자 의료 보험에 의지해야만 하는 심기 불편한 상황을 피할 수 있었던 것이다.

또한, 그렇게 함으로써 나는 스웨덴 혈통이 흐르는 어떤 여자와 장장 십사 년 동안 결혼 생활을 하게 되고야 마는, 일종의 심장 마비에 걸리지 않아도 됐다. 애초에 나와 결혼하는 조건으로 우리 회사에게서 돈을 지불받아야 하고도 남는 그런 여자. 매년 크리스마스마다 내 앞마당 주차 공간에 늘어서 있을 그 모든 얼음 조각상들을 상상해 보라.(난 지금 여기서도 소름이 돋는다. 지금은 8월인데도.)

그냥 미네소타 시기에는 자위행위를 무진장 많이 했다고만 말해 두자. 이 글을 읽는 사람이 누구든 이렇게 생각하더라도 나는 용서하겠다. "이 사람은 대체 뭐가 잘못된 거야? 얘 문제가 뭐야? 미국에서 멋진 직장을 얻었는데 처음부터 지금까지 이 인간이 하는 말이라곤 불평불만을 늘어놓는 것뿐이잖아." 이에 나는 그저 이렇게만 말하겠다. 그 당시에 나는 절대로 불평하지 않았다. 단 한 번도. 나는 겸손과 감사의 화신 그 자체였다.

"오, 감사합니다. 오, 아니에요, 제가 감사하지요. 주말에도 출근하라고요? 물론이죠, 어차피 하는 일도 없는데. 전 여자 친구도 없으니까요, 회사가 요구하시는 사항에 제 사생활이 끼어들어 방해할 위험도 전혀 없죠. 그 콘셉트가 마음에 안 드신다고요? 물론 그러시고말고요. 제가 봐도 좀 부족하네요. 이렇게 감히 보여 드리기 전에 더 잘 생각했어야 하는데."

굽신굽신 절을 하며 뒷걸음질로 방에서 물러나는 짓만 안 했지, 거의 이런 태도였다. 난 그래야만 했다. 협상을 할 만한 처지가 아니었으니까. 매월 4500달러씩 나가는 대출금에다 영주권마저 없는 신분이었으니, 나는 그 누구의 심기도 거스르지 않아야 했다. 세상에, 지금 돌이켜 보니, 내가 스스로 깨달았던 것보다도 더 겁나는 상황이었잖아. 우습게도, 상황이 위태로워지고 예감이 좋지 않아질 때면, 나는 '오늘만 참자' 모드를 가동시킨다. 그건 알코올 중독자 모임에서 단주할 때 쓰는 요령이다. 영원히 이어지지 않아도 되니까, 그냥 딱 하루만 그 일을 참고 견딘다는 마음가짐이다. 그러나 나중에 그 하루 치의 짐이 얼마나 무거웠는지를 회고해 보면, 나는 깊은 한숨을 내쉬고 만다.

하지만 잠깐만. 나는 아빠가 돌아가시고 난 이후 첫 크리스마스에 일어났던 일에 대해서 얘기해야 한다. 기억해야 할 것은, 그 시점에 나는 미네소타에서 겨우 넉 달을 보냈을 뿐이었고 이듬해 11월까지는 아슐링을 만나기도 전이었다. 어머니와 나는 주방에 앉아서 서로의 상태를 파악하고 있었다. 우리는 둘 다 충격에 빠져 있었다. ── 그녀는 사십 년간 같이해 온 남편이 갑자기 사라져 버렸다는 사실에(어머니는 내게 두 분이서 같이 휴가를 가셨는데 아빠를 찾을 수 없는 꿈을 꾸었다고 말씀하셨다.), 그리고 나는 아버지를 잃은 일과 북극이나 다름없는 곳에 내팽개쳐지게 되었다는 것에.

두 다리가 없는, 구운 칠면조가 우리 사이 공간에서 김을 내뿜고 있었다. 어머니가 직접 칠면조를 사 오신 것은 처음이어서, 다리가 없는 놈으로 사는 편이 경제적인 선택처럼 보였다고 한다. 다리가 멀쩡히 붙어 있는 놈보다는 값이 상당히 더 쌌기 때문에. 어쨌든, 모든 경제적인 문제를 도맡아 처리하는 남편과 평생을 보냈기 때문에, 이제 생활비에 대해 고민하는 것이 중대한 문제가 되었다. 칠면조에서 계속 뿜어져 나오는 김이, 그날 크리스마스를 맞이한 우리 각자의 모습을 뿌옇게 흐려 놓았다.

고향을 방문했던 기간 동안, 나는 딜포드에서 열리는 지역 알코올 중독자 모임에서 '의자를 맡았'다. 의자를 맡는다는 것은, 모임 회원이 자기 이야기를 공개적으로 발언함을 의미한다. 어떻게 술을 마시게 되었고, 어떻게 끊었으며, 지금은 상태가 어떤지. 규모가 작은 모임에서는 같은 사람들이 계속해서 똑같은 얘기를 하게 되고, 그걸 듣는 게 지겨우니까 누군가 연휴 동안 고향을 방문하면 때

맞춰 모임에서 이야기를 들려 달라는 요청을 곧잘 받게 된다. 그래서 그 일요일에 내가 이야기를 하게 될 예정이었다. 내가 몇 해를 두고 봐 오면서 꽤 잘 아는 사이가 된, 익숙한 정규 회원들 중에 어느 젊고, 옷을 잘 차려입은, 금발의 낯선 여자가 있었다. 호리호리하고 키가 크며 태도는 우아했다. 누가 봐도 눈에 확 띄는 모습이었다. 모델이라고 해도 믿을 정도였다.

아마 정말 모델 일을 하고 있었으리라.

나는 그녀를 의식해서 내 이야기를 너무 상세하게 설명하지 않으려고 노력했다. 나는 그날 아침, 거기 둥그렇게 모여 앉은 사람들에게, 내가 어떻게 사람들에게, 특히 여자들에게 상처 주는 일을 즐기곤 했었는지를 이야기하기 시작했다. 내가 그런 행동을 할 때마다 느꼈던 쾌감, 그들이 그토록 혐오하는 반응을 보였을 때 내가 느꼈던 그 쾌감에 대해서 말이다. 누군가를 상처 주어야만 했던 욕구를. 내가 이 글을 읽는 여러분에게 앞서 털어놓았던 내용과 아예 완전히 다르게 말했다는 것은 아니지만, 그래도 좀 더 일반적인 관점에서 이야기했다.

나는 계속해서 그러한 태도가 나의 알코올 중독과 관련되어 있었다고 확신하게 되었다는 말을 했고, 이제는 그런 짓을 해야 할 필요성을 더 이상 느끼지 않는다고 이야기했다. 또한 여전히 그 모든 여자들에게 내 행동을 반성하고 사죄해야 한다는 마음을 갖고는 있지만, 알코올 중독자 모임의 방침상 우리는 심지어 더 많은 고통을 야기할 수 있는 과거로 돌아가서는 안 되었다. 내가 할 수 있는 최선의 반성은 그들 인생에 더 이상 나타나지 않는 것이었다. 단지 나의 짐을 경감하고자, 그들에게로 돌아가서 그들의 짐을 더 무겁게 만들 권리 따윈 나에게 없었다.

　내가 이야기를 마치자, 금발 여자가 내게 다가오더니 감사를 표시했다. 표준에 맞는 절차다. 하지만 그녀가 말한 것들은 이후 한 해가 지나도록 그 진정한 의미를 헤아릴 수 없었고, 차차 더 많은 격변을 몰고 왔다. 그녀는 자신에게도, 내가 이야기했던 것들을 하기 좋아하는 친구가 있다고 말했다. 단지 그 친구는 여자였고 남자들을 상대로 그런 짓을 했다. 내가 설명했던 그런 종류의 일들이, 자기 친구가 하는 종류의 일들과 매우 비슷하다는 것이었다. 그녀는 이 친구가 뉴욕에 살지만 원래는 더블린 출신이라고 했다. 사진작가의 어시스턴트로 일하고 있다고. 그리고 만약 그녀를 만나게 된다면, 나더러 매우 조심해야 할 것이라고 얘기했다. 나는 이 모든 이야기를 그저 예의상 듣고 있다는 듯 작위적인 얼굴이었나 보다. 왜냐하면 그녀가 불쑥 이렇게 말했기 때문이다. "걔는 당신에 대해서 알고 있어요."

이 여자는 정신이 나가 있는 게 분명했다. 알코올 중독자 모임에서는 흔한 일이다. 누군가 딱 한 번 모임에 나왔다가 두 번 다시 그 또는 그녀의 모습을 보지 못하게 되는 것. 나는 지금이 바로 그런 경우이기를 바랐다.

그녀는 계속 이야기하며, 자기가 이번 주말 동안 딜포드에 머무는데, 마침 이른바 그 무서운 친구의 새아빠 집에 잠시 와 있다는 것이다. 그리고 밤새워 이어지는 파티들을 감당할 수 없기 때문에 알코올 중독자 모임에 나온 거라고. 그녀는 자신의 금주 상태를 걱정하고 있었다. 나는 그 즉시 그 집에서 벌어지는 타락한 난교 파티 같은 것을 상상했고, 그녀가 그의 이름을 입에 올리기 전까지는 세부적인 상황 묘사까지도 들어줄 준비를 하고 있었다.

톰 배니스터.

우리 아버지의 법률 사무를 맡아봐 주었던, 내가 잘 아는 이름이었다. 사실, 아버지가 돌아가셨을 때 그가 굉장히 많은 도움을 주었기에 나는 그에게 내 런던 아파트도 좀 봐 달라고 부탁했던 참이었다. 이제 나는 그녀에게 더 주목하게 되었지만, 그녀 말이 얼마나 중요한 것인지는 아직 잘 몰랐다. 왜냐하면 반응을 보일 만한 것이 아무것도 없었기 때문에.

나중에, 한참 나중에야, 나는 이 만남이 있기 구 개월이나 이전에, 내가 아직 런던에서 일하고 있을 때, 내가 킬라론 피츠패트릭의 선임 아트 디렉터로 지명되었다는 기사를 내 손으로 직접 써서 《딜포드 관보(Deelford Gazette)》에 기고한 적이 있다는 사실을 기억해 냈다. 지역 신문들이 좋아할 만한 이야기였다. 출세한 딜포드 청년. 내가 그 기사를 써낸 까닭은 우리 아빠와 그 밖의 다른 동향인들을 위해서였다.

그는 자기 친구들에게 나에 대해서 자랑하는 일을 정말 좋아했으니까.

그는 심지어 그 기사 중에 내가 어릴 때 다녔던 학교나 가졌던 취미(나는 글쓰기와 음악이라고 썼다.) 대목에서, 일찍이 성공을 거둔 이 청년의 자랑스러운 부모로서 언급되기도 했다. 그리고 나는 내가 독신이라는 사실 또한 거기에 언급하지 않을 수가 없었다. 뭐, 어때? 어느 괜찮은 아일랜드 여자가 그걸 읽게 될 수도 있잖아.

보아하니 그렇지는 않았다.

아슐링이 자기 본가에 오가는 동안 이 기사를 읽어 보았던 걸까? 그렇다면 그녀가 어떻게 나에 대해서 알고 있는지 설명해 볼 수는 있으리라. "그 앤 사악해요."라고 금발이 말했다. 그 여자가 남자들에게 어떤 끔찍한 영향을 주는지 그녀 자신도 생생히 지켜본 모양이었다. 금발은 나를 너무 오랫동안 빤히 쳐다보았다. 내가 자신의 말을 심각하게 받아들이고 있지 않다는 듯이. 그 말이 맞았다. 나는 전혀 심각하게 받아들이고 있지 않았다.

난 그녀가 그저 던 리어리[19]에 살면서 코카인을 너무 많이 해서 정신이 좀 나갔다고 생각했고, 부자 남편을 만족시켜 주기 위해서 굳이 중독자 모임에 나온 경우라고 여겼다. 이제 생각해 보니 그녀는 내게 미리 경고를 해 주려고 했었던 것 같다. 그녀는 떠나기 전에 내 쪽으로 몸을 돌리며, 심지어 더 심각한 어조로 이야기했다. "그 애의 눈이 문제예요. 눈빛으로 홀리는 거라고요. 그 애가 그렇게까지 나쁠 수 있다는 걸 그들은 믿지 못해요." 나는 그녀가 그렇게까지 돌아 버린 게 애석하다고 여겼던 것 같다. 왜냐면 그녀는 꽤 섹시했기 때문이다. 하지만 그녀가 말하는 그 여자가 누구든, 마치 신을 두려워하는 듯한 경외심을 가지도록 제대로 암시했다는 점만큼은 확실했다.

19　던 리어리(Dún Laoghaire): 더블린 부근의 항구 도시.

그래서 나는 더 이상은 생각하지 않았다. 뭐하러 그러겠어? 이런 단주 친목회를 스쳐 가는 수많은 사람들이 있고, 그중 일부는 이상하고, 또 일부는 정상인 것을.

난 다시는 그 금발을 만나지 못했다. 그래서 그다음 해 1월, 나는 무거운 마음을 안고 꽁꽁 얼어붙은 툰드라로 다시 돌아갔다. 그해가 다 가기 전에 그곳을 떠나고 말겠다는 결심을 스스로에게 했었다. 그보다는 좀 더 오래 걸렸지만. 나는 BNV에서 의뢰한 건을 작업하고 있었다. 작업 중이었던 건 오직 BNV에서 맡긴 것뿐이었다. 한 가지 주제의 작업에만 매달리면 일이 까다로워진다. 말하자면, 신선한 공기를 쐴 겨를이 없는 것이다. 거의 이 년 동안이나 계속 거기에 매달린다면 더 어렵다. 또한, 매우 진이 빠지는 일이기도 하다.

어느 한 시점에서 나는 알코올 중독자 모임 친구들과의 단출한 자리에서 재담을 던지는 일조차 삼가게 되었다. 왜냐하면 내 창조적 에너지의 결핍이 내 머릿속 아이디어를 채워 놓는 은행의 잔고를 모두 침탈해 버린다면, BNV가 또 다른 인출을 요구하러 올 때쯤 내가 이미 완전히 고갈되어 있을까 봐 두려워했기 때문이었다. 아, 그렇고말고. 네 차례씩이나 주말마다 연속으로 그 일에 매달려 있을 때, 그리고 일광욕이나 휴가 일정을 전혀 바랄 수 없을 때, 그 사무실 안은 물론이고 그 나라 안에 있는 것도 싫을 때면, 현재 보유한 자원들을 마구 써 버리지 않고 절제하는 일이 참으로 중요하다.

아직도 갈 길이 멀다. 내가 곧 거기서 빠져나가리라 스스로에게 다짐하긴 했지만, 나의 좀 더 조심스러운 측면은 이미 예전에도 내가 그런 말을 한 적이 있다는 점을 상기시켜 주었다. 이제 2월이었다. 삼 개월, 혹은 사 개월 동안 더 버텨야 할 끔찍한 날씨가 남아 있었다. 《옵서버》의 널찍한 지면 뒤쪽에 숨어 지내면서, 또 TV 화면에서 새어 나오는 따스한 불빛에도 번갈아 의지하면서, 나는 어떻게든 봄을 맞이할 수 있었다. 봄은 고작 일주일 정도 지속되더니 갑자기 여름이 밀어닥쳤고 모든 것들이 몰라볼 정도로 변신했다. 그저 텅 빈 백지가 있었던 곳에 이제 풀, 잎, 꽃봉오리와 꽃들이 다채로운 색색의 크레용으로 반짝반짝 명멸하듯 가장 섬세하게 그려지기 시작하였다.

그리고 여자들.

믿을 수 없을 정도로, 정통 아리아인의 유방과 허벅지를 지닌 완벽한 예제들. 거의 모욕감을 줄 정도로 건강미가 넘치는 모습들. 잘 훈련된 병사들처럼 그들은 온갖 탈것들을 이끌고 나와서 호숫가 주변을 종횡무진 누볐다. 자전거, 롤러블레이드 그리고 물론 그냥 걸어서도. 환상속의 섹슈얼한 보병 부대. 나는 곧 그들 대부분이 이미 결혼한 상태거나 곧 식을 올릴 예정이라는 사실을 알게 되었다. 재빠른 투기꾼들이 일찌감치 낚아채 간 거지. 어디한 번 의미심장한 시선을 던지며 미소라도 지어 볼까. 그러면 그들은 콧잔등을 긁거나 자기들 몸에 달린 온갖 끈을 바로잡으면서, 손가락에 낀 반지의 광채를 강조하겠지. 나에게 매우 명확한 모스 부호를 발신하는 것이다.

그-럴-일-없-어-변-태-야.

뭐 어쩔 수 없지. 아름답고 피부가 깨끗한 여자일수록, 반지의 반짝임도 더 크게, 눈을 멀게 할 기세로 빛났다. 그건 그들 약혼자의 목소리가 대신 내게 경고하는 것과도 같았다. 내 시간을 절약해 주는 거지. 얼마나 미네소타스러운가. 예의범절이 아주 깍듯하다. 임신한 배가 불룩하게 튀어나오는 특성 또한 굉장한 자부심의 일환으로 여겨지는 것 같았는데, 이런 현상도 결코 접해 보지 못한 것이었다. 런던에서는, 임신이란 곧 실패의 의미거나 사회적 죽음과 연관되어 있었다. 여기서는 임신이 장려되는 것이었다. 사람들은 아이를 가지면 승진을 하곤 했다. 그 육신의 작은 닻이, 미국 기업에서 일하는 병사들의 마음을 꼭 붙들어 임무에서 너무 떨어져 나가지 않도록 잘 지켜주곤 했다.

독신 남성들이 있을 만한 곳은 아니다.

특히 다른 곳에서 온 독신 남성들이 있을 만한 곳은 아니었다. 세인트라크로이의 여름은 겨울이 추웠던 만큼 이나 꽤 더웠다. 습한 공기가 대기를 두텁게 내리누르며 호흡 자체를 방해한다. 맨살이 드러난 부분은 미네소타의 주조(州鳥)라고 불릴 만한 엄청난 모기의 먹잇감이 되고 만다.[20]

미네소타에서 처음 보낸 여름은 첫 겨울보다도 더 최악이었다. 최소한 겨울에 대해서는 사전에 미리 경고라도 받았지. 여름에 해당하는 기간을 보내는 동안엔 나 혼자 알아서 모든 것들을 처리해야 했다. 또한 빅토리아풍 저택 들에는 대체로 에어컨이라는 선망의 대상이 거의 설치되 어 있지 않았다. 에어컨 자체가 1960년대나 1970년대까 지도 발명되지 않았던 것이다. 이 정도면 꽤 정확하게 조 사된 사실 같지?[21]

나의 사견으로는 수많은 인권 운동의 촉발이 — 그리 고 물론, 이 아름다운 나라가 지닌 문제들의 상당량이, 남

20 실제 미네소타주의 상징 새는 주로 호숫가에 서식하는 검은부리아비새(common loon)다.
21 최초의 현대식 에어컨은 1902년 미국의 공학 기술자인 윌리스 캐리어에 의해 발명되었다. 1920년대부터 에어컨 사용이 가능해지면서 더운 기후의 미국 중남부 지역으로의

북 내전 및 한 명 이상의 대통령 암살을 포함하여 —— 바로 에어컨의 부재에서 기인한다고 말할 수 있을 것이다.

이미 삶 자체가 되어 버린, 숨 쉴 공기라곤 완전히 사라져 버린 듯한 대기 중에, 산들산들 지나치는 바람의 한 줄기 숨결이라도 불어 들기를 바라면서 당신은 순진하게 창문을 연다. 그 즉시 당신은 세상에서 가장 닳고 닳은 날 벌레들, 고도의 심리전에 능수능란한 그것들의 순전한 먹잇감이 되어 초토화되리라.

여름 동안 뜨거운 대기는, 겉보기엔 평범한 창문의 모습을 하고 있지만 실제로는 지옥의 신 하데스의 쩍 갈라진 입이나 다름없는 그 창들을 통해 내 미지근한 집으로 끊임없이 용트림해 댄다. 내가 이전에 들어 본 적도 없는 전무후무한 고문 그 자체였다. 나는 욕조에 가득 채운 찬물 속에서 도피처를 찾으려고 했으나, 오직 내 폐가 허락하는 한도 내에서만 그 수면 아래 잠길 수 있었다. 드러나 있는 얼굴은 여전히 모기떼에게 물릴 수 있었다.

나는 경험을 통해 배워 갔다.

이른 저녁이면 그 날개 달린 식인귀들에게 내 육즙이 가장 잘 빨려 먹히곤 했다. 미네소타에는 1만 개의 호수가 있고, 날씨가 더워지면 습기도 엄청나다. 습기는 곧 모

인구 이동이 활발해졌다. 대공황 이후, 1939년 뉴욕 박람회에서도 대중 상용화 모델을 선보였으나 2차 세계 대전의 발발로 잠시 중단되었다. 그러다가 1950년대부터는 집집마다 널리 쓰이게 되었다. 현재 전 세계에서 에어컨을 가장 많이 생산하는 나라는 한국이다.

기떼를 의미한다. 주변에서 떠도는 괴담이 있었다. 한 노인 부부가 호숫가에 캠핑을 하러 갔다. 그들은 메뚜기 떼나 다름없는 모기떼의 존재에 대해 경고를 받았다. 그들은 텐트를 치고, 모기 퇴치제라고 생각했던 것을 각자 온몸에 두텁게 발랐다.

그들은 둘 다 사망한 채로 발견되었다고 한다. 두 시체 사이에는 모기를 유인하는 크림 통이 텅 빈 채 나뒹굴고 있었다. 그것은 원래 텐트 바깥에 놔두고 '성가신 날벌레들'을 몽땅 유인하여, 텐트 안에서 잠든 사람들에게는 꼬이지 않게끔 해 주는 제품이었다. 이야기에 따르자면, 온통 처참히 물어뜯긴 남편이 잠에서 깨어났을 때 그 자신과 다름없이 분화구 신세가 된 아내에게 이렇게 말했다고 한다. "그나마 이 크림마저 안 발랐으면 얼마나 더 끔찍했을지 상상해 봐, 여보."

아니, 나는 그런 말을 했다는 것도 진짜로 믿지는 않는다. 하지만 여름은 나름대로 좋은 점도 있었다. 엘리나라는, 여자 몸매가 어떻게 생겨야 하는지를 과장된 캐리커처처럼 보여 주는 듯한 여자가 있었다. 그녀는 세인트라크로이 지역의 알코올 중독자 모임 일원이기도 했다. 그러므로 세인트라크로이의 연례행사인 바비큐 파티에 참석

할 자격이 충분히 차고도 남았다. 거기서 자그마한 접이식 선베드에 누워 일광욕을 하며 졸다가 자기 휴대폰 소리에 깜짝 깨어나는 것이다.

경쾌하고 잽싸게 휴대폰의 폴더를 착 열고, 그녀는 본인의 IQ보다 적어도 세 배는 높은 데시벨의 간들간들한 목소리를 쥐어 짜내듯 이렇게 말했다. "안녕, 지미, 나 여기 누워서 엉덩이 이쁘게 태우는 중이거든. 여기 와서 몸 좀 뒤집어 줄래?"

그녀는 마치 미네소타의 잔디밭을 배경으로 합성한 소피아 로렌[22]처럼 보였다. 그녀 곁에 있는 그릴 위에서 먹음직스러운 소리를 내며 지글지글 구워지는, 강렬한 고기 냄새를 신경 쓰지 않기란 어려운 일이었다. 그날 나중에, 나는 시원한 우리 집 욕조에 홀로 앉아서 그 자태를 떠올리며 거세게 자위를 했다. 오, 아주 제대로 했었지.

하지만 지금 여기서 여름 얘기를 하려는 것은 아니다. 9월이 오자, 온 세상이 조금 숨을 돌렸다. 한 해 중 가장 쾌적한 시기였다. 나뭇잎들은 맑은 호박색으로 바뀌고 대기는 청량해지고, 심지어 전에는 느껴 보지 못한 시원한 산들바람마저 불어왔다. 오, 행복한 날이여. 그와 함께 또 다른 BNV 프로젝트가 내려왔다. 나는 그놈의 건을 작업하

---

22   소피아 로렌(Sophia Loren, 1934~): 1960년대를 풍미한 이탈리아의 영화배우 겸 모델. 육체적이고 관능적인 미모와 재능을 갖춘 희대의 미녀 배우다. 영화 「두 여인(Two Women)」(1960)으로 아카데미 여우 주연상을 수상하는 등 수많은 경력을 자랑한다.

는 데 아주 진절머리가 났다. 길거리에서 지나가는 BNV 자동차만 봐도(나는 한 번도 내 차를 소유한 적이 없다.) 움찔 놀라곤 했다. 사실 지금도 여전히 그렇다. 하지만 내가 그러든지 말든지 아무런 상관도 없었다. 나를 이 아름다운 국가에 데려오는 데 거금을 투자한 건 그들이니까. 따라서 내가 빌어먹을 BNV을 위해 죽도록 일하는 것만이 그들이 원하는 바였다.

집을 사겠다는 제안이 하나도 들어오지 않았으니 나에겐 아무런 돌파구가 없었고, 그래서 이미 잘근잘근 씹다 못해 피멍이 든 것 같은 혀를 다시 한 번 깨물고는 이 멍청한 짓거리도 이번이 마지막일 거라는 둥 대충 이와 비슷한 말을 주워 섬겼다. 회사에서도 그 점을 알아차렸고, 나도 그들이 내게 고개를 끄덕이며 동조하는 기색을 보이는 건 그냥 심심해서이지, 아무런 의미는 없다는 것을 알았다. 나는 카피라이터와 함께 프로젝트에 착수했고, 곧 반절은 나쁘지 않다고 할 만한 결과물을 대충 얻어 냈다.

그다음으로, 우리는 사진작가가 필요했다. 나는 브라이언 톰킨신이라는 정물 전문 사진작가와 함께 작업한다면, 프로젝트에 흥미로운 변화 요소를 더할 수 있으리라 직감했다. 그런데 어쩌면 이 프로젝트를 운영하는 회사

경영진 측에서 은근슬쩍 내게 내려 준 눈치였는지도 모른다. 정물 사진을 찍는 사람들은 보통 칼이라든가 포크라든가 신발이나 뭐 그딴 것들을 찍는다. 자동차를 정물로 찍는 경우는 거의 없거나 아주 드물었다. 물론 클라이언트인 BNV 측에서는 이 소식에 다소 신경을 쓰는 눈치였으나, 그 불안이 오래가지는 않았다. 나는 내 아일랜드·영국 악센트를 활용해서 그들에게 이 조건을 멋지게 팔아넘겼으며, 곧 한 주 내내 촬영 일정을 계획하고 뉴욕으로 향하는 비행기에 탑승하였다. 광고업계에서 일하면서 내가 가장 좋아하는 부분이다.

사진 촬영은 정말 끝내주는 일정이다. 지면 인쇄용 사진만 촬영한다고 해도 여전히 그렇다. 멋진 호텔에 묵으면서 모든 비용은 경비로 처리하고, 일주일 동안이나, 어쩌면 그 이상을, 미네소타에서 떨어져 있는다. 장차 경력 증빙서(포트폴리오)에 추가할 수 있는 그럭저럭 괜찮은 사진들을 얻게 되고, 새로운 콘셉트의 아이디어라는 용광로에 끊임없이 연료를 공급해 줘야 하는 일로부터도 잠시 거리를 둘 수 있다. 한마디로 숨 좀 돌릴 수 있는 여유가 생기는 것이다.

내가 뉴욕에 대해서 아는 건 5~6년 전, 성 패트릭 기넘일 주간을 보내면서 띄엄띄엄 얻은 단편적인 기억뿐이다. 기본적으로, 그때는 내가 여기 있는 시간 내내 제정신이 아닌 빌어먹을 상태였던 관계로, 당시 뉴욕의 인상은 비참하고, 어둡고, 위험한 장소라는 느낌이었다. 하지만 지금 나를 따스하게 맞아 주는 뉴욕은 예전과 사뭇 달랐다.

때는 10월이었고, 가을이 온 사방에서 잔뜩 자취를 뽐내고 있었다. 나는 곧 거기가 소호라는 곳이라는 걸 알게 되었는데, 눈앞에 펼쳐진 아름다운 풍경들과 손끝에 닿는 모든 것들의 고운 촉감이 감각적 풍요로움으로 불러일으키며 황홀경에 빠지는 듯한 기분을 안겨 주었다. 나처럼 굶주린 사람의 눈으로 보기에는, 무엇이든 풍족하게 넘쳐흐르는 곳이었다. 다양한 색감들, 향취들, 질감들, 국적들 — 이 모든 경탄의 말을 이미 다 들어 보았겠지. 촬영을 진행한 스튜디오는, 현재도 여전히 브로드웨이 거리 그 자리에 있는데, 소호의 입술 라인을 따라가다 보면 나오는 가장자리의 바로 오른쪽, 이스트 빌리지의 눈썹 라인 가장자리와 놀리타의 교차점에 위치하고 있었다. 일을 마치고 떠나는 순간에 불가피하게 사무치는 아쉬움과 슬픔을 더 늘리지 않도록, 주변을 제대로 구경하는 일조차 두려워했던 기분이 기억난다.

나는 쇼핑을 했다. 나에게는 전례 없는 사치였지. 오, 물론 미네소타에도 가게들이 있긴 하지만, 뉴욕에서는 내가 뭘 사든 어디 출신이냐고 물어보는 사람이 단 한 명도 없었다. 그냥 젠장, 그들은 나한테 아무런 관심도 없더라니까.

나는 그게 너무나 좋았다.

촬영은 순조롭게 진행됐고, 그들이 내게 잡아 준 35번가 태너리[23] 근처의 매디슨 거리에 있는 (별로 좋은 건 아닌) 호텔에 썩 감격하지는 않았지만, 유료 포르노 채널만큼은 충분히 즐겼다. 어차피 경비로 때우는데 뭐. 그리고 첫 사흘이 지나자 호텔도 바뀌었다. 그래서 어쨌든, 좀 더 큰 '스튜디오'를 대여하면서 자동차 광고의 초기 촬영 분량은 시내의 또 다른 장소에 가서 찍었다. 그곳이 정확히 어디였는지는 지금도 말해 줄 수가 없다. ── 브로드웨이 거리에서 너무 멀리 떨어져 있지는 않았다는 게, 내가 기억하는 전부다. 촬영 분량을 갖고 컴퓨터로 작업하는 그다음 단계는, 브로드웨이 거리에 위치한 톰킨신 본부에서 진행되어야 했다.

나에겐 흡족한 일정이었다. 그곳에 처음 등장한 날에, 나는 거의 유명 인사처럼 대우받았다. 당연히 그들은 나에게 예의상 입에 발린 소리를 해 주었을 뿐이었지만, 그걸 즐기지 않는다는 것은 좀체 어려운 일이다. 나는 그들이 내게 얼마나 제대로 된 아첨을 해 주는지를 짐짓 나무라 기까지 했다. 그건 거의 내가 허공에 맨 엉덩이를 깐 채 이 렇게 말하는 것이나 다름없었다. "저기요, 이쪽을 조금만 더 핥아 주셔야겠는데요." 끔찍하다, 정말. 그것은 암묵적 인 규칙이었다. 그걸 안다는 사실을 나도 알고 있다는 걸 그들도 알았다. ─ 그렇게 무한대로 순환하는 것이다.

그렇게 달콤한 사탕발림을 잔뜩 듣기까지 한, 유별나 게 성공적인 하루가 마무리되자 어떤 어린 여자가 긴장한 듯 내게 다가오더니 이렇게 말했다. "아일랜드 어느 지역 에서 오셨어요?" 내가 아일랜드 사람이라고 떠벌리는 소 리를 들었던 모양이었다.

"딜포드요." 그녀가 참 예쁘게 생겼다는 점과 이런 일을 하기에는 아직 너무 어린지 아닌지를 내심 인식하면 서 나는 말했다. 작업 도중에도 그녀가 주변을 오가는 모 습을 봤었지만, 그냥 사진작가들이 줄줄이 데리고 다니는 여러 어시스턴트들 중 하나일 거라고 자연스럽게 생각했 었다. 실제로 그녀는 그랬다.

"와, 기차네요."[24]

24 "Oh, that's gas.": '재미있다.', '훌륭하다.'라는 의미로 아일랜드에서 쓰는 고풍스러운 표현.

내가 들어 본바 오직 아일랜드 사람들만이 그런 표현을 쓰곤 했다.

"아일랜드 사람이에요?"

"네, 맞아요. 더블린에서 왔어요."

당시에 내가 그걸 중요하게 생각했다고는 말할 수 없지만, 그 이후 이 짧은 순간들을 여러 번 돌이켜 보곤 했다. 단서를 찾으려고 말이다. 대체 내게 무슨 괴상한 일이 벌어져 버렸는지 설명해 보는 데 도움이 될 만한, 그 어떤 단서라도 간절히 찾기 위해서.

그녀는 계속해서 "이곳에는 우리 동향 친구들이 꽤 많이" 와 있다고 말하면서, 내가 원한다면 주변을 안내해 줄 수도 있다고 제안했다. 나는 진심으로 그녀가 너무 어리다고 생각했다. 위험할 정도로 어렸다, 내 말이 무슨 의미인지 안다면. 하지만 그녀와 좀 더 이야기를 하면서, 딜포드에 있는 그녀 양부가 바로 내 아버지의 법률 사무를 봐주던 그 사람이었다는 사실을 알게 되었다. 그녀는 매우 예쁘고, 굉장히 순진해 보이는 인상이었다. 그녀가 아일랜드인이고 딜포드에 연결점을 갖고 있다는 점과 그녀 새 아빠가 생전 우리 아빠의 법률 대리인이었다는 사실을 합쳐 놓고 보니, 그건 무엇인가 의미가 있는 듯 보였다. 세인트라크로이에서 겪어 온 고생을 보상받으며 삶의 균형을 회복시키는 의미로써, 돌아가신 우리 아빠가 그녀라는 존재를 내게 선물로 보내 준 것이라고 마음대로 상상하게끔 나는 자신을 내버려 뒀다.

이것은 엄청난 실수였다. 나는 그녀와 자고 싶어 하는지 아닌지를 전혀 의식하지 않고 있었다. 나와 그런 상대가 되기에는 너무 어린 여자라고 여전히 생각했지만, 그래도 한 끼 저녁 식사 정도는 대접해 줘야겠다고 생각했다. 어쨌든 그녀는 나와 고향 인연이 닿아 있는 사람이었고, 우리가 이렇게 마주쳤는데 내가 그녀에게 저녁을 사주겠노라고 물어보지도 않는다면 그녀 새아빠가 대체 날 어떻게 생각하겠는가? 그녀는 내게 자기 전화번호를 알려 줬고, 순전히 지식 부족으로, 나는 며칠 전에 톰킨신이 자신의 사회성을 입증하느라 나를 데려갔던 식당의 부스 자리 한 군데를 예약했다. 사실, 거기는 텔마하고도 간 적이 있던 곳이었다.

텔마가 누구지? 텔마 웨이는 뉴욕 사무실에서 일하던 멋진 여자였고, 내가 주변을 어슬렁거리는 걸 알아채고 함께 저녁을 먹자며 나를 초대해 주었다. 그녀와 낭만적으로 엮이게 되리라고는 맹세코 전혀 생각해 본 적도 없었는데.

그녀는 아주 대단한 인물이었다. 굉장히 아름답고 굉장히 터프했지.

아슬링, 그게 바로 그 아일랜드 소녀의 이름이었다.[25]

그래, 난 그것조차 좋았다. 꿈에서나 그리던 게일어. 그 이후 내내 뇌리에서 떠나지 않고 나를 괴롭히는 그 이름. 그리고 아슬링은 내 호텔 방의 자동 응답기에 이런 메시지를 남겼다. "거기서 봐요."

25 아슬링(Aisling)은 아일랜드 고유 언어인 게일어로 된 이름이다.

그녀는 삼십 분 정도 늦게 나타났지만, 빌어먹게 아름다웠다. 검정 브이넥 스웨터, 검은색 펜슬 스커트, 검정 구두. 프라다 화보 같은 분위기다. 그녀가 문을 지나 들어올 때 암갈색 긴 머리가 구름처럼 풍성하게 나부꼈다. 마치 내가 전부터 알고 지내던 사람처럼, 친숙하고 낯설지 않은 모습이었다. 꼭 잃어버린 여동생을 찾기라도 한 것 같은 기분이었다.

꾕장히 깔끔하고, 젊고, 동시에 성숙한 느낌. 그녀가 문을 통과해서 들어온 순간부터, 나에게 닥친 가장 큰 과제는 그녀가 나에게 이처럼 강렬한 인상을 주었다는 사실

을 어떻게 숨기느냐 하는 것이었다. 그녀가 내게 다가와
서 내 왼편으로 자기 몸을 살짝 기댄 의도는, 의무적으로
상대방 볼에 살짝 입을 맞추는 뉴욕식 인사법의 일부였을
뿐이라는 사실을 나는 이내 배우게 되었다. 세인트라크로
이에서는 그런 걸 들어 본 적도 없다.

그녀의 그 눈빛.

완전히 한심하게 들리겠지만, 그래도 상관없다. 부끄
러움을 느낄 단계는 벌써 지나왔으니까.

한 사람이 가슴에 이미 검을 품고 있다면, 작은 바늘
같은 걸로 찔러 봤자 별다른 위해를 끼치지 못하는 법이
다. 내가 맹세하건대 그녀의 모습은 대다수 아일랜드 가톨
릭 가정에서 볼 수 있는 성모 마리아의 초상과 똑같았다.

거짓말이 아니라 진짜로.

빌어먹을 성모 마리아 급이라니까.

"굉장히 멋지시네요." 나는 예약자들에게 자리를 안
내해 주는 접객원 스탠드 쪽으로 나아가며 말했다.

"고마워요, 당신도요."

그게 그녀가 내게 한 첫 거짓말이었다. 우리는 매장
안쪽으로 걸어 들어갔다. 온통 갈색 가죽 인테리어에, 찻
물로 얼룩진 바닥 타일들. 금요일 밤이었고, 다음 날 아침

이면 나는 당신도 알고 있을 그곳으로 돌아가야 하는 일
정이었다. 손님들이 워낙 많아서, 예약했던 부스 자리는
구할 수가 없었다. 하지만 나름대로 충분히 괜찮은 자리를
받았다. 그녀는 결코 멍청하지 않았다. 그것만큼은 매우
명확하고, 매우 신속하게 알 수 있었다.

　　그녀는 스물둘, 스물셋, 혹은 심지어 스물네 살짜리
경험 없는 팔푼이가 아니었다. 그녀는 실제 생김새보다 훨
씬 더 나이 든 사람처럼 이야기했고, 나는 그 때문에 정말
당황했다. 내가 저녁을 먹으러 나왔을 때만 해도, 나는 섬
세한 재치라곤 찾아볼 수 없는 그녀의 어리고 미숙한 태
도 때문에 속으로 그녀를 엄청 싫어하게 되리라고, 그리
고 그처럼 막대한 재앙을 스스로 마련한 자신을 자학적으
로 비꼬는 칭찬의 말을 내뱉지 않으려고 저녁 식사 시간
내내 안간힘을 쓰게 되리라고 예상했었단 말이다. 그 대
신에, 나는 스스로의 섬세하지 못함과 재치 없음에 놀라서
스스로를 걷어차 주고 싶었다. 그래도 이미 너무 늦어 버
린 상황이었다. 갑자기 벌떡 일어나서 이렇게 말할 수는
없는 노릇이잖아. "오, 난 네가 그렇게 지적일 줄은 미처
몰랐는걸. 난 그냥 네가 멍청하게 애교나 부릴 줄 아는 어
린애라고, 내 상대가 되기엔 부족하다고 생각했었지."

내가 믿을 수 없이 자기중심적인 시각으로 현대 대중문화를 비판하기 시작한 지 십오 분 만에, 그녀는 나라는 인간에 대해 알아야 할 모든 것들을 분명 남김없이 파악하였으리라. 천천히, 거의 배려에 가까울 정도로, 그녀는 내가 얼마나 어설픈 자기 자랑을 늘어놓았는지 깨닫게 해 주었다. 내가 간신히 기사를 읽어 보기만 했던 전시회들을 그녀는 이미 직접 순회하고 온 뒤였다. 내가 어렴풋이 제목과 내용을 들어 본 정도의 영화들이, 그녀에겐 이미 과거에 꼼꼼히 살펴본 뒤 차곡차곡 정리된 기억의 소산이었다. 그리고 그녀의 정확한 발음을 듣기 전까지, 나는 내가 그 많은 외국 예술가들의 이름을 틀리게 발음하고 있었음을 전혀 깨닫지 못하고 있었다.

그녀가 나보다 우월하다는 사실은 우아하게, 심지어 연민 어린 태도로 드러났다. 얼마나 곤혹스러웠던지 말로 다 할 수 없지. 물론, 그날 저녁 대화하면서 느낀 모든 오묘한 뉘앙스는 악마처럼 사람의 마음을 홀려 대던 그녀의 재주에서 묻어난 바였다. 난 항상 그 점을 칭송해 왔지만, "사실은 누군가 나보다 뛰어나다는 사실을 깨달을 때마다, 나는 그 사람을 숭배하듯 잔뜩 떠받드는 방식으로 나의 분노를 숨기는 것이다. 이렇게 하면 겉으로는 내가 마음 넓고 관대해 보이므로, 칼을 꽂아 넣으려 할 때조차 신뢰받을 수 있었다." 그래, 가끔은 나도 내가 무서워.

어쨌든, 그녀는 더블린의 화이트히스(Whiteheath) 출신이라고 말했다. 한참 나중에야 나는 이 지역이 지극히 부유한 사람들이 사는 동네라는 점을 알게 되었다. 그리고 그녀가 외동딸이라는 것도. 그녀는 사진작가들의 작업을 돕는 어시스트 일을 하고 있었는데, 정규 직원으로 일하지 않고 프리랜서로 사는 이유는 주어진 외주 작업을 하는 간간이 자기 작업에 집중할 수 있는 시간을 마련하기가 더 쉽기 때문이라고 했다. 미안하지만, 나는 항상 그런 말을 들을 때마다 그 진의를 "저는 사실 정규직에 있을 만한 능력이 없어요."라고 생각해 왔다. 그러는 동안 그녀는 계속 이야기를 했고, 나는 도무지 어찌할 도리 없이 그녀에게 완전히 반해 가고 있었다. 길쭉한 손, 직설적인 표정, 머리를 휙 젖힐 때마다 부드럽게 출렁이는 머리카락, 잡티 없이 깨끗한 목덜미, 자그마한 가슴의 완만한 곡선.

그만.

내가 무엇인가 떠들어 댄 내용에 그녀가 정말로 깊은 인상을 받은 듯 보일 때면(그제야 나는, 말하자면 내 도자기에

켜켜이 쌓인 먼지를 좀 털어야겠다고 느끼던 참이었다.), 마치 여느 어리숙한 소년을 다룰 때 그러듯이 그녀에겐 내가 어린이로 인식될 뿐이었고, 난 거기에 반응하는 것만 같았다. "오, 정말요. 어머나, 진짜 멋지네." 아니면 "그들이 당신을 참 많이 좋아하나 봐요." 그리고 "나도 당신처럼만 할 수 있으면 좋겠네요." 이런 칭찬 같은 반응이 이어지다 보니, 문득 내가 그녀에게 좋은 인상을 주기 위해 안간힘을 쓰는 듯 굴고 있다는 사실을 깨달았다. 나도 모르게 어떤 속임수에 당한 느낌이었다. 그날 저녁 시간 전체를 다시 처음부터 시작하고 싶었다.

그리고 나는 사실 그녀가 굉장히 지루했으면서 겉으로만 흥미 있는 척 연기했다는 생각을 지울 수가 없다. 저녁을 먹으면서 그녀는 바카디에 콜라를 섞어 마셨다. 아주 큰 병으로. 나는 돼지 갈빗살 스테이크를 먹었다. 그날의 영수증을 난 여전히 보관하고 있다. 회사 경비로 청구하더라도 영수증은 간직했다. 그러니까, 그날 밤이 내 인생을 바꾼 셈이다. 그날 밤이 아니었다면, 여기 뉴욕 이스트 빌리지에 앉아서 이 빌어먹을 글을 쓰고 있지도 않았을 터다. 그녀는 내가 이스트 빌리지를 좋아할 거라고 말했다.

그녀 말이 옳았다.

하지만 바로 그렇게 된 거다. 나는 완전히 그녀에게 반하고 말았다. 어떻게 안 그럴 수 있었겠어? 돌아가신 아빠가 내게 천상의 선물을 보내 주셨는데 거기다 대고 거절을 한다고? 그럴 순 없지. 우리는 광고 일에 관해 수월하게 대화를 이어 갔으며 나는 대체로 스스로 할 수 있는 최선을 다해서 그녀를 현혹하려고 애썼다. 그녀는 쓸데없이 떠벌리지 않았고 진중했다. ─ 매우 품위 있고 예절 바른 태도를 보이며. 격식 있는 교육을 받은 티가 난다. 나는 그 전까지 그런 쪽의 세계엔 감히 가까워지지 못했었다. 심지어 그녀는 내 유리잔에 직접 생수를 따라 주고 나서, 샴페인 병을 다루던 습관이 남아 있는 듯 무심하게 물병을 홱 꼬아 돌렸다.

나는 그게 참을 수 없이 섹시하다고 느꼈다.

그녀는 굉장히 세심하고 눈치 빠르게 상대방을 배려했다. 바로 그 점이었다. 그녀는 남자를 어떻게 다루어야 하는지 잘 알았다. 그녀는 내가 남자로서 있어도 괜찮다고 느끼게 만들어 주었다. 그냥 나 자신의 모습이어도 괜찮다고. 내가 볼 때, 바로 이 것이야말로 한 여자가 지닐 수 있는 무기 중에서 가장 파괴적인 위력을 자랑하는 무기인 것이다. 한 남자가 당신 앞에서 본래 인격과 모습, 삶의 방식을 있는 그대로 드러낼 수 있도록 북돋아 줄 수만 있다면, 결국 당신은 그를 어떻게 조종해야 할지 알게 되는 셈이다. 그러므로 그는 결코 당신 앞에서 자신의 진실한 존재를 숨길 수 없게 되고 만다.

난 이미 이걸 알고 있었다.

어쩌다 보니 나는 십 년 동안 광고업계에서 일해 왔다. 그 세계는 결코 호락호락한 자선 사업의 세계가 아니다. 모든 것을 참아 내느라 황달 기운으로 얼굴이 누렇게 뜬 나조차도 결국 벨벳 장막을 들추고 들어가서 내 모든 권리를 포기하는 각서에 서명하고 말았다. 그러니까, 나는 만반의 준비가 되어 있었다. 젠장, 나는 무려 오 년간이나 여자랑 손도 잡지 않았단 말이다.

그래서 그녀는 단정하고 품격 있는 아일랜드 귀족 출신 여자 역할을 연기했고, 나도 내 역할을 열심히 연기했다. 소의 눈을 대신 빌려 오기라도 한 듯 휘둥그레 큰 눈을 뜨고 있는, 아일랜드에서 온 어느 길 잃은 소년 말이다. 그녀는 식당을 미끄러지듯 가로질러 나가더니 나를 다시 브로드웨이로, 그리고 블리커 스트리트로 이끌어 갔다. 평생 수치스러운 얘기지만, 그 거리에 대해 전혀 몰랐던 내가 그녀에게 나름 꽤 멋지고 세련된 곳이라고 들은 바 있는

블리커 스트리트를 구경시켜 달라고 말했기 때문이다.[1]

그녀는 나를 어느 게이 바로 데려갔다. 게이 바는 둘째 치고, 나는 일단 술을 파는 바에 간 것만으로도 정말 오랜만이었다. 그 장소가 어떤 곳인지를 깨닫는 데는 거의 한 시간이 걸렸다. 매우 행복해 보이는, 머리를 염색한 중년 남자들 여럿이 참 많이도 보였고 그들은 바에 있는 업라이트 피아노 주변에 모여서 함께 노래를 부르고 있었다.

그들은 아주 기쁨에 찬 모습이었다. 술에 취한 것이 아니라, 그저 행복할 뿐이었다. 그림 속의 아기 천사들처럼. 그녀는 화장실에 간다며 내 곁을 떠났고, 실제로 어느 정도 걸리리라고 예상했던 시간보다 훨씬 오랫동안 나를 혼자 거기 내버려 두었다. 내가 아는 한, 그녀는 아마 그곳을 빠져나와 길 건너 가게에서 여유 있게 마실 거리 하나를 주문하기까지 했을 것이다. 그런 다음에, 태어나서 본 중에 가장 하얗게 미백한 치아를 지닌 어느 건장한 남자가 자꾸만 내 쪽으로 몸을 기대 오는 꼴을 마침 구경할 수 있는 정확한 시간에 돌아온 거지. 나는 그녀를 봐서 마음이 확 놓였고, 그녀에게도 그렇게 털어놓았다. 그녀는 그걸 마음에 들어 했다. 당연히 그랬겠지.

우리는 또 다른 바로 옮겨 갔다. 좀 더 사람이 많고 복

---

1 블리커 스트리트(Bleecker Street): 뉴욕 맨해튼 서편 동쪽에 있는 거리. 그리니치 빌리지의 나이트클럽이 밀집한 구역이며 자유분방한 밤 문화의 중심지다. 뉴욕의 유명한 게이 바들도 이 거리에 많이 모여 있다.

잡한 곳이었다. 비좁게 붙여 놓은 동그란 바 스툴에 나란히 앉아서, 그녀는 손동작을 크게 해 보이며 자기 이야기를 했다. ─그녀는 입으로 말을 내뱉는 동시에, 과장된 손동작으로 그 말의 형태를 잡아 가는 듯한 미국인들 특유의 습관을 몸에 익힌 것처럼 보였다. ─그녀가 아일랜드에서 복권을 통해 미국 영주권에 당첨되었다는 것[2]과 로스앤젤레스에서 일 년 정도 일했다는 것, 그리고 미국 횡단 여행을 거쳐 뉴욕까지 오게 되었다는 것 말이다. 그녀가 미국을 여행하면서 참회 화요일[3] 연휴 기간에 뉴올리언스를 방문했던 일을 이야기할 때, 더 정확히 말하자면 평생 잊지 못할 춤을 그때 추었던 걸 이야기하면서, 그녀는 꽤 생기발랄해졌다. 그 경험을 곱씹을 때의 그녀는 갑자기 이곳에서 동떨어져 있는 사람처럼 보였다. 그때가 바로 그녀가 내 앞에서 자신의 마음을 솔직히 열어 보여 주었던 유일한 순간이었다. 그래, 심지어 우리가 섹스를 할 때도 ─혹은 이렇게 말해야 할까, 그녀가 날 따먹고 있을 때도 ─나는 그녀가 얼마나 아름다워 보이는지 생각했던 것을 기억한다. 하지만 우리가 섹스를 하는 순간에도 그녀와 나 사이에는 무엇인가가 가로막혀 있었다. 뭔가 나를 위축되게 하였던 것, 그게 그녀가 나를 미워한다는 기분

2 1995년부터 미국 이민국에서 시행하는 다양성
비자(Diversity Visa) 프로그램은, 과거 오 년 내 미국으로의
이민율이 낮은 나라들을 대상으로 연간 복권을 통해 5만
5000개의 이민 비자를 발행한다.
3 참회 화요일(Mardi Gras): 사순절이 시작되기 전의 명절

같은 건 아니고, 어쩌면 그녀의 자기혐오였는지도 모르겠다. 그래, 자기혐오 같은 것이 더 맞겠다. 그게 무엇이었든지 간에, 그녀 내면의 것이었다. 그 감정은 그녀가 직접 처리할 몫이고, 나는 결코 그 감정에 감히 다가갈 기회를 얻지 못할 것이었다.

내게 주어지지 않은 그 특권.

그래서 거기서 다시 어떤 카페로 갔는데, 지금 이 순간에도 여전히 그 가게가 정확히 어디였는지는 찾지 못했다. 블리커에서 좀 떨어진 어딘가가 틀림없을 텐데. 좌석 아래엔 쥐들이 돌아다녔다. 나는 이만 그날 하루를 마무리 짓고 싶은 마음이 굴뚝같았지만, 그녀는 우리가 좀 더 오래 함께 있어야 한다고 우겨 대는 것처럼 보였다. 나와 조금이라도 더 같이 있고 싶어 하는 것처럼 말이다. 그래서 나는 결국, 오늘 그녀와 대화를 나누어서 정말 즐거웠다는 말을 꺼내고 말았다. 내가 생각했던 것보다 훨씬 더 즐거웠다고. 그녀는 자기도 그렇다고 하며, 예의 커다란 손동작을 취해 가면서 이야기를 했는데 마치 내 손을 잡아요, 라고 말하는 듯 양손을 슬쩍 내게 들이미는 것이었다. 나는 앞쪽으로 몸을 굽혔고, 무슨 일이 일어나는지 미처 깨닫기도 전에 우리는 부드럽게 서로에게 키스를 하고 있

연휴. 뉴올리언스에서는 전통적으로 이날을 기념하는 축제가
열린다.

었다.

뭐 그렇게 우아한 상황은 아니었다.

나는 반쯤 엉거주춤하게 일어선 상태에서 탁자 위로 몸을 굽힌 채였고, 우리 발 주변으로는 쥐들이 이리저리 맴돌았다.

하지만 그래도 좋았다.

온갖 미세한 거미줄들이 구름처럼 뭉게뭉게 피어올랐다가, 내 주변으로 몰려드는 것 같은 여름 공기의 따스한 바람 에 훅 날아가 버리는 듯한 느낌이었다. 그때 그녀가 무슨 느낌을 받았는지 나로선 알 바가 아니다. 하지만 나로 말할 것 같으면 그 달콤한 순간에 완전히 취해서 몽롱해져 버린 상태였다. 앞으로 한두 시간은 더 그녀 입술에 이렇게, 계속 부드럽게 입을 맞추고만 있어도 만족할 수 있을 것만 같았다. 아무런 문제없어.

그런데 오히려 그녀 쪽에서 교묘하게 한 발짝 더 나아가는 것이었다. 그녀의 촉촉한 혀가 다소 뻣뻣하지만 재빠르게 내 입술 안에 맴돌았다가 사라지는데 그 느낌이 정말 미치게 좋았다. 음경에 찌르르 불씨가 당겨지는 기분처럼 말이다. 그때 어떤 신음 소리를 내게 되는지 알지.

음으으, 아니면 크흐읍인가?

갑자기 나는 이 순수하고 단아한 십 대 소녀를 앞에
두고 마치 정액에 흠뻑 절은 창녀를 바라보듯 응시하고 있
었다. 그리고 난 그게 좋았다. 더 중요한 사실은 그녀도 그
걸 좋아했다. 나는 그다음 날 떠나야 하는 상황이었는데,
시각은 자정을 넘어 날짜로는 벌써 당일이 되어 버렸다.
나는 적어도 크리스마스 때까지는 아마 그녀를 다시 볼 수
없을 터였고, 그나마 그것조차 확실하지 않았다. 우리는
둘 다 크리스마스 휴가 기간엔 아일랜드 본가에 가 볼 생
각이었으니까. 그것 말고는 아무런 기회가 없어 보였다.

"내 호텔로 갈래요?"

나한테는 엄청난 사건이다. 나는 반쯤 미숙하기 짝이
없던 대략 십오 년간의 사춘기 시절을, 지난 두 시간 동안
이미 압축적으로 경험했고, 절반은 물질주의에 찌든 서른
다섯 살의 남자인 주제에 이제 일생 최고의 순간을 맞이
하려는 참이었다. 그녀는 그러기엔 아직 좀 이른 것 같다
는 요지의 말을 웅얼거렸고 나는 고마워하는 마음으로 후
퇴했다. 오히려 안심이 되었다. 그래서 우리는 손을 맞잡
고 함께 천천히 거리를 걸어 내려왔다. 혹시 택시 차편이
있는지 살펴보는 척하지만 조금도 절박하지 않은 쉬엄쉬
엄한 태도로. 결국 그녀는 내게로 몸을 돌리더니 이렇게

말했다. "너무 서두르지 않고, 그냥 편하게 쉬기만 할 거라면 호텔에 가도 돼요." 그 말이 떨어지자, 우리의 발걸음은 빨라졌다. 그녀가 택시를 하나 잡아 세웠다. 뒷좌석에 앉아 우리는 좀 더 키스를 나누었다. 키스와 키스 사이에 내 얼굴로 흘러내리곤 하는, 반짝이는 갈색 머리카락 틈새로 비치는 뉴욕이 내게 얼마나 멋들어진 장소로 보였던지.

잠깐 내게 시간을 주기 바란다.

고마워, 이제 됐어.

오래지 않아 우리는 내가 묵는 호텔에 도착했고, 도어맨이 우리 쪽으로 슬로 모션처럼 느리게 다가왔다. 나는 도어맨이라는 종족에 상당한 공포심을 가지고 있다. 왜냐하면 세인트라크로이에도 내가 아는 도어맨이 하나 있었는데, 그가 하는 일이라곤 자기가 받는 팁이 얼마나 적은지 불평을 늘어놓는 것밖에 없어 보였기 때문이다. 나는 도어맨들에게 아예 팁을 주지 않는다. 뭐 때문에 팁을 줘야 하는 거지? 그냥 거기 서 있다고? 그래서 내 어린 여자친구와 나는, 미소를 띤 그의 얼굴 앞을 지나쳐서 — 내 생각엔 미소보다 질투에 사로잡힌 얼굴이었다. — 엘리베이터 쪽으로 한가로이 걸어갔다. 나는 은은한 노래가 흘러나

오고, 사방이 거울투성이인 직육면체의 기계 속에서 굉장히 긴장했다. 왜 엘리베이터엔 항상 거울이 있는 걸까? 두세 군데의 다른 각도로 비치는 자신의 상과 마주하는 것보다 더 겁나는 일은 아무것도 없다. 그래서 나는 바닥을 내려다보았다.

901호는 9층을 의미한다.

나는 열쇠가 고장 없이 잘 돌아가기를 기원했다. 또한 그녀가 성인이기를 간절히 기원하기도 했다. 이 나라에서는, 설령 농담으로라도, 소아 성애와 얽히는 일 따윈 절대 없어야만 한다. 그리고 이 여자애는 정말 어려 보이긴 했다. 나는 그녀가 최소한 이십 대는 됐으리라고 스스로를 안심시켰지만, 언제라도 그다음 순간 경찰이 문을 박차고 들어오는 장면을 머릿속에서 떨쳐 버릴 수가 없었다. 어느 한 순간은 그녀가 내게로 몸을 돌리더니(이 시점에서 우리는 침대에 함께 누워 있었다.) 순진무구하게 눈을 깜박였다.

"재밌는 이야기 좀 해 주세요."

그 순간 내 얼굴은 분명히 하얗게 질려 버렸을 것이다. 어쩌면 얘는 열네 살밖에 안 됐을지도 몰라. 나는 인도에서 쥐 한 마리를 데려왔던 여자에 대한 이야기를 들려주었다. 그 여자는 쥐를 개로 착각하고 잘못 데려왔던 거지.·우리는 키스하고 서로를 애무했으며, 마침내 나는 그녀 아래쪽으로 내려가게 되었다.

자, 여기서 너무 상세한 묘사는 하고 싶지 않지만, 이 것은 말해야 할 것 같다. 왜냐하면 내가 하는 말은 진실이고, 내 경험상 흔치 않은 일이기 때문이다. 그녀의 성기는 심지어 그녀의 입속보다 더 달콤했다. 밤새도록 그 아래에 머무를 수도 있을 것 같았다.

기꺼이, 문제없어.

나는 내가 짐작하는 것만큼 그녀가 예쁘게 흐트러져 있는지를 확인할 때에만 종종 다시 위로 올라왔다. 짐작대로 그녀는 그렇게나 예뻤다. 날이 밝아 올 때까지 그것은 계속되었다. 그녀는 그저 편안히 쉬기만 할 거라고 했으니, 우리는 서두르지 않을 것이다. 나는 지금 끝까지는 가지 말아야 한다고 단호히 다짐했다.

펜과 함께 지내던 순간들의 기억, 몸에 남은 그 기억들이 내 안에서 일렁이기 시작했다. 나는 잠든 아슐링을 바라보면서 이런 생각이 들었던 것을 기억한다. "그녀가 돌아왔어. 난 페니를 되찾은 거야." 나는 페니가 잠들어 있을 때도 그녀를 바라보곤 했다. 그녀의 매끄러운 살갗 위로 내 시선이 마음대로 활보하도록 그냥 내버려 두었고,

그것은 꽤나 기분 좋은 일이었다. 살아 숨 쉬는, 그림 같은 존재. 그토록 오랜 시간이 흐르고 나서, 다시금 타인의 벗은 몸을 만진다는 것이 낯설게 느껴졌다. 나는 그녀가 나를 매력적이라고 여기지 않을까 봐 극도로 겁에 질린 나머지, 몸에 걸친 옷 전부를 채 벗지도 않은 상태였다. 우리가 진도를 천천히 나가고 있다는 게 오히려 내심 기뻤다. 그건 곧 내 성능을 검증받는 단계까지 가지 않아도 됨을 의미했기 때문이다. 너무 일찍 사정하거나 혹은 발기조차 못 한다면 어쩌지?

나는 알코올 중독자 모임에서 쓰는 격언을 실행에 옮겼고, 그것은 도움이 되었다.

불안감이 들 때는, 유용하게 봉사하는 자가 되어라.

그래서 나는 내가 할 수 있는 한 가장 많은 쾌락을 그녀에게 주는 데에 집중했다. 펜은 자기 아래로 내려가게끔 나를 종종 훈련시켰으며, 지금 나는 그랬던 게 정말 다행이라고 생각했다. 아슐링의 잠든 얼굴은 부드러운 미소를 띠고 있었다. 그녀는 충분히 행복한 것처럼 보였다.

그다음 날 아침에 나는 밖에 나가서 함께 아침을 먹자고 했다. 나는 우리 가방을 한데 모으고 호텔에서 체크아웃했다. 곧 우리는 그녀 집 근처 카페로 향하는 또 다른 택시를 탔다. 그리고 그 이후 머지않아서, 나는 또 다른 택시 안에 몸을 싣고 '문제의 장소'에서 빠져나오고 있었다. 내가 택시를 타자 그녀는 돌아보지 않았고 누군가에게 낚아채인 듯이 순식간에 자취를 감췄다.

나도 그랬었기 때문에 잘 안다.

세인트라크로이에 돌아와 보니, 아직 눈이 쌓이기 전이었다. 빌어먹을 집은 여전히 팔리지 않은 상태였다. 나의 마음은 이미 피해망상에 사로잡혀, 회사에서 방해 공작을 펼치고 있으리라 생각하고 있었다. 그들은 중개인에게 어떤 열의도 생기지 않도록 남몰래 돈을 쥐어 주고 있다고 나는 생각했다. 나는 당시 내가 하던, 아동 에이즈 환자들의 여름 방학을 지원해 주는 대규모 자선 캠페인 홍보 때문에 엄청난 압박감에 시달리고 있기도 했다.

대규모 프로젝트였고, 큰 건이었다.

모든 광고 회사들은 연락 가능한 전화번호부에 자선 단체를 올려 두고, 온갖 기상천외한 호의와 부탁을 베풀어 주는 것을 좋아했다. 이런 협업에 매력적인 장점들이 있기는 했다. 첫째로, 회사는 실제 클라이언트가 보수를 지불하는 프로젝트보다 훨씬 극적인 작업들을, 자선 단체를 대상으로 시도해 볼 수 있었다. 두 번째로, 세금 감면 혜택과

밀린 부채를 탕감한다는 이점도 있었다. 하지만 내가 제휴하려는 대상이 어떤 성격의 자선 단체인지는 중요했다.

특히나 미국에서는 그랬다.

예를 들어서, 헤로인 중독자들의 약물 중단을 지원해 주기 위한 자선기금은 아동 에이즈 환자의 치료를 위한 자선기금처럼 신뢰감을 주지 못할 뿐 아니라, 그럴듯한 사진이 찍혀 나오지도 않았고, 심지어 그만큼의 연민을 자아낼 수준도 못되었다. 성인 에이즈 환자들도 별로다. 그들 스스로 자초한 것일 수도 있으니까. 그건 안 되고, 아이들 쪽이 훨씬 낫다. 에이즈를 앓는 아이들이라면 더 낫고. 미안하지만, 그게 사실이다. 그건 광고 회사들의 잘못이 아니라, 사실은 당신들 탓이다.

대중.

그리고 만약 이 책이 결코 출판되지 않더라도, 그 역시 당신들의 잘못이다. 당신들 대중의 눈에 이런 종류의 책이 전혀 흥미롭게 여겨지지 않았다는 뜻이니까.

개새끼들.

당신들은 어떤 헤로인 중독자가 나쁜 습관에서 빠져나오는 데에 필요한 자금을 좀 지원해 달라는데 그저 받아들이지 못하는 것이다. 어쩌면 당신들이 옳겠지. 누가 알겠어? 하지만 바로 그렇다는 얘기다. 자선 사업은 실제 광고 회사들의 세계만큼이나 경쟁적이며, 요즘은 거의 광고 회사나 다를 바 없는 관점에서 부지런히 머리를 굴려야 한다.

어쨌든, 그들이 좇는 목표는 다 같은 대중의 돈이니까.

그러고 나면 방송사들이 있다. 그들은 연간 자선 행사를 위해 방송 시간을 일부 할당해 둔다. 그 시간을 어느 쪽에 배정해 줄 것인가? 각 방송사마다 따라야 하는 기본 규정들이 있고, 그들이 보유한 채널들 고유의 관점에 어긋나지 않을까 걱정한다. 그러면 과연 어떤 광고가 그들을 가장 괜찮은 관점으로 포장해 줄 것인지 하는 문제만 남는 것이다. 다시 말하면, 아이들과 관련한 주제는 그런 쪽의 기준에 안전하게 들어맞는다. 그래서 광고 회사는 주로 수많은 아이들이 뒤얽힌 자선 사업을 고를 정도로 머리를 쓰는데, 왜냐하면 애초에 방송사들도 아이들을 위해서라면 시간을 — 이 경우엔, 방송 시간을 — 더 보장할 것임을 알기 때문이다.

어쨌든 아이들을 대상으로 했던 나의 여름 캠프 경험담을 들려주고 싶다. 우리는 캠프 노던 미네소타(Camp Northern Minnesota)에서 광고를 촬영하고 있었고, 우리 제작진들은 캠프장에 있는 2단 침대에서 잠을 잤다. 나는 경험을 통해 스스로 관념을 터득하기 전까지, 여름 캠프라는 게 뭔지조차 몰랐다. 여전히 내게는 오직 중산층 아이들이나 할 법한 활동처럼 보였다. 하지만 미국에는 중산층이라는 게 없지. 아무렴, 없고말고.

잠깐씩 선잠을 설치다, 나는 변을 보고 면도를 하기 위해 공동욕실(사실 변소인 곳을 완곡하게 말해 주는 표현)로 향했다. 여름인 지금, 에이즈에 걸린 이백 명의 아이들이 여기를 천방지축 뛰어다니고 있는데, 그들이 지닌 전염성 세균들이 세면대에 덕지덕지 묻어 있을지도 모른다는 생각이 문득 들었다. 내가 막 면도를 하기 직전에 머릿속을 스쳐 간 생각이었다.

나는 그 질병이 떠도는 대기 속에서 내 피부의 모든 모공이 활짝 열리고 있음을 생각했다. 세상에. 물론 나는 손을 멈추거나 하진 않고 면도를 끝마치긴 했다. 그리고 거울에 비친 나의 외모를 즐겁게 감상하다가, 실제로 잠을 설치긴 했어도 겉보기에 그렇게 푸석해 보이지는 않는다는 데에 만족했다.

자신을 향해 미소 짓지 않기 위해 조심했다. 나는 절대 공공장소에서 거울에 비친 자신을 향해 미소를 짓다가 남에게 들키는 꼴을 당하고 싶지는 않다. 진짜 혼자 있을 때라면 괜찮지만. 그러고는 아침 식사를 하러 나갔다. 팀원들과 촬영 감독은 이미 김이 솟아오르는 접시들 주변에 자리를 잡고 앉아 있었다. 그들이야말로 잠을 제대로 못 자 푸석하고, 면도도 하지 않아서 수염이 구질구질하게 자란 모습이었다.

그걸 보니 기분이 좋아졌다.

나도 자리에 앉아서 달걀들이랑 토스트랑, 뭐가 됐든 제공되는 음식을 열심히 먹기 시작했다. 커피도 마시고. 그러고 나자, '캠프의 보스'이자 전반적으로 일등 영웅 행세를 하는 그 사람이 등장했다. 아주 명랑하고 쾌활한 태도로, 양손을 맞잡은 채 빙빙 쥐어짜고 눈은 내리깐 채, 겸손이라는 겸손은 있는 대로 다 떨면서 말이다. 그는 이 캠프의 운영자이자 이 모든 자선 사업의 창립자였다. 나는 그 역시 면도를 하지 않았다는 점을 눈치챘다. 그건 그에게 있어서 굉장히 이례적인 모습이었는데, 자신이 어떻게 보이는지 언제나 굉장히 까다롭게 의식하는 사람이었기 때문이었다. 사실, 면도를 하지 않았다는 것만 제외하면, 컨트리 양모와 트위드 재질의 양복만 보더라도 그는 평소처럼 옷을 신경 써서 빼입은 듯이 보였다. 그 꼴을 보니 내

혈관을 타고 흐르는 피가 차갑게 식는 것만 같았다. 그는 겸손한 눈빛을 들어 탁자에 앉은 사람들을 쭉, 찬찬히 살펴보는 위험을 감수했다. 그저 정보를 수집하고 있는 것뿐이겠지. 탁자에 앉은 사람들이 누군지, 누구한테 가장 친절하게 대해야 하고 그다음 순서는 어떻게 되는지?

그의 시선은 내게서 멈췄다. "설마 면도를 하신 건 아니시겠죠, 그렇죠?"

내 얼굴은 분명 하얗게 질려 버렸을 것이다.

"아, 했는데요……. 저…….”

"아니 정말, 실망스럽네요."

나는 내 기분이 어떨 거라 생각하시는지를 물어볼 참이었는데.

"저희는 여기 캠프에서 면도를 하지 않아요. 서로 격식 따지지 말고 집처럼 편하게 있자는 의미에서인데……. 그렇지만 뭐, 엄밀히 말하자면 선생님은 아직 일터에 계시는 셈이니까, 이번만은 그냥 봐 드릴게요."

나는 진심으로 웃음을 터뜨렸다. 다행히 내 목숨에 지장은 없는 거구나. 그리고 더 중요하게, 내가 사랑하는 연인을 다시 만나기 전에 HIV 테스트를 받을 필요도 없었다. 그 캠프에 있어 보니까, 새들의 아름다운 지저귐 속에 사방에 넘쳐 나는 아이들은 모두 서로에게 귀엽고 착하게 굴었다. 그걸 보다 보니 내 안에서도 무엇인가 가족적인 욕구가 깨어났다. 나는 이렇게 수풀이 우거진 어딘가에서, 아슐링과 내가 오순도순 사는 모습을 상상했다. 아침의 광선이 우리의 행복한 순간을 어른어른 비추고, 나무들 사이로 우리의 웃음소리가 메아리치다가, 코 잠든 우리 아기가 잠에서 깨고 말겠다고 서로 입술에 손가락을 갖다 대 주는 그런 광경 말이다.

우리 아이는 끔찍한 질병에 걸리지 않았다는 사실에 얼마나 다행스러워할 것인가.

내 미래 아내의 전화번호가 내 허벅지 주머니 안에서, 그리고 서랍 안에서, 그리고 내가 기억하지 못하는 다른 곳 몇 군데에서도 활활 불타는 듯 강렬하게 각인되고 있었다. 나는 혹시 그 번호를 잃어버릴까 봐, 여러 장의 종이에 따로 써서 놔두었을 정도로 주도면밀하게 행동했다. 그녀에게 전화를 하고 싶은 유혹에 넘어가지 않도록 저항해야 했다. 무척이나.

육체적인 갈망들.

나는 매우 심각한 상태였다. 그러니까, 오 년 동안 여자에게 눈길조차 주지 않았었는데, 이제 오직 그 생각밖에 들지 않았다. 심지어 그 생각이라는 게 무엇인지도 몰랐다. 나는 사실 이전까지 그런 감정들을 전혀 느껴 본 적이 없었다. 지금 돌이켜 보면 그 고통스러움에 움찔하게 되지만, 나는 정말 사랑에 빠져 있었다. 혹은 완전한 중독 상태였거나. 그녀를 생각할 때면 나도 모르게 눈이 풀렸다. 그녀를 생각하기만 해도 내 동공이 확장되었다.

그 캠프 광고는 꽤 잘 나왔고, 그중 하나는 심지어 상을 받기까지 했다.

그 광고에 나왔던 아이들은 모두 이후 생사를 달리했다.

그 부분에 대해서는 어떻게 다루어야 할지 잘 모르겠다.

하지만 그렇다. 나는 이 글을 쓰며 굉장히 쉽게 솔직해질 수 있는데, 어느 누구든 이걸 책으로 펴내 줄 가능성이 매우 희박하기 때문이다. 최소한 나에겐 심리 치료의 한 방식으로써 유익하겠지. 내가 느낀 건 사랑이었을까, 아니면 집착이었을까? 아직도 나는 모르겠다. 어떻든 그녀를 생각하는 것만으로, 혹은 그녀에게 전화를 거는 상상만으로, 미네소타에서의 밤들을 견뎌 낼 수 있었다.

그래서 나는 결국 그녀에게 전화를 걸었고, 우리는

이야기를 나눴다. 대체로 광고업계에 대해서, 그러니까 나에 대해서. 나는 그녀가 내 이야기를 재미있어하는 줄 알았다. 어쩌면 정말 그랬는지도 모른다. 최소한 그래야 그녀도 그 시간을 조금이나마 더 즐겁게 보낼 수 있었을 테니까. 전체 사건을 두고 볼 때 이 부분에 대한 그녀의 관점은, 마치 매춘부가 성행위에 앞서 구매자와 잠시 대화를 나누는 행위와 비슷하지 않았을까 하는 생각이 자꾸만 든다. 섹스를 파는 사람들은 구매하러 온 사람들이 더듬더듬 늘어놓는 헛소리를 조금은 들어줘야 한다. 그래야 그들 마음이 충분히 편안해져서 발기할 수 있을 테고, 그렇게 발기가 되지 않는다면 성행위도 불가능하고, 성행위가 없다면 대가로써 돈을 지불받을 수도 없는 것이다. 하지만 내가 생각했던 상황은 이랬다. 그녀는 분명히 내 말에 진심으로 귀를 기울여 주었다. 나는 그냥 그녀가 그랬다는 것을 안다. 또 시작이군. 남성의 자기애적 자아. 마치 자신이 산 창녀가 절정에 달하는 것처럼 보인다고 해서, 실제로 그녀가 오르가슴을 느끼는 거라고 믿는 멍청이처럼. 나는 그녀가 내 말을 즐겁게 들어줬고 나를 좋아했고 그리고, 그래, 심지어 날 아주 조금은 사랑했다고 믿고 싶다. "미쳤네, 그치?" 예전의 나라면 이렇게 말했을 것이다. "미쳤

군, 어?" 하지만 이제 '그치?'다.[4]

미국이란.

미네소타에서 나는 거의 이 년 동안이나 정신적으로 끔찍한 상태에 있었던 만큼, 드디어 내게도 뭔가 좋은 일이 일어날 자격이 있다고 느꼈다. 지금 나는 뉴욕에 온 지 일 년이 좀 넘었는데, 이 뉴욕 바닥을 뒤집어 놓겠다고 굳게 다짐한, 빌어먹을 야망으로 충만한 스물일곱 살짜리 사진작가에게 당시 나 같은 인간이 얼마나 멍청하고 순진하게 보였을지 이제야 짐작할 수 있다. 어쩔 수 없지. 그녀가 내게 매혹되었던 것은 일종의 병적인 다양성을 충족하고 싶은 욕구에서 기인한 것이겠지만, 내 쪽에서 그녀에게 푹 빠진 까닭은 그렇게까지 고차원적이지도 않은, 단순하기 그지없는 것이었다.

그녀가 나를 도와주기를 원했다. 세인트라크로이에서 나를 꺼내 주기를. 그녀가 내 뉴욕 길잡이가 되었으면 하고 바랐다. 난 그녀를 원했다. 정말 많은 것을 원했다.

나에겐 나만의 이유들이 있었고, 그녀 역시 그녀만의 이유들이 있었을 것이다. 그녀에게, 나는 땀에 절어 축축하고 퉁퉁하게 살이 찐, 덩치 큰 대머리 주제에 실무 능력보다 더 많은 봉급을 받는 머저리 촌뜨기처럼 보였을 것

---

4 "Crazy, huh?"의 감탄사를 영국식 표현인 "eh?"가 아니라 미국식 표현인 "huh?"로 쓰고 있음을 강조하며, 화자의 언어 습관이 미국 스타일로 변했음을 이야기하고 있다.

이다. 더블린 밖에 살다 보면 누구나 싸잡혀 불리곤 하는 '컬치'[5]라는 호칭에 딱 걸맞은 인물처럼.

추수하기 딱 알맞게 무르익은 상태로 말이다.

아슐링은 사진작가 어시스트 일로 출장을 다니면서 나와 같은 부류의 인간들을 많이 만나 봤을 것이다. 마이애미에서의 촬영은 — 자연광이 끝내주니까요, 자기야. — 흐릿하게 구름 긴 뉴욕 출신의 사진작가들에겐 매우 흔한 선택지였다. 많은 호텔 방들, 술집들, 그리고 긴 촬영 기간. 돈도 있고 아내도 있고 아이들도 있고 집 대출금도 있는 나 같은 아트 디렉터들이 트럭으로 쌓여 있으리라. 이것들 중에서 가진 거라곤 집 대출금밖에 없었던 내가 그나마 좀 두드러지는 존재였기를 바란다.

그래도 그녀는 분명히 내가 결혼은 한 걸로 짐작했을 것이다. 아니면 그러길 바랐거나. 나중에 활용하기 위한 목적으로 그녀가 내게서 사적인 정보들을 캐내고 있다는 느낌을 받았던 적이 많았다. 어쩌면 그녀는 내게 있으리라 상상했던 아내를 두고, 나를 협박할 수 있는 자료들을 원했던 것인지도 모른다. 결혼도 안 한 남자가, 방이 세 개나 되는 빅토리아풍 저택에 살고 있을 이유가 없잖아? 왜 그런 협박을 하냐고? 나와 인연이 있는 광고 회사로부터, 군

---

5 컬치(Culchie): 더블린 외곽 지역의, 교양 없고 촌스러운 사람을 부르는 아일랜드 표현.

침 도는 대규모 외주 일을 넘겨받기 위해서겠지. 이제 막 신인 경력을 시작하는 사진작가로서는 그처럼 저명한 회사들로부터 한두 건의 일을 따낼 수만 있다면 그 가치는 굉장할 테니까.

나는 생각했다. "젠장, 뭐 어때. 얘는 이렇게 예쁘고. 나는 외롭고. 자신감을 북돋워 주는 존재가 나한테 필요하기도 하잖아." 틈만 나면 내 마음을 한껏 부추겨 주던 그 맛깔나는 영계만 없었어도, 내겐 그다음 단계로 넘어갈 배짱이 없었을 것이다.

나는 인사과에 전화를 해서, 사직을 하려면 어떻게 해야 하는지를 묻기 시작했다. 마치 내가 그 방법을 알지 못한다는 듯이. 나는 내 결심이 진지하다는 사실을 그들이 알기를 원했다. 이제 회사에서의 평판을 신경 쓰고 조심스러워하는 단계는 진작에 지나가 버렸다. 현실적으로 보면, 제정신이 아닌 짓이었지. 회사에선 내가 사랑에 빠지고 말았다고 확신했으리라. 그리고 터놓고 말해서, 그게 사실이었다. 나는 인사과 직원과 통화하며 지금 나눈 이야기가 비밀로 유지될 수 있는지를 거듭 물어보았다. 나처럼 사직을 희망하는 직원이 나타났을 때, 인사과에서는 곧장 고위 임원들에게 그 사실을 알려야 할 의무가 있다는 것까지 잘 알고 있으면서 일부러 말이다. 그래서 나는 실제 사직을 실행에 옮기기도 전인데, 미리 사직 여부를 회사에 알리며 위협할 수 있었다. 나의 상사, 그레이엄에게 직접 얘기하지 않고서도 그의 귀에 이 소식이 효과적으로 들어갈 수 있도록. 내 의지가 확고하다는 것을 말이다.

그가 무심하게 지나가는 말처럼 내게 집을 팔았는지 물어보기까지는 그리 오래 걸리지 않았다. 내 대답을 듣고서 그의 얼굴에 떠오른 표정을 나는 절대로 잊지 못할 것이다. 신께서 날 용서하시길, 하지만 나는 그 순간을 즐겁게 만끽했다. 그리고 다시, 내가 장담하지만 나에게도 이런 종류의 일이 닥치고 만다. 하지만 지금 이 순간만큼은 내가 통쾌함을 느끼는 쪽이었다. 그때 그의 창백한 얼굴이 어땠는지를 가장 정확히 묘사할 수 있는 말은, 큰 물결이 쓸고 지나갔다는 표현이리라. 그의 턱 아래쪽에서부터 이마 끝부분에 달하는 얼굴 피부가, 실제로 하나의 거대한 파도처럼 크게 경련했다. 마치 우유처럼. 그는 정말 그 정도로 하얗게 질렸었다. 내 말의 의미를 그가 실제로 머릿속에 입력하여 받아들이기까지는 몇 초가 걸렸고, 그러고 나서야 나도 비로소 그가 느끼는 아찔한 상태를 이해했다. 어쨌든 나는 이게 그에게 이렇게까지 중요한 문제라고는 생각하지 못했었다. 하지만 보다시피 그랬던 모양이다. 그는 정말로 향후 몇 년 동안은 나를 꼼짝없이 데리고 있으리라 생각했던 모양이다. 만약 내가 스웨덴 혈통의 그곳 여자들에게 굴복하고 말았더라면, 아마 정말로 그랬겠지.

다음 날 그는 나를 부르더니 뉴욕으로 출장을 가서 몇 주 동안 그곳 사무실 작업을 좀 도와주라고 지시했다. 나는 내가 거기서 돌아오지 않게 되리라는 것까진 몰랐겠지만, 그건 곧 내가 바라는 일이기도 했다. 뉴욕에 가면 나의 아슐링을 보게 되리라. 직장 같은 건 이제 관심 밖이었다. 엿이나 먹으라지, 어차피 광고업계도 그 안에서 보는 사람들도 다 지긋지긋했다. 내가 원하는 것이라고는, 회사 경비로 이미 몇 주간이나 숙박비가 지불된 뉴욕의 근사한 호텔에서, 내 사랑과 함께 있는 것.

내가 집에 붙여 준 애칭, 즉 '인생을 조지는 본부'에서, 나는 그녀에게 말을 걸곤 했다. 나는 그녀가 내 맞은편에 놓인 의자에 앉아 있다고 상상했다. 나는 마치 그녀의 녹색 눈동자를 바라보듯이 의자 위 중간쯤 되는 허공을 사랑스럽게 쳐다보면서, 그녀가 하는 말에 깊은 인상을 받기라도 한 것처럼 수시로 깜짝 놀란 사람처럼 내 머리를 뒤로 젖혀 보였다. 예절 바른 태도로 사뭇 고개를 끄덕거리면서, 나는 몸을 앞쪽으로 숙이고 그녀가 늘어놓는 일장 연설에 거의 마지못해 간신히 동의했다. 그녀는 너무나 지적이고 똑똑했기에, 심지어 나조차도 그녀의 논지에는 수긍해야만 했다.

그러고 나서 나는 행복한 웃음을 터뜨렸다. 왜냐하면 나는 정말 행복했으니까. 내가 연출하고 있는 것은 다름 아닌 연애의 순간이었다. 완벽한 연애지, 그 누구로부터 방해받는 일 따윈 없으니까. 나는 연못에 비친 자신의 형상을 빤히 쳐다보고 있는 나르키소스를 그린 만화를 본 적이 있었다. 그의 여자 친구가 뒤쪽에서 이렇게 묻고 있다. "나르키소스, 누구랑 바람피우는 거야?"

만약 회사에서 나의 뉴욕 체류가 끝나는 시점에 나를 해고해 버릴 요량이라면, 상관없어. 최소한 소중한 추억이 될 순간들은 남게 될 테니까. 나는 예전부터 뉴욕 출장을 가려고 여러 번 시도해 보았지만, 모두 제대로 풀리지 않았다. 매번 아슐링에게 전화를 걸어 못 가게 되었다고 말할 때마다 내 목소리에 묻어나는 실망감을 감추려고 절박하게 노력했다.

우리 관계가 틀어지기를 내심 바라는 게 아닐까 하는 낌새가 미세하게 들 때마다 나는 스스로를 사납게 원망하곤 했다. 그건 나를 미치게 했다. 그러다가 어느 토요일 아침 10시 30분 정도에 전화를 했는데 그녀는 부재중이었다. 한 시간의 시차는 심지어 더 불안을 가중시켰다. 뉴욕 시간으로는 아침 9시 30분이다. 세상에, 온갖 별별 재미있는 생각이 다 들만 했겠지, 나한테.

거기 없다고?

분명히, 어떤 놈의 아파트에서 밤을 보내고 돌아오는 길이거나 아니면 아직도 거기서 그놈과 섹스하는 중이겠지. 왜 안 그렇겠어? 우리가 처음으로 데이트했을 때도, 그날 밤에 바로 내 침대에 들어왔는데. 하지만 그건 다르지, 그건 사랑이었어. 그건 나하고의 사이에서 있었던 일이잖아. 나는 한번 주말에 시간을 내서 그녀를 보러 뉴욕에 가겠다고 말했다. 그녀는 이 제안을 우아하게 거절했다. 내가 직접 돈을 쓰지 않을 수 있을 때 오는 편이 더 좋겠다면서. 회사에서 보내 주는 출장을 기다리는 게 더 낫다는 것이다. 물론 그녀의 말이 옳았지만, 나는 그녀와 섹스를 하고 싶어서 죽을 지경이었다. 나는 또한 그녀의 야망이 대단하다는 점도 알 수 있었다. 그녀는 자신의 일과 작품에 대해서 당당히 이야기하는 것을 결코 두려워하지 않았다.

나는 이 점이 좀 두려웠는데, 왜냐하면 그녀가 단지 '선임 아트 디렉터'라는 나의 직함 때문에 내게 관심을 보인 것일 수도 있었기 때문이다. 나는 '선임'이라는 단어가 싫었다. 너무 나이 든 사람처럼 보이잖아. 그녀에게는 틀림없이 내가 엿같은 늙은이처럼 보였겠지. 그래도 나는 서른두 살, 그 이상으론 보이지 않는다고 스스로를 위로했다. 그녀도 짐짓 그런 척 내 기분을 맞춰 주었다. 갓 스물일곱 살 먹은 예쁜 여자라면 당연히 그러겠지. 어느 날 밤 그녀는 자기 전시회가 열린다는 말을 했다. 이런 세부적인 사항을 얘기해 줄 정도로 그녀가 나를 자기 삶의 일부로 고려해 준다는 데에 너무나 기뻐서, 나는 도와주겠다고 제안했다. 난 미디어를 다루는 기획자로서의 재능을 과시하며 그녀에게 감명을 주려고 했지만 막상 그녀는 별 감흥이 없어 보였다.

오히려 실망한 것처럼 보였다.

나는 성 패트릭 기념일 이야기로 대충 얼버무리면서 그 화제 전체를 더욱 저급하게 만들어 버리고 말았다.

이 사건이 어떻게, 그녀가 내게 애초에 하려던 일을 더욱 편안한 기분으로 추진할 수 있게끔 도와주었는지 이제야 이해가 간다. 우리가 일단 누군가를 좋아하지 않는다고 결정하고 나면, 그러한 결정을 뒷받침해 주는 이유들이야 얼마든지 찾아낼 수 있다는 게 재미있다. 그리고 그 반대도 마찬가지. 바로 그런 일이 우리에게 일어나고 있었다고 나는 생각한다. 내가 깊이 파고들어 갈수록, 나는 이미 그녀를 좋아한다고 — 아니, 사랑한다고 — 결정해 버린 상태였고, 소소한 관찰의 결과와 행간의 뉘앙스로 이루어진 작은 꽃송이 사슬로 그녀라는 존재를 내 가까이에 다정하게 묶어 두며, 또 한편으로는 계속해서 그런 꽃송이들을 모으고 엮어 가느라 여념이 없었다.

이와 똑같이, 그녀 역시도 동시에 자신의 목록을 꾸준히 작성해 나가고 있었을 것이다.

그녀의 경우엔 나에 대한 불만과 혐오의 목록들이었겠지만.

내가 무슨 말을 하고 나서 뒤따랐던 그녀의 침묵들을 나는 기억한다. 실컷 떠들다가 이제 막 입을 다문 사람 쪽에서 더 큰 불안과 조바심을 느끼게끔 은근히 내버려 두는 그런 종류의 침묵 말이다. 방금 그 사람이 말한 내용에 환한 스포트라이트를 비춰 버리는 그런 것. 예를 들어서 내용 중에 언급되었던 특정 어구를 차갑고 무감정한 목소리로 반복한다든가. 그리고 내게서 떨어져 혼자 쉬는 기간 동안, 그녀는 이미 벌써 시작하고도 남았을 그 일을 완수하려는 열망에 다시 불을 지폈다.

내가 그녀에 대해서 아는 것들은 이렇다.

나이는 스물일곱 살. 이름은 아슐링 맥카티. 직업은 사진 기술 어시스턴트. 1990년대 초반 더블린에 있는 크고 거친 디자인 회사에서 프로젝트 매니저로 근무. 복권으로 미국 영주권이 당첨되어 더블린을 떠남. 그녀는 내게 더블린을 급하게 빠져나올 수밖에 없었다고 말했다. 로스앤젤레스에서 일 년 정도 일했음. 더블린 출신의 엘리트들을 주로 상대하는 별 네 개짜리 레스토랑 그린 룸(Green Room)에서 호스티스로 일한 적도 있음. 나는 특별히 심술궂은 기분이 들지 않는 이상, 여기서 말하는 '호스티스'라는 게 정확히 어떤 역할인지 구태여 정의해 보지 않으려고 한다.

그녀는 나의 고향인 딜포드와 자기 양부를, 우리 아버지의 법률 대리인이었던 톰 배니스터 씨, 이젠 고인이 된 그분을 사랑한다.

그녀의 어머니는 밸리나(Ballina) 출신이다. 아일랜드를 향한 애국심이 꽤 있긴 하지만, 페니언[6]처럼 불쾌한 방식으로는 아니다. 내가 그녀를 알게 되었을 때, 피터 프리

먼의 어시스턴트 중 하나로 일하고 있었다. 그는 유명한 사진작가로, 굉장한 거물이며, 아마 뉴욕에서 제일가는 사진작가 중 하나일 것이다. 그 말은 곧 세계적으로도 명성 높은 최고의 사진작가라는 얘기지. 그녀는 뉴욕의 로어 이스트 사이드에서 두 명의 룸메이트와 함께 아파트를 나눠 썼다. 그녀의 아일랜드 고향은 화이트히스 지역이다. 내가 단언하건대 그 동네는 젠장 맞게 고급스러운 부자 동네다. 그리고 그녀는 굉장히, 굉장히 어려 보이는 외모를 지녔다. 열여섯이라고 해도 믿을 것이다.

어릴 때는 수녀원 기숙 학교에 다녔다. 거기서 한 수녀와 꽤 친해졌다. 또한, 내가 그녀를 알고 지내던 기간에 그녀의 할아버지가 돌아가셨다.

그녀가 강박적으로 집착하는 분야는 인물 초상 사진이었다. 특히나 대비가 강한 흑백 사진으로.

그녀는 스페인에서 지낸 적이 있고 박물관에서 일했었다.

이 모든 정보들은, 고작 하룻밤의 짧은 저녁 시간과 네 차례도 안 되는 전화 통화를 통해 그러모아진 것이다. 그러니 그녀는 결코 나한테 자기 이야기에 귀 기울여 주지 않는 사람이라고 지적할 순 없으리라. 오히려 지나치게 넋을 놓고 경청했다고 해야겠지. 나는 그녀의 모든 것을 몽땅 빨아들여 흡수하려고 노력하였다. 그녀에 대한 책이라도 한 권 쓸 수 있을 정도로.

아차, 그건 써 버렸네.

그녀는 연휴에 가족들과 페루로 여행을 갔다. 현지인들이 자기를 쳐다보는 방식에 기분이 나빴다고 그녀는 말했다. 가죽처럼 윤기 나는 얼굴에, 까마귀처럼 검은 머리를 한 주변 사람들 사이에서 그녀의 맑고 흰 피부는 눈에 띄고 낯설어 보였을 것이다. 그녀는 새 직장에서 컴퓨터 프로그램들을 능숙하게 다루어야 했다. 그녀는 나더러 더블린에 회사를 차리면 어떻겠느냐고 격려했다. 그녀는 기네스를 마시는 걸 좋아했다. 그녀는 피터 프리먼에게서 일과 관련해서 도움을 받았다. 심지어 주말에 한두 번 그가 직접 그녀를 도와주러 오기도 했었다. 이 이야기를 들었을 때 나는 질투했다.

뭐, 이 정도다, 물론, 내가 이제부터 이야기할 나머지 부분은 빼고. 이 말은 해야겠다. 나 자신에게 좀 놀라운데, 왜냐하면 보통 나는 이런 막말을 늘어놓는 것보단 더 조심스러운 사람이거든. 만약 내가 교도소에 가는 일 없이 그녀를 고문하고 또 죽일 수 있는 방법만 있다면, 나는 그렇게 할 것이다. 아니면 적어도 그렇게 할 수 있을 것 같다. 걱정하지 마, 나는 구체적으로 어떻게 혹은 무슨 짓을 할 건지 몽상하진 않으니까. 나는 그냥 그럴 기회만 온다면, 내게 그녀를 해칠 수 있는 능력이 있다고 느낄 뿐이다. 하지만 실행에 옮기진 않겠지, 뭐. 3월 그날 저녁에 벌어진 일이 내게 미쳤던 효과를 만회하기 위해 내가 추구할 수 있는 최대한도의 방법은 지금 이 글을 쓰는 것밖에 없다. 하지만 지금 시점에서 갑자기 앞으로 확 나가 버리진 말자, 알겠지? 나는 거의 육 개월 동안이나 극심한 화병으로 종잇장처럼 여위어 버렸다. 누군가에게서 그런 종류의 격노를 이끌어 내는 데엔 특정한 수준의 재능과 또 지성이 필요하다고 나는 생각하련다. 사랑이나 증오, 무슨 차이가 있단 말인가?

어느 날 밤 전화 통화에서, 그녀는 출판 계약이 하나 들어왔다고 이야기했다. 흥미롭군.

나는 그렇게 이야기하며, 어떤 종류의 계약이고 어쩌다 그런 기회를 낚아챌 수 있었는지를 물었다. 나는 언제나 결국 광고업계 쪽으로 흘러들 수 있는 가능성들을 줄 세우는 데에 흥미를 느껴 왔기 때문에. 그녀는 프린스턴 대학교의 출판 미디어과 출신 친구들이 좀 있다고 했다. 나는 침이 꿀꺽 넘어가는 걸 들키지 않으려고 노력했다. 지금 여기서 얘기하는 것들은 다들 아주 돈이 넘쳐 나는 새끼들이라니까. 물론 나는 그 당시 꽤 돈을 벌고 있다는 점을 잊고 있었다. 그렇지만 나는 한 번도 여유롭다고 생각해 본 적이 없었다. 그냥 쓸데없고 바보 같다는 느낌뿐이었다. 특히 그 큰 집 안에 앉아 있을 때면. 그녀는 그 책에 자신이 찍은 사진들과 산문이 좀 들어가게 되리라고 말했다. 인물 사진들 말이다. 벌써 몇 장 찍은 것이 있었다. 하지만 책 전체를 완성하기 위해 그녀는 한두 해 정도 말미를 얻게 될 것이다.

나는 즉시 질투가 났다. 나도 무엇인가 순수한 것을 하고 싶어서 좀이 쑤셨다. 무엇인가를 팔아야 한다는 목적이 없는 그런 것 말이다.

"어쩌면 당신 사진도 그 책에 실릴지도 모르죠." 그녀가 말했다.

넌지시 떠보는 얘기였다. 내가 그 말을 듣고 기분이 좋아야 하는 것인지까지는 잘 몰랐지만, 어쨌든 기분이 좋았다. 우리는 둘 다 아일랜드 본가에 와 있는 크리스마스 휴가 기간에 더블린에서 만나기로 약속했다. 나는 세인트 라크로이에서 전화로 더블린 셔번 호텔[7]의 멋진 방을 미

---

7 셔번 호텔(Sherborne Hotel): 더블린 도심의 랜드마크로
유명한 5성급 호텔. 1824년에 창립한, 아일랜드 역사와
전통을 대변하는 장소며 현재는 메리어트 인터내셔널이 운영
중이다.

리 예약해 두었다. 세인트라크로이는 저절로 욕이 나올 만큼 추웠기에 나는 택시 안으로 허겁지겁 들어가자마자 크게 한숨을 내쉬고는, 기사에게 공항으로 가 달라고 미국 억양으로 말했다. 공항까지는 사십오 분 거리나 되는데, 그 시간 내내 억지로 대화를 나누면서 가고 싶진 않았다. 비행시간 역시도 길었다. 여덟 시간 반이나 되니까. 사실 그건 노스사우스 항공[8] 탓이 더 컸다.

이 세상에서 가장 최악의 항공사지.

시간 지연은 기본이었다. 나는 기내 반입이 가능한 가방만을 가지고 다녔는데, 만일 수하물을 부치면 당신이 어디에 가 있든지 가방은 이틀 정도 뒤늦게 도착하고 말기 때문이다. 사람들은 언제나 노스사우스 직원에게 분개의 고함을 질러 댔고, 그들은 벌써 그런 상황에 매우 익숙해져 있었기에, 하나같이 전문가다운 무표정과 무심한 태도를 보였다. 그들은 미네소타에서 이륙하는 유일한 항공사였기에, 승객들이 취할 수 있는 방법도 별로 없었다……. 고함을 치는 것밖에는.

나는 더블린에서 애인을 만나기 전까지 매우 지치고 피곤한 상태이리라고 예상했다. 그래서 셸본 호텔에서 한두 시간 정도 눈을 붙이고 있을 만한 시간을 마련했고, 그

8 노스사우스 항공(Northsouth Airlines): 필리핀에
실재하는 노스사우스 항공(North-south Airlines)이 아닌,
가상의 항공 회사. 텍사스에 본사를 둔 미국의 저가 항공
사우스웨스트(Southwest)를 염두에 둔 작명인 듯하다.

렇게 눈을 떴을 때 호텔 방문 아래로 쪽지가 와 있는 것을 발견했다.

셸본 호텔에 비치된 문구류 비품 중에는 연락해 주십시오, 부재중이실 때 온 메시지입니다, 등의 문구와 함께 체크 박스가 함께 나열되어 있는 메시지 카드가 있었다. 빅토리아풍의 타이포그래피로 첫 글자를 멋스럽게 꾸며 쓴, 아슐링이라는 아름다운 손 글씨, 역사의 흔적이라곤 없는 환경에서 일 년 반을 지내다 이제 막 빠져나온 내 눈에는 너무나 이국적으로 보였다.

체크 박스에 요청한 대로 오후 7시에 그녀에게 전화를 걸기까지 아직 한 시간의 여유가 있었기에, 나는 콘돔을 좀 사러 나가야겠다고 생각했고 갑자기 극심한 당혹감에 빠지기 시작했다. 아일랜드가 그쪽 분야에서는 아직도 여전히 중세 시대에 머물러 있는지 아닌지 기억이 잘 나지 않았기 때문이다. 아무나 콘돔을 살 수 없었던 때가 그렇게 오래전 일도 아니었다. 의사의 처방전을 받아서 사야 했던 것이다.

나는 조금 걸어 다녀 볼 겸 밖으로 나갔다. 셸본의 아름다운 정문을 나와 오른편에 위치한 그래프튼 스트리트 쪽으로 향했다. 나는 눈물이 나는 것을 꾹 참아야만 했다.

거리를 가득 메운 아름답고 젊은 얼굴들 사이에 섞여서 묵묵히 함께 걷는 그 느낌이 어땠는지 차마 정확한 말로 옮기지는 못하리라. 그것은 마치 누군가가 금방이라도 이렇게 외칠 것만 같은 느낌이었다. "저 사람은 아닌데. 아니야. 여기 있는 다른 모든 사람들은 이 거리를 걸어가면서 웃고 태평한 시간을 보내고 멋진 옷을 차려입어도 되지만, 저 사람은 안 돼. 애초에 여기 있어서는 안 되는 사람이라고."

거리는 정말 아름다웠다. 내가 걷던 곳이 정확히 그래프튼 스트리트였는지도 사실 잘 모른다. 크리스마스이브 전날이었고, 차량 통행이 통제되었는지 도로에는 보행자들만이 가득했다. 나는 결코 그 순간을 잊지 못할 것이다. 심지어 화장품과 생활용품 판매점인 부츠(Boots)까지 발견해서, 꼭 런던에 와 있는 것 같은 기분이 들었다. 더블린은 정말 많이 변했고, 나도 그랬다.

나는 더 슬퍼졌다.

하지만 열두 개들이 콘돔을 사고 나자(몇 개는 찢어질 수도 있잖아?), 기분이 좀 더 쾌활해졌다. 나는 막 교도소에서 퇴소한 사람 같은 기분으로 다시 호텔로 돌아왔다. 나는 방에서 그녀의 집으로 전화를 걸었고 어떤 남자가 전화를 받았다. 그녀의 아빠인가? 새아빠? 세상에, 이런 건 미처 예상하지 못했는데. 그래서 나는 그냥 다시 전화하겠다거나 그런 비슷한 말로 얼버무리고 말았다. 그는 기분이 좋은 것 같지 않았다. 7시 정각에, 그녀가 전화를 걸어왔고 그래프튼 스트리트의, 외장이 유리로 된 큰 쇼핑센터 같은 곳에서 만나자고 했다. 나는 그게 어디인지 알았고, 침착한 태도를 유지하려 애쓰면서, 십오 분 안에 거기서 보자는 그녀의 말에 알겠다고 했다. 십오 분? 나는 그곳으로 천천히 걸어가 길 건너편에서 그녀를 기다렸다. 그녀는 약간 늦게 나왔다. 하지만 굉장히 아름다웠다. 나는 그녀가 내 눈에 비치는 만큼 실제로도 예쁘고 사랑스럽다는 것을 스스로에게 확인시켜 주기 위해 계속해서 그녀를 힐끗 훔쳐보느라 정신이 없었다. 그때는 그녀 역시 나에게 비슷한 태도를 보이고 있는 줄로만 알았지만, 이제 와서 생각해 보니 그건 내가 얼마나 어리숙하고 멍청한, 달덩이처럼 헬렐레한 얼굴로 자신에게 홀딱 빠져들었는지를 확인하고 있었던 것이다. 내가 얼마나 쉽고 취약하게 넘어왔는지를 보려고.

　우리는 근처 카페에 들러서 뭔가를 먹었다. 그리고 바로 그곳에서 첫 사진이 찍혔다. 나는 사실 그걸 눈치채지도 못했지만, 그녀가 작은 일회용 카메라의 셔터를 찰칵 누르고 나서 그녀 눈동자에 무엇인가 떠오르는 것을 봤다. 그녀는 식당 내부의 조명이 어두워서 거의 제대로 나오지도 않을 거라고 말했다. 나는 그녀에게 카메라를 가지고 왔냐고 물었다. 그녀는 그렇다고 했지만, 내가 그 카메라를 보면 아마 웃을 거라고 말했다. 나는 웃지 않을 거라고 했고, 그녀는 내가 웃을 거라고 재차 말했다. 그래서 나는 알겠어, 웃으면 되잖아, 라고 말했다. 그러자 그녀는 일회용 카메라를 꺼냈고(신문 가판대에서 파는 그런 싸구려였다.), 테이블 위에서 잡은 채 각도를 젖혀 카메라 렌즈가 내 턱 아래를 향하게 하고는 셔터를 눌렀다. 그녀가 그 사진을 찍는 순간에 내가 그녀를 보았던 것을 기억한다. 그녀의 크고 순진한 녹색 눈동자를 뚫어져라 들여다보고 있을 때…… 찰칵. 나는 그 즉시 그녀에게 속아 넘어가 자신을 강탈당한 듯한 기분이 들었다.

그녀는 내가 어리숙하고 취약해진 순간에 내보인 달덩이 얼굴을 찍어 버린 것이다.

넋이 나간 듯 멍청하게 그녀를 바라보던 시선은 곧 내 얼굴에서 완전히 사라져 버리고, 불신감이 대신 떠올랐다. 아주 짧은 한 순간 동안만. 내 첫 직감은 제대로 들어맞았다. 나는 그렇게 찍힌 사진이 ─ 피사체가 준비되는 것을 기다려 주지 않고, 즉흥적으로, 전문가의 손으로 찍은 사진 ─ 인물을 외적으로 아름답게 보여 주지 않는다는 사실을 잘 알고 있었다.

그녀는 식사를 하는 동안 음료수 대신 물을 마셨고, 그리고 결국엔 템플 바[9]에 있는 한 술집까지 가게 되었다. 거기서 그녀는 나머지 저녁 시간 내내 바카디에 콜라를 섞어 마셨고, 그동안 나는 빌어먹을 발리고완 생수를 다섯 병이나 내 몸속으로 들이부었다. 우리가 호텔로 돌아가려고 일어설 즈음에 그녀는 술에 취해 알딸딸한 상태로 정신이 살짝 나가 있었던 것 같다. 나는 그 상황을 능숙하게 잘 다룬 스스로에게 뿌듯해했다. "네가 호텔로 못 오니까 안됐네."라고 나는 말했다.

"왜, 규칙이라도 있어? 외부 사람을 방에 들이면 안 된대?" 그녀가 물었다.

"아니, 그냥 네가 못 올 거 같아서 그랬지. 네 부모님도 그렇고……."

"어, 아닌데. 난 가고 싶은데."

딩동댕. 전속력으로 전진! 전방의 빙하를 주의하라. 우리는 호텔로 여유 있게 걸어 돌아왔다. 그녀의 긴 손가

9 템플 바(Temple Bar): 더블린 리피 강변에 위치한
번화가. 술집과 식당이 많다.

락들이 내 뭉툭한 손을 꼭 움켜잡은 채로. 그날 저녁은 아름다웠고, 스티븐스 그린 공원의 나무들은 가로등 불빛을 받아 노란빛을 띤 채 짙은 청남색 하늘을 배경으로 늘어서 있었다. 우리는 그다지 많은 얘기를 하지 않았다. 그녀는 내게 연거푸 키스를 해 왔다. 쉬지 않고 말이다. 그녀의 큰 눈은 더욱 확장되었고, 그러다 눈동자의 동공이 마치 작은 핀 머리처럼 확 줄어드는 순간이 한 번 있었다. 그걸 보니까 약간 겁이 나기도 했다. 혹시 그녀가 어떤 약에 취한 상태였는지도 몰랐다. 방에 들어와서, 우리는 본격적으로 그 일에 착수했는데, 이제 생각해 보니 둘 다 꽤 사무적인 태도로 임했던 것 같다. 우린 MTV 채널을 틀고 거기서 흘러나오는 빛을 조명으로 삼았다.

그건 정말 멋졌다. 나는 너무 좋았다. 그녀는 매우 아름다웠다. 정말 많이. 만약 그녀가 그만큼 아름답지 않았다면 내가 지금 이 글을 쓰고 있지도 않았을 것이다. 성모 마리아가 열여섯 살일 적에는 바로 이런 모습이었겠거니 싶은 외모를 한 여자를 상대로, 서두르지 않고 천천히 즐기며 섹스를 할 기회를 잡는다는 건 한 남자에게 있어서 절대 흔하지 않은 일이다. 그녀의 깡마르고 각진 등은 정말 아름다웠다. 내 등에는 털이 부숭부숭 나 있었다. 나는 키득거리며 웃음이 새어 나오는 것을 참을 수가 없었다. 그녀는 이것 때문에 약간 짜증스러워했다. 그럼에도 나는 멈출 수가 없었다. 기분이 너무 좋았던 것이다. 그렇게 기분 좋을 때면, 나는 웃음을 터뜨린다.

그녀는 자신의 모습이 우스워서 내가 웃는 거라고 생각했다. 또한, 나는 긴장도 했다. 안 한 지가 벌써 (그래, 여러 번 말했었지.) 오 년째였던 것이다. 우리는 서로 부둥켜안고 정신없이 뒹굴면서 새벽이 밝아 올 때까지 한창 바쁜 시간을 보냈다. 나는 그녀가 어느 시점부터 내 위에 올라타 있었던 것을 기억한다. 그녀가 내게 몸을 붙이고 흔들어 델 때마다 그녀의 길고 풍성한 갈색 머리가 앞쪽으로 쏟아져 내렸다. 늘어진 머리카락으로 이루어진 어둠의 동굴 벽은, 마치 죽음의 신이 덮어쓴 두건 내부처럼 보였다. 공포 영화에 종종 나오는 장면처럼, 어둠의 심연 속에서 한 쌍의 작은 빨간 눈망울이 희미하게 빛나는 것처럼 말이다.

나는 그녀가 뉴올리언스에서 맞이한 참회 화요일 연휴와 그 축제의 분위기와 댄서들에게서 얼마나 깊은 인상을 받았는지 흠뻑 꿈꾸듯 이야기하던 모습을 계속 생각하고 있었다. 나는 부두교에 미친 얼간이들이 주술용 닭 피를 잔뜩 뒤집어쓴 채 죽어 가는 광경을 상상했다. 하지만 여기는 더블린이다. 우리는 루이지애나의 열기에서 멀리 떨어진 곳에 와 있었고, 어느새 새벽이 창밖에 부드럽게 다가와 노크를 하고 있었다. 나는 우리가 곧 맞이할 작별의 순간에 스스로를 대입해 보기 시작했다. 우리는 방으로 아침 식사를 주문했고, 그녀가 샤워를 하고 나온 다음에 나도 샤워를 했다.

내가 욕실에서 나왔을 때, 그녀는 창밖으로 반쯤 몸을 기댄 채 작은 일회용 카메라로 사진을 찍고 있었다. 의심의 여지없이 우리는 곧 그 사진들을 보게 될 것이다.

내가 목욕 가운을 벗고 내 옷으로 갈아입는 동안 그녀가 또 무슨 약을 했는지 누가 알게 뭐람. 그녀가 하려고만 했다면 그럴 기회는 충분하고도 남았다. 엘리베이터로 향하는 내내 그녀는 나보다 앞장서서 걷다가 내게로 몸을 돌리더니, 자동차 헤드라이트 같은 큰 녹색 눈동자로 나를 뚫어지게 쳐다보며 말했다. "나 지금 꼴이 완전 좆같아."

"그렇게까지 나쁘진 않아." 나는 방금 그녀가 얼마나 아름다웠는지를 깨닫지 못하게 하려고 애쓰던 참이었다.

"그렇게까지 나쁘진 않다고?" 그녀는 분명히 짜증이 확 오른 눈치로 비꼬듯이 말했다. 나는 움찔하고 입을 다

물었다. 그녀는 프런트 데스크에서 전화를 한 통 걸었다. 이미 전날 밤에도 집에 들어가지 않는다고 부모님에게 통보하는 전화를 한 통 했었다. 우리는 커피를 마셨고, 나는 휴스턴역까지 택시를 잡아탔다. 기본적으로 그게 전부다.

우리 아빠가 돌아가시고 나서 맞는 두 번째 크리스마스에 나는 집에 와 있었다. 엄마랑 나, 우리 둘이서 대충 잘 지냈다. 우리 아빠는 언제나 크리스마스를 좋아하셨던 분이라, 일 년 중 이 시간에는 아빠의 빈 의자가 더욱 크게 느껴졌다. 하지만 나는 낙관적이었다. 아니, 사실은 그게 아니라 구름 위를 떠다니듯 잔뜩 넋을 놓고 들떠 있었던 거였지. 엄청나게 예쁜 아일랜드인 여자 친구도 있었고, 내가 사 둔 집은 곧 팔려 나가기 직전의 산고를 겪고 있었다. 이를테면 세인트라크로이가 내 거주지로서의 장엄한 치세를 바야흐로 마무리하기 직전이라는 의미였다. 그 크리스마스 즈음에 나는 스스로의 거취를 제법 명랑하게 가늠하고 있었다. 우리 형도 명절을 맞아 집에 들렀다. 나는 알코올 중독자 모임에 참석했다. 아슐링도 나를 보러 딜포드까지 와 줬고, 우리는 새로 지은 카페에서 커피를 마셨다. 예전 은행 건물을 개조한 곳이었다. 아일랜드는 정말 많이 바뀌었다. 그 어떤 것도 내게 거슬리지 않고 즐겁게

만 느껴졌다.

지나고 나서 보니까, 그녀는 더블린에 있는 자기 친구들 중 한 사람이 매년 개최하는 신년 파티에 나를 초대하고 싶어 했던 것 같다. 그녀는 딜포드의 새아빠 집에 들른 것이었고, 나를 보러 몰래 빠져나왔다. 신년 전야가 되기 이틀 전이었다.

어쩌면 그녀가 삼 개월 후 뉴욕의 캣 앤드 마우스 바(the Cat and Mouse Bar)에서 내게 하고 만 짓을, 그보다 앞서서 신년 전야에 하길 원했던 것인지도 모른다. 틀리기로 악명 높은 나의 직감, 혹은 피해망상 편집증 외에, 이게 그녀의 심산이었으리라는 짐작을 실제로 뒷받침할 근거라고는 아무것도 없지만. 우리가 더블린에서 만난 그 밤에, 그녀는 자기 친구 중 하나가 크리스마스 기간 동안 뉴욕부터 여기까지 와 있어서, 지금 어느 바에 그를 잠깐 남겨두고 왔다며 지나가는 투로 말했다. 내가 그날 밤에 그녀와 처음 만나 키스하던 순간, 그녀에게서는 술 냄새가 강하게 풍겼다. 따라서 나를 만나기 전에 그와 이미 술을 몇 잔 하고 온 셈이었다. 나는 물론 그를 그렇게 그냥 혼자 내버려 둬도 괜찮다는 그녀 말에 반대했고, 그를 불러서 우리와 함께 있자며 초대하라고 제안했다.

그녀의 긴 손가락이 이 제안을 휘적휘적 저어 튕겨 버렸다. "그는 너무 예의가 없고 제멋대로라, 당신은 분명 그를 싫어할 거야."

나는 그다음 해 3월에 캣 앤드 마우스에서도 분명히 그와 마주쳤던 것 같다. 다시, 은행을 개조해서 신축한 딜 포드의 뱅크 비스트로 카페에 앉아 있던 순간을 떠올리면, 나는 내가 신년 전야에 이미 친구들과 런던에서 만날 약속을 잡아 두었던 덕분에 내 영혼을 불태울 혹독한 화형식을 몇 달 더 미룰 수 있었던 거라고 생각한다. 나는 일주일 전 그녀와 섹스로 지새우던 밤을 한 번 더 가질 수 있기를 바라는 마음에서 신년 전야 다음 날 밤, 호텔 콘스탄스에 방을 하나 예약했다. 그리고 예전에 거기서 그녀가 호스티스로 일한 적이 있다는 사실을 알았기 때문에, 그녀에게도 뜻밖의 선물이 될 거라고 생각했다.

알코올 중독자 모임 친구들과 실망스러운 저녁 시간을 보내고 나서, 새해 첫날 나는 런던에서 그녀에게 전화를 걸었다. 그녀 어머니가 전화를 받았다. 그녀는 굉장히 친절했고 내가 누구라고 전해 주면 좋을지 물었다. 아슐링이 자기 가족들에게 나에 대한 얘기를 해 준 적이 있기를 바라면서, 나는 내 이름을 밝혔다.

"미안하지만, 누구라고요?"

내 가슴이 타는 캐러멜처럼 철렁 녹아내렸다.

내가 꿈꾸는 연인이 마침내 졸린 목소리를 더듬대며 전화기 앞으로 와서 여보세요, 라고 말했을 때, 나는 그녀의 갈라진 목소리 사이로 스며 나오는 실망감을 들을 수 있었다. 그리고 나자 "아니."라는 말이 수화기 너머에서 일렬종대로 연이어 진군해 나오기 시작했다. 아니, 그녀는 나보다 부모님과 시간을 보내야 했다. 아니, 지금도 부모님과 보내는 시간이 부족한걸. 아니, 어쩌면 우리 둘 다 뉴욕에 가 있을 때 보는 게 낫겠어. 아니. 아니. 아니.

나는 호텔을 예약했다는 사실을 그녀에게 말하지 않았다. 그 정도는 쉽지, 실망감을 숨기는 데 있어서 나는 꽤 뛰어난 편이니까. 호텔 콘스탄스의 취소 수수료는 예약 원금의 100퍼센트였다. 그저 취소할까 생각해 보는 것만으로, 이미 한 푼도 돌려받지 못한다는 점을 알아 두어야 했다.

우리 누나가 가장 잘 표현한 바에 따르면, "거참 비싼 돈 내고 딸치러 가는구나."

누나 역시 나무랄 데 없이 유창한 언어 감각을 지닌 사람이다. 그리고 호텔 콘스탄스의 하룻밤 숙박비가 사백

유로인 것을 감안하면, 누나의 말에도 일리가 있었다. 나는 세인트라크로이에 다시 돌아갈 때까지 아슐링에게 또 전화를 걸지 않으려고 할 수 있는 모든 짓을 다 했다. 사실 나는 돌아가고 싶지도 않았다. 이제 그녀가 내 모든 관심의 중심이자 유일한 대상이었다. 나는 내가 가진 근사하고 그럴듯한 직업을 증오했다. "증오했다."라는 건 심지어 거기에 걸맞은 표현도 아니다. 그건 너무 적극적인 단어잖아. 내 감정은 그보다 무관심에 더 가까웠다. 나는 입이 가벼운 사람들을 골라, 그들 앞에서 내가 굉장히 불만족한 상태며 곧 일을 그만둘 것이라는 말을 함부로 털어놓았다. 그 직전까지만 해도 나는 그들이 그런 말을 듣게 될 가능성을 생각하는 것만으로도 겁에 질렸었다. 하지만 이제 나는 해고당하고 싶어서 안달이 난 상태였다.

나는 기꺼이 해고 선고를 받아들였을 것이다. 하지만 그들은 나를 해고하지 않았다. 그것과 거리가 멀었지. 내가 크리스마스 휴가를 보내고 돌아오자 회사에서는 나를 뉴욕으로 보냈다. 내가 더 이상 회사 내에서의 평판이나 작업에 신경을 쓰지 않고 뉴욕에만 가고 싶어 한다는 것을 알아챘기에, 그들은 그렇게 처리한 것이다. 공식적으로 보면 나는 몇 주 동안 뉴욕에 가서 그쪽 일을 돕기는 하겠지만, 나는 두 번 다시 여기로 돌아오게 될 일 따윈 없으리라는 걸 알았다. 그들 역시 알았으리라고 생각한다.

특히나 내 집이 2월 2일부로 팔리게 된 이후부터는 더욱 그랬다. 이 개월 전, 한 젊은 커플이 내 현관문 앞에 나타났던 것이다. "안녕하시지여. 선생님의 이 아름다언 집을 혹시 파실 샌각이 없으신지 궁겸해서 찾아와 봤는데요."

나는 그들을 와락 끌어안고 싶은 충동을 자제해야 했다.

완벽한 사람들. 그들의 입에서 흘러나오는 저 완벽한 단어들. 그토록 오랜 시간 광고업계에서 밥을 먹으며, 그토록 수많은 밤을 바로 이 커플처럼 전형적으로 찍어 낸 듯한 사람들이 가득한 샘플 이미지를 검토하느라 눈이 빠지도록 지새우다 보니, 나는 이제 그토록 길고 요란한 소리로 이어지는 방귀를 뀌어 대거나 욕조에 들어앉아 자위를 하는 추한 인간은 오직 나밖에 없으리라고 생각하기에 이르렀다. 그들의 등장은, 처음부터 내가 이 집에 있어서는 안 되는 존재였음을 확정해 주는 것처럼 보였다. 마치 내가 그 집에 적합한 진짜 주인들에게 다시 그곳을 돌려주는 것처럼 여겨졌다.

애타는 기도에 대한 응답을 받는다는 것은 나로선 익

숙하지 않은 일이었다. 그들은 집 앞을 지나가다가 부동산에서 내걸어 둔 매매 푯말을 보고, 나와 직접 얘기하려고 기다렸던 모양이다. 영리한 방법이지. 왜냐하면 그쯤엔 이미 예전 중개인과는 완전히 끝장난 상태여서, 나와 그 커플 중 어느 누구도 부동산 수수료를 낼 필요가 없었다.

뉴욕으로의 탈출은 이제 더 이상 꿈같은 얘기만이 아니었다. 나는 일요일 밤에 이륙하는 비행기를 탈 예정이었고, 아슐링에게 전화를 걸어서 그다음 주 주말에는 내가 뉴욕에 있을 거라는 메시지를 두 통 남겼다.

내가 거기 계속 있으리라는 건 일부러 말하지 않았다. 그러면 그녀가 나와 만날 약속을 자꾸 미룰 거라는 사실을 알았기 때문이다.

일요일 밤에, 그녀는 내게 메시지를 남겼다. 정말 공교롭고 우습게도, 마침 내가 오는 그 일요일에 마이애미에서 머물 예정이라는 것이었다. 재미있군. 나는 그녀가 날 가지고 논다는 사실을 알았다. 하지만 그 놀이가 얼마나 정교하게 공들여 꾸며진 것인지까지는 전혀 짐작하지 못했다. 그래서 화요일 밤 7시쯤에, 그녀는 내가 묵고 있던 소호 그랜드 호텔 방으로 갑자기 전화를 걸어 왔다. 그 호텔에는 방마다 검은 금붕어 한 마리씩 든 어항이 놓여 있었는데[10], 나는 그날 밤 바로 그 방에서, 그처럼 깜찍한 수작을 부린 그녀와 내가 머리가 다 멍해질 정도로 뜨거운 섹스를 하게 될 거라고 예상했다.

그런 건 없었습니다, 친구들이여, 그런 일은 일어나지 않았다. 생각해 보면 아직도 내 입을 바짝바짝 마르게 하는 일들이 서서히 펼쳐지기 시작한 때가 바로 이 밤이었던 것이다. 우리는 프린스 스트리트에 있는 카페 겸 바인 조지나스에서 만나기로 했다. 나는 일찍 나가서 자그마한 탁자 자리를 차지하고 앉아 있었다. 그녀는 하얀 재킷 차림으로, 무미건조하고 피곤한 모습으로 나타났다. 내게는 자비롭게도, 그렇게까지 엄청나게 아름다운 모습은 아니었다.

그건 그렇고 지금까지 한 이 이야기가, 마치 연애하다 크게 차인 남자의 하소연처럼 들린다는 걸 나도 안다. 그는 자신의 실패한 연애에 대한 복수(즉, 이 이야기 전체를 풀어내는 것.)를 소설 출간이라는 문학적 활동으로 가장하고, 따라서 지금 이 책을 읽는 당신들(독자들)도 이런 짓거리에 함께 가담하는 셈이겠지. 어쩌면 정말 그럴지도 모른다. 하지만 나는 그 어떤 구실로든 관계없이, 아슐링이 보여 준 기이한 행동들을 기록해 둘 만하다는 데에는 당신

---

10 뉴욕에 위치한 소호 그랜드 호텔(Soho Grand Hotel)은
실제로 프런트 데스크에 요청하면 방마다 숙박객의 외로움을
위로하는 임시 반려동물인 검은 금붕어 한 마리를 미리
비치해 두는 독특한 서비스를 제공하고 있다.

들도 동의하리라고 생각한다. 나와 비슷한 노선을 걸으려고 하는 로맨티스트들에게는 이 글이 일종의 경고라고 할 수 있다. 혹은 그냥 누군가의 편집증적 헛소리로 치부해도 상관없다. 원하는 대로 불러도 좋다. 그저 나를 위해서, 이것은 하나의 심리 치료 요법이었다.(그리고 거기 수많은 당신들은, 이걸 몰래 엿듣는 중이고.)

뭐랄까, 그녀가 이 책에 묘사된 인물이 자신임을 알아본다면, 그래도 또 나름대로 괜찮다. 물론 역효과가 발생할 수도 있고, 그 때문에 그녀가 유명세를 탈 수도 있겠지. 어쨌든, 그런 상황이 발생했다는 것은 결국 이 책이 엄청나게 많이 팔렸다는 의미일 테니, 나는 어느 정도 최악의 상황만은 면하는 것이다.

이 책 아직 읽고 있지? 좋아.

다시 조지나스에서, 나는 그 가게가 얼마나 멋져 보이는지 얘기를 했다. 세인트라크로이에서 막 도착했으니, 진심으로 그렇게 생각해서 하는 말이기도 했다. 나는 어디선가 이 카페 사진을 본 것 같다고 말하면서 혹시 유명한 곳이냐고 물었다. 나는 그녀가 이렇게 대답하던 순간의 그 차가운 표정을 잊지 못할 것이다. "오늘 밤이 지나면 똑똑히 기억하게 될걸."

나는 이 말에 뭔가 좋은 의미가 담겨 있는지 해석해 보려고 그녀를 쭉 바라보았다. 별로 그런 것 같지는 않았다. 나는 약간 말을 더듬었다. "무슨 뜻이야? 오늘 밤 나한테 주는 깜짝 선물이라도 있는 거야?"

나는 애매모호한 여지를 남겨 두고 싶었다.

"기다려 봐." 그게 그녀의 말 전부였다.

그 대답은 내가 예상했던 것이 아니었고, 나를 겁먹게 했다. 기다려? 어떤 정해진 일정이 있다는 듯한 말이잖아. 순서가 있다는 것. 이 저녁이 어떻게 진행되어 갈 것인지 그녀가 마음속에 품어 둔 하나의 견고한 체계 말이다. 나는 이미 옴짝달싹 못하는 덫에 빠져 버렸음을 직감한 사람처럼 침을 크게 삼켰다. 하지만 아직 그 일이 일어난 것은 아니었다. 그 일은 곧 닥칠 것이고, 그녀는 그게 무엇인지 벌써 알고 나는 모르는 상태였다.

나는 내적 반응을 보여야 할 대상이 아무것도 없었기 때문에 아직은 그 자리를 뜰 수도 없었다. 그녀는 슬슬 여러 질문들을 던지며 내게 양념을 치듯 시동을 걸기 시작했다. 킬라론 피츠패트릭 사무실은 어디지? 내가 스키를 타던가? 운동을 하러 헬스클럽에 다녔었나? 승마를 하러 가 본 적은 있는지? 내가 체스를 두나? 나는 이 모든 질문에 아니라고 대답했다. 마치 취조를 당하는 것 같은 기분이 들었다. 도대체 이게 무슨 지랄이지? 이 모든 일련의 질문들은 내가 굉장히 비활동적이고 침체된 사람처럼 느끼게 했다. 그녀는 언젠가 나와 함께 체스를 두어 보면 좋겠다고 말했다.

나는 체스 게임에서 완패를 당하는 게 내게는 남들보다 두 배로 수치스러운 일이라고, 왜냐하면 내가 항상 스스로를 약간 전략가적인 인물로 미화하여 상상하곤 하기 때문이라고 말했다. 그녀 눈이 반짝 빛났다. 그녀는 한참 재미를 느꼈던 것이다. 나는 의자에 앉은 자세가 도무지 편하지 않아서 자꾸만 자세를 고쳐 앉았다. 그녀는 등을 기대고 앉아서 내가 초조함으로 몸을 버르적대는 모습을 내내 지켜보았다.

그녀는…… 느긋하고 편안해 보였다. 지금은 그저 순진하기만 한 모습이 아니다. 좀 더 그녀 자신을 편안히 드러낸 모습이라고 할까. 자신의 상황을 완벽히 통제하는 모습. 나는 그녀 주변에 이런 확고한 자신감이 맴돈다는 게 부러웠다. 그녀가 그토록 잘 조종하고 있었던 게 무엇이었는지까지는 미처 몰랐지만 말이다.

나는 곧 그게 무엇인지 알게 된다.

그녀는 주변을 돌아보더니 팔짱을 꼈다. 그리고 다소 어색한 하품을 한다. 지루해졌다는 뜻이겠지.

"이제 난 집에 가 봐야 할 것 같아." 그녀는 그렇게 말했다.

이 말이 지닌 정확한 의미가 무엇인지 내게는 즉시 와닿지 않았다. 하지만 그녀가 이렇게 나를 내쳐 버리는 게 예사 의미가 아니라는 점만은 나도 알았다. 그녀는 그 충격이 내게 점점 스며들도록 기다렸다.

나는 그녀가 집에 혼자 가겠다는 의도인지 확실히 파악하고자 간신히 질문 하나를 더 던져 봤던 것 같다. 내가 정확히 뭐라고 했는지는 기억나지 않지만, 그 말을 하면서 마치 내가 살해당하는 듯 느껴졌다는 점만큼은 분명히 기억한다.(자기가 무슨 비련의 여주인공처럼 꽤나 끔찍하게 호들갑을 떨어 댄다, 그렇지?)

「라이언 일병 구하기」[11]에서, 한 독일 병사가 미국 병사를 칼로 죽이는 장면이 나온다. 독일군이 미국 놈 위에 올라타 있고, 미군은 독일인에게 속삭이듯 간청하기 시작한다. "잠깐만, 우리 대화로 하면 안 될까?" 이런 대사나 치면서 말이다. 소용없지. 독일인은 정말 미안해서 몸 둘 바를 모르겠다는 태도로 칼을 쑤셔 넣는다. 그의 얼굴만

---

11 「라이언 일병 구하기(Saving Private Ryan)」: 2차 세계 대전을 배경으로 하는 스티븐 스필버그 감독의 1998년 영화. 노르망디 상륙 작전 직후, 미국 행정부의 특별 지시를 받은 존 밀러 대위와 부하 대원들이 적진의 라이언 일병을 구해 오는 작전을 수행한다.

보면 그가 저지르는 행동을 다른 걸로 착각하게 할 정도다. (궁금해하는 분들이 계시다면, 내가 바로 그 미국인 역할이다.) 그러니까 여기 나는 칼로 찔리고 있었다. 물론 그 즉시 조그만 붕대를 덧붙여 주는 응급 처치가 따라오기는 했다. 그게 너무 황송해서 거의 내가 그녀에게 사과를 하는 걸로 마무리할 뻔했다. 내가 눈치도 없이 끼어들어서 말이야, 그녀의 아름다운 눈썹을 찌푸려지게 하다니. 감히 내가 어떻게? 그게, 만약 그녀가 나더러 꺼지라는 말이라도 했다면 정말 나는 그 자리를 떠났을 것이다. 하지만 그녀는 그러지 않았다. 그녀 스스로도 지금 상황에 너무나 큰 즐거움을 느끼고 있었다.

지금 자신은 정확히 누군가와 연애를 하고 싶지 않다는 말이 그녀 입에서 나오게 하기까지는 꽤 오랜 시간이 걸렸다. 그 과정은 마치, 나로 하여금 이 귀족 아씨 마님께서 주문하시는 게 무엇인지 이해하려고 애쓰는 미천한 가게 종업원 같다는 기분이 들게끔 했다. 최소한 그 말이 무슨 의미인지에 대해서는 명확한 판단을 내릴 수 있었다. 그리고 그게 결국 의미하는 바는 (내가 정직하게 말한다면) 나와 섹스할 일이 없다는 뜻이었다. 그래서 내가 보인 첫 번째 반응은 이랬다. 좋아, 그럼, 다 때려치워.

그녀는 나와 함께 전시회를 다니는 것도, 나를 데리고 뉴욕의 이곳저곳을 구경하는 것도 좋다고 말했지만 이미 나는 고개를 절레절레 내젓고 있었다. 그녀가 이 모든 상투적인 문구를 다 써먹었으면서도 정작 가장 대표적인 그 한마디를 아직 하지 않았다는 데에 생각이 미쳤고, 그녀 대신에 내가 그 말을 내뱉었다. "그럼 넌 우리가 친구 사이로 남길 바란다는 뜻이야?"

　　그녀는 아직 거기까지 발을 디디지 않으려고 했다. 왜냐하면 그 말은 아마도 너무 최종 판결 같은 느낌을 주었고, 그러면 내가 아예 달아나 버릴 것을 그녀는 알았기 때문이다. 그녀는 여지를 남겨 두려고 하면서 이런 말로 나를 달래려 했다. "난 당신을 더 잘 알아 가고 싶다는 거야." 이건 어쩌면 훗날 우리가 다시 연인 관계가 될 수도 있음을 암시하는 말이었다. 나의 직감은 바로 그 자리에서 일어나, 참 우울한 하루였다는 말로 이 모든 걸 잊어버려야 한다는 것이었다. 하지만 그녀는 마치 내 의견을 들어 보기라도 하겠다는 듯이, 우리 관계를 나와 좀 더 의논해 보고 싶은 것처럼 굴었다.

　　그녀는 이렇게 말했다. "당신 지금 생각이 많아 보여." 그리고 이렇게 묻기도 했다. "화났어?" 나는 거기에

이렇게 대답했다. "내가? 화가 나긴 무슨. 아니, 화 안 났
어. 왜 내가 화가 나? 여기도 내가 좋아서 온 건데, 뭐." 그
건 내 결정이었다. 나는 그녀가 내 반응에 실망스러워한다
는 것을 감지했다. 그녀는 내가 화내길 바랐는데, 내 쪽에
서 이 모든 것을 너무나 침착하게 잘 받아들인 것이었다.
하도 평범하고 차분해서, 누가 우릴 본다면 그녀가 나한테
자기 방에 새로 단 커튼 얘기나 하고 있는 줄 알았으리라.
최소한 나는 그렇게 보이기를 바랐다. 자기가 바랐던 감정
의 폭발을 얻지 못하자, 그녀는 이제 더욱 지루해하는 것
처럼 보였다.

그때, 아무런 경고 없이, 섬광 한 줄기가 내 눈에 번
득이며 순간 눈이 먼 듯했다. 카메라의 플래시. 나는 잠시
앞이 보이지 않았고 어안이 벙벙한 상태였다. 내 옆에 앉
아 있던 한 남자가 내게 몸을 돌리더니 씩 미소를 지어 보
이며 말했다. "죄송합니다. 잘못해서 셔터를 눌러 버렸네
요."

나는 자동 반사적으로 고개를 끄덕였다. "괜찮아요.
문제없으니까."

그는 아슐링과 시선을 나누었다. 그녀는 미소 짓고
있었다. 나도, 그 역시도 미소를 띠고 있었다. 나는 소금과

후추 통 너머로, 우리 바로 옆 테이블 위에 카메라가 놓여 있었는지조차 미처 몰랐었다.

나는 다시 그 남자를 바라봤다. 무엇인가 잘못되었는데 나는 그게 뭔지 몰랐다. 그는 자신이 저지른 작은 사고에 대해서 지나치게 즐거워하는 것처럼 보였다. 그리고 실수로 셔터가 눌렸다는 점도 시간 선택의 면에서 너무나 정확했다. 마치 나의 내적 감정이 절정에 도달한 순간을 그가 깨닫기라도 한 것처럼. 그 순간 내 얼굴에 드러난 표정보다 더 풍부한 감정의 표현이란 없을 터였기에, 그 얼굴을 담아내려면 바로 그때 셔터가 눌려야만 했었다. 그렇게 자신도 모르는 사이에 놀라운 예술 사진사가 된 그 남자와 공범은, 우리가 앉은 테이블 옆자리에 내내 남아 있었다.

아슐링은 내게 뭔가 마시고 싶은 게 있는지 물었다. 나는 아직 페리에 탄산수를 마시는 중이었다. 그러니까 그녀의 말은 혹시 내가 더 강한 음료, 즉 술을 원하지 않느냐고 묻는 것이었다. 나는 지금까지 벌어진 상황을 고려해 볼 때, 이 점에 매우 깊이 상처를 받았다. 하지만 내 고통은 쉽게 숨길 수 있었다. 이제 내가 원하는 것이라고는 오로지 그녀에게서 벗어나 분명히 산산조각 나 있을 내 마음을 어서 위로하는 일뿐이었다. 그런데 내 안의 그 무엇인가는 여전히 미련을 버리지 못하고 있었다. 나는 밖에 나가서 같이 좀 걷지 않겠느냐고 그녀에게 물었다. 그러자 그녀는 필요 이상으로 언성을 높여, 과도하게 단호한 어조로 외쳤다. "아, 싫어!" 그리고 나서 좀 더 부드럽게 덧붙였다. "지금 밖이 얼마나 추운데."

나는 그녀가 미리 잘 짜 놓은 어떤 각본에 맞춰 현재 상황을 완벽히 진행시키고 있다는 생각을 내 머릿속에서 떨쳐 낼 수가 없었다. 나는 연애 상대에게 이별을 통보하면서 그 순간의 묘미를 즐길 수 있는 방법에 관한 어떤 냉소적인 기사를 여성 잡지에선가 읽어 본 적이 있었다. 그 기사에는 남자를 적대시하기에 아주 도움이 되는 기술들이 많았으며, 내가 이해한 대로 대략 풀어서 얘기해 보자면 다음과 같았다.

그를 차 버리기 전에 그의 취미가 뭔지 알아내라. 그는 친구로서 유용한 자원일지 모른다. 혹은 당신 친구 중 한 사람에게 그를 소개해 주고 싶어질 수도 있다. 만일 그가 특히나 침대에서 능숙하다면 말이다. 친한 친구에게 이보다 더 좋은 선물이 어디 있겠는가? 뛰어난 체스 실력을 쌓도록 하라. 남자에게 있어서 아름다운 여자와의 지적 대결에서 패배당하는 것보다 더 수치스러운 일은 없다. 당신은 그에게 육체적인 고통을 안겨 줄 수 있는 것이다. 그가 자기감정을 겉으로 드러내지 않고 감춘다면, 늦은 밤에 그에게 전화를 걸어라. 잠자는 그를 깨워 보라. 그가 당신을 사랑하고 있을 때, 비록 전화상에 지나지 않더라도 당신 목소리가 침대에 누운 그에게 부드럽게 말을 거는 상황에서라면, 그는 자신의 감정을 끝까지 숨기기 굉장히 어려울 것이다.

이것이 그 기사에서 언급된 조언들 중 일부다. 아슐링은 그날 저녁이 다 흘러가기 전에 이런 조언들 중 상당수를 꽤 성공적으로 실현하였다.

이 모든 것들은 내가 지금껏 벌어진 일들을 돌이켜 봤을 때 비로소 떠올랐다. 그 당시에는 내가 소화시켜야 할 것들이 나의 접시 위로 너무나 많이 한꺼번에 쏟아졌다. 나는 그저 내 앞에 놓인 것들을 집어삼키기에 급급했다고 할까. 내게 벌어지고 있던 일들이 많았다는 점을 기억해야 한다. 새로운 도시(뉴욕), 기본적으로 새로운 직장(킬라론 피츠패트릭 뉴욕 지사), 새로운 임무들. 괴상한 것들 말이다. 그러고 나선 이런 사태다. 내가 아는 한 나는 이 여자와 함께 있기 위해서 뉴욕으로 한달음에 달려왔는데, 막상 와 보니 그녀는 나를 비웃음거리로 생각하고 있다. 내가 보기에는 그런 것이었다. 그것만으로도 충분히 괴로운 일일 텐데, 거기다 엎친 데 덮친 격이었다. 뒤에서 이 모든 걸 조종하는 음모가 있는 것만 같은, 사람 심리를 위축시키는 느낌. 이제 와서, 이 일들을 돌아보는 지금, 나는 심지어 더 큰 공포감을 느낀다. 그 당시의 나를 보호해 준 것은 크나큰 심리적 충격으로 인한 마비였거나 혹은 감히 말한다면, 신이 아니었을까.

미안하지만, 신과 성령의 재림에 대해서 좀 더 이야기해야겠다. 나는 한 달 혹은 그 이상 매일같이 세인트라크로이에서 빠져나갈 수 있게 해 달라고 신에게 기도했다. 마침내 나는 탈출의 응답을 받았다. 나는 이 모든 과정을 어떤 심리적 고문의 목적을 가진 실험으로 돌이켜 보며, (사실 그랬으니까.) 당시 내게 벌어지던 일의 정체를 좀 더 일찍 깨달았다면 금주령을 깨고 다시 술을 마시는 변명으로 삼았을지(우리 알코올 중독자들은 스스로 내세우는 변명들을 좋아한다.) 궁금하다. 혹은 누군가를 향해 어설프게 주먹을 휘두르게 되었을지, 혹은 붉은 핏빛 안개 속에서 넋을 잃고 걸어 나오며, 죽은 그녀의 축 늘어진 목덜미를 움켜쥔

손이 다름 아닌 내 것이라는 사실을 서서히 깨닫게 되었을까? 내가 무슨 일을 겪었는지 깨닫고 난 이후에야 느낀 격렬한 분노가 워낙 뚜렷해서, 내 주변에 맴도는 감정의 두께를 실제 눈으로 직시할 수 있을 정도였다.

언제나처럼, 나에겐 내가 세운 가설들이 있다.

내가 그녀를 처음 만난 곳이 브라이언 톰킨신의 스튜디오였으므로, 나는 그것부터 잘 마련된 덫이리라고 생각했다. 톰킨신은 킬라론 피츠패트릭에서 큼직한 일거리들을 할당받는 인물이었으므로, 그 역시 회사가 요청하는 편의를 얼마든지 들어줄 수 있었다.

그는 가끔씩 회사의 부탁을 받을 때마다 여기저기서 무료로 촬영을 해 주기도 했는데, 세계에서 가장 잘나가는 광고 회사들 중 하나와 좋은 관계를 유지하는 것이 얼마나 중요한지 그도 알았기 때문이다. 업계 내에선 흔한 일이었다.

내가 세운 음모론 중 하나는, 킬라론 피츠패트릭에서 자신들이 거금을 투자해 가며 데려온 누군가가 뉴욕으로 떠난다는 사실을 탐탁하지 않게 여겼다는 것이다. 그래서 그들은 자신의 경력을 더 쌓아 가길 원하는 젊고 야심 찬 아일랜드 여자를 내게 붙여서, 내가 스스로, 인생을 망쳐 버리기를 원했다.

　뉴욕에서 나를 만나 즐거운 시간을 선사해 주고, 얼마 지나지 않아 그녀는 피터 프리먼을 통해 일거리를 얻었다. 나야 그냥 해 보는 말이다. 내가 생각해도 좀 무리가 있는 얘기라는 건 알지만, 어쨌든 나는 킬라론 피츠패트릭이 빌어먹게 괴상한 회사라는 결론을 내린 상태였다.

　다른 가설은 앞서 말한 것과 나란히 병치해 볼 수도 있고, 혹은 당신이 원한다면 아예 단독으로 존재할 수도 있다. 이 2번 가설은, 두꺼운 예술 관련 서적의 제작과 관련이 있다. 그녀에게 프린스턴 대학교에서 출판 미디어를 연구하는 친구가 두 명 있다. 그들은 이미 출판 계약을 교섭 중이었고, 양질의 사진 화보집 한 권을 내기로 했는데, 그 책의 콘셉트는 1970년대에 좀 더 흔히 쏟아져 나왔던, 《실화 연애 이야기》[12] 느낌으로 구성한 인물 사진과 그에 관한 산문 연작이었다. 하지만 이 경우에는, 여자 주인공이 여러 남자들과의 로맨스를 보여 준다는 콘셉트로, 최초의 남자부터 최후에 이르는 과정까지 일일이 기록으로 담아낸 사진집이 될 것이었다. 2번 가설에서, 나는 그 남자들 중 하나인 셈이었다.

　3번 가설은 1번, 2번 가설이 다 엉터리고 삶은 임의적

12　《실화 연애 이야기(True Romance)》: 1922년부터
미국의 포셋 출판사에서 발행한 잡지 《실화 고백(True
Confessions)》이 인기를 얻자, 맥패든 출판사에서 비슷한
콘셉트로 간행한 잡지들 중 하나. 결혼을 앞둔 예비 신부들이
각자의 다양한 연애 시절 이야기를 털어놓는다. 여성 독자를

으로 일어나는 순간들의 연속일 뿐이며, 그러므로 우리에게 벌어지는 모든 일들엔 아무런 의미나 구조가 없다는 것이다. 모든 것은 그저 이유 없이 일어나거나 혹은 일어나지 않는다. 타이타닉의 운명을 듣고 어느 혀 짧은 사람이 했다는 말처럼, "가다앙치 않는(가라앉지 않는)" 것이다.[13]

그러니 이게 내 가설들이다. 나는 내 판돈을 가설 1번과 2번 영역에 고이 뿌려 두었고, 대부분은 2번에 걸었다. 그냥 알아 두라고.

이제 2번 가설을 들여다본다면, 우리 사이에 있었던 '실화 연애 이야기'의 초기 단계 분량은 이미 그녀가 충분히 다루었고, 어느덧 결말부가 시작되는 단계까지 진입한 셈이다. 하지만 그럴듯하게 뽑아낸 건 아무것도 없었

대상으로 하는 대중 로맨스 장르 간행물이었다.
13   호화 여객선 타이타닉의 별명이 '침몰 불가
(unsinkable)'였다는 점을 활용한 농담 중에서 "상상할
수 없는 것을 어떻게 상상하지?(How do you think
the unthinkable?)", "빙하로.(With an iceberg.)"라는
말이 있다. 단어 unsinkable을 혀 짧은 소리로 말하면
unthinkable로 들린다는 데에 착안하여 '상상할 수
없는'이라는 단어를 '침몰 불가'의 혀 짧은 소리로 해석하고,
빙하로 침몰하고 만 타이타닉의 운명을 언급하여 의미를
재배열하는 언어유희. 본문에서의 "Unthinkable."은 화자가
지적하는 현실의 분석 불가능성, 즉 '가당치 않은' 영역에
대해 말하는 것이지만, 동시에 농담 속 혀 짧은 발화자의
본래 의도는 '가라앉지 않는(unsinkable)'이라는 단어를
말하는 것이므로, 우리말에서도 서로 의미가 다른 발음의
변형 범주 내에서 나란히 병치될 수 있도록 맞춤법에 예외를
두었다.

다. 그저 사랑에 너무 깊이 빠져 버린 한 남자의 얼간이 같은 얼굴을 화면 가득 크게 찍은 사진 몇 장뿐이다. 분노도, 눈물도, 비통함 부분도 없다. 분노, 눈물 그리고 고난이 없는 연애담도 있나? '실화 우정 이야기'라는 제목으로 책을 낼 수는 없잖아, 안 그래? 물론 절대로 안 될 일이지. 출판 계약이 잡힌 상황이라면 더욱 안 된다. 그건 당신이 '필요한 재료들을 모으는' 데 효율적으로 사용하도록 배정받은, 정해진 마감 날짜와 예산 내에서 작업을 완료해야 한다는 뜻이니까.

그리고 이미 당신이 작업할 대상에 상당한 양의 시간과 에너지를 투자한 상황이라면 더욱 그렇다. 아, 안 돼. 조지나스 바깥에 나설 때 또 한 번 사진 플래시가 터졌다. 내가 양손을 손바닥이 보이도록 기울여서 위로 들어 올리는 순간이었는데, 어쩌면 간절히 애원하는 사람의 모습처럼 착각할 수도 있을 것 같았다. 곧 출간 예정인 그녀의 책을 넘겨보면 그 사진이 그중 한 페이지를 차지하고 있겠지.

그녀에게 전화하겠다고 약속하고 난 다음 날, 나는 그녀 자동 응답기에 열다섯 통이나 되는 메시지를 남기지 않도록 가능한 모든 수단을 동원했다. 결국 그날 밤 급한 일이 생겨서 그녀를 만나지 못하겠다고, "나중에 시간

나면 서로 편하게 보자."라는 내용의 메시지를 한 통 남겼다. 그렇게 말하면서도 내 손은 덜덜 떨리고 있었다. 그 전화 메시지를 남기기 위해서 나는 내가 가진 전부를 다 내던져야 했다. 그것조차 얼마 되지 않긴 했지만. 내가 느끼는 직감으로는 그녀에게 두 번 다시 전화하지 않는 것이 순리였다. 절대로. 나는 술을 끊을 때 배운 것과 똑같은 방법을 사용할 참이었다. 한 번에 참을 수 있는, 적은 양으로 쪼개서 나누기. 한 시간 동안 참아 보기. 일 분 동안 참기. 세상에, 그건 고문이었다. 나의 자기애적 자아는, 내가 그녀에게 전화하지 않음으로써 그녀에게 상처를 주는 거라고 달콤하고 부질없는 이야기를 속삭였다. 무려 내가 그녀에게 상처를 주고 있다고. 그녀는 단지 쉽게 넘어오지 않으려고 겉으로만 튕기는 거라고. 여자들은 원래 그러니까.

어쨌든, 나는 또 하루를 버텨 냈고, 그날 밤 11시 30분 쯤에, 그녀가 호텔에 있는 내게 전화를 걸어 왔다. 나는 잠들어 있었다. 그보다 앞서 눈이 내렸고 텔마를 만나려고 했었지만 그날 밤에는 그녀와 연락이 닿지 않았었다.

전화기가 울렸을 때 나는 잠에서 깼다. 수화기 너머에 계신 분은? 내가 꾸는 가장 끔찍한 악몽의 원천이었다. 그녀는 절대 그녀에게 털어놓지 않으리라 결심했던 것들의 일부를 내 입에서 흘러나오게 했다. 그 일을 지금 생각하는 것만으로도 허를 찔리는 느낌이다. 톰 배니스터와 우리 아버지 얘기를 하면서 내가 늘어놓은 그 모든 순진해 빠진 얼치기 헛소리들, 그녀가 바로 '지금까지 기다려 온 운명의 사람'일 거라는 고백, 뉴욕으로 보내 주지 않으면 직장을 그만두겠다고 소동을 부렸다는 말, 그리고…….

아, 맙소사. 나는 반쯤 잠에 취해 있었고 내가 무슨 말을 하는지도 몰랐다. 그녀는 물론 내가 마음껏 속엣말을 지껄이도록 계속 나를 부추겼는데, "난 그것도 모르고," 또 "그런 말을 해 주지 그랬어." 혹은 "그건 좀 다른 얘기네." 와 같은 추임새까지 넣어 가면서 스스로를 위로했다. 나는 거의 귀에 들리지 않을 정도로 속삭이는 듯한 그녀의 이런 말들을, 우리 사이에 일말의 희망이 남아 있다는 의미로 받아들였다.

그러고 보니 그 전화 통화에서 내가 기억하는 또 다른 부분이 있는데, 바로 그 점이었다. 그녀 목소리가 너무 작아서 도대체 제대로 들리지 않았던 것이다. 그렇다고 방금 뭐라고 말한 거냐고 그녀에게 다시 물어보기는 너무 부끄러웠다. 결국에는 모든 용기를 다 끌어모아서 간신히 이 정도까지 말하고 마는 데 그치고 말았다. "난 그냥 친구라는 겉치레 말로 너랑 만나는 일은 결코 없을 거야."

나는 전화를 끊었다. 최소한 그 통화의 종결만큼은 내가 주도할 수 있었다는 데에 뿌듯해하며. 한마디로 그 정도 나락까지 떨어진 것이다. 그녀는 우리 관계를 끝내 버리고, 나는 전화 한 통화를 끝냈다. 점수판에 1:1로 기록될 만한 상황은 아니지만, 그래도 어느 정도 여파는 있어야 했다.

그로부터 이틀 뒤까지.

나는 더 이상 자제할 수가 없었다. 금단 증상을 극복하지를 못했던 것이다. 나는 그녀에게 전화를 했고 우리는 그녀가 작업하는 곳에서 멀지 않은 데에 위치한 프랑스 식당에서 만나기로 했다. 그녀는 다가오는 수요일에 열전시회를 준비하였고 꽤 열심히 일하는 중이었다. 나는 그 점을 고려해야 한다고 생각한다. 나는 그녀 관점에서 상황을 보려고 노력하였던 것이다. 뉴욕에 갑자기 나타난 한 남자. 세인트라크로이를 떠나고 싶은 본인에게는 이 상황이 딱 맞아떨어졌기 때문에 여기 온 거면서, 대뜸 모든 것들을 중단하고 자기만을 봐 달라고 요청하는 남자. 그녀 입장에서 그는 처음부터 미온적인 대상일 뿐이었는데. 이제 그는 그녀가 자기랑 섹스를 하고 싶어 하지 않는다고

해서 온통 상처받은 듯이 행동하고 있다. 나도 그렇게 보이는 상황을 이해하지 못하는 것은 아니었다.

하지만 문제는, 거기서도 사진들이 찍혔다는 것이었다. 라파예트(Lafayette), 그 매력적인 프랑스 식당에서 우리가 한참 대화를 나누는 도중에, 또 한 번 카메라 플래시가 터졌다. 이번에는 방을 가로질러 반대편에 있는 4인용 테이블 쪽이었다. 그들은 소리 내어 웃으면서 심지어 이쪽을 향해 손을 흔들어 보이기까지 했다. 나는 그 플래시가 나를 겨냥해 반짝였는지 아니면 그냥 그들끼리 사진을 찍은 것인지 확신하지 못했다. 하지만 돌이켜 보면(돌이켜 보는, 회상이라는 게 없다면 우린 도대체 어디에 가 있을 것인가?), 벌써 몇 차례 동일하게 반복되는 패턴에 들어맞는 수순이었다. 그 다른 쪽 테이블 사람들은 가방도 갖고 있었다. 그래서 뭐가 어쨌다고? 각자 복장에 맞춘 가방이 아니라, 어떤 특수한 장비들을 위한 가방이었다는 말이다.(좋아, 내가 생각해도 이건 좀 너무 나간 것 같다.)

그 일요일 밤엔 또 다른 한 방이 분명히 있었다. 심지어 나는 농담도 했다. 나는 그녀에게, 런던에 있을 때 내 예전 파트너와 내가 만들었던 광고가 크게 인기를 얻어 텔레비전에도 출연했었다는 얘기를 하였다. 나는 그녀에

게 내가 멋지고 유능한 사람이라는 인상을 남기려고 노력
하였다. 그녀가 지금 차 버리는 건, 빌어먹을 광고계의 천
재라는 사실을 알려 주려고. 그런데 이야기는 내가 그 동
료 크리에이터를 얼마나 끔찍하게 싫어했는지로 흘러가
더니, 급기야 그녀에게 이렇게 말하기에 이르렀다. "네가
이렇게 망쳐 놓아야 될 사람은 내가 아니라 바로 그 사람
이야. 그는 그런 꼴을 당해도 싸거든. 별로 좋은 놈이 아니
야. 너하고 네 친구들은 그 사람한테나 가 보지 그러냐."
나는 다른 쪽 테이블을 고갯짓으로 가리켰다.

　이제, 정확한 기억은 아니라는 점에 양해를 부탁드리
지만, 내가 기억하는 바로는 이 말을 듣고 난 그녀가 의미
심장한 표정을 지으며 이렇게 대답했다. "당신도 알고 있
구나."

　그리고 계속해서 나는 이렇게 대답했다고 기억한다.

　"당연히 알지."

　"그럼 왜 이렇게 하는 거야?"

　"나한텐 그게 재밌으니까." 나는 말했다.

　이 말엔 그 어떤 의미도 가져다 붙일 수 있겠지만, 나
는 무슨 의미로 한 말인지 알고 있다. 그리고 그녀와 나 사
이에 실제로 이런 말이 오갔는지조차 확신할 수 없다는

것에, 이 책의 독자들에게는 진심으로 거듭 사과하는 바다. 그러나 나의 예전 파트너에 대해서 그녀에게 언급했던 것만큼 확실하고, 심지어 만약 그를 엿 먹이고 싶다면 접근해 보라며 당시 그가 일하던 곳까지 알려 주었다.(그건 그렇고, 그가 최근에 결혼식에 참석하느라 뉴욕을 방문했고, 그 이후 아예 이곳으로 자리를 옮겼다는 소식을 들었다. 더 이상 말할 필요 없지.) 어쨌든, 내가 식사를 계산했고 이런 외부 비용은 회사에서 결제하게 되어 있다고 설명했다. 또한 내가 거처하는 호텔 숙박비나 내 몫으로 들어가는 식대까지 회사 돈으로 지불하고 있음을 생각해 본다면, 뉴욕에 있는 동안 심지어 돈을 더 버는 셈이라고. 그녀는 이것에 질투를 느끼는 것 같았다.

돈은 그녀가 감정을 표면적으로 드러내는 유일한 주제였다. 그 주제를 언급할 때마다, 그녀의 사랑스러운 두 눈이 번쩍 커지는 것이다. 그게 뭐가 어때? 그걸로 그녀를 탓할 수는 없지. 여자들이 돈을 그토록 사랑하는 이유는, 그녀들이 돈에 이르는 과정을 바로 우리 남자들이 어렵게 만들어 놓았기 때문이다. 그들은 우리 남자들과 우리의 자기중심적 자아를 한참이나 부드럽게 매만지며 안마를 해 줘야 비로소 돈을 얻을 수 있다. 그렇지 않다면 그들은 우리를 거들떠보지도 않을 것이다. 어쩌면 가끔 생각날 때마다 섹스 상대로 삼을 수는 있겠지. 사실 우리가 그들을 대하는 방식이랑 별반 다를 바도 없다.

우리는 그 장소를 떠났다. 거절당하는 위험을 감수하고 싶지 않아서, 그녀 뺨에 가볍게 인사치레로 키스하는 것조차 시도하지 않았다. 나는 우정이라는 명목이 공식적으로 굳어지는 것을 원하지 않았다. 최소한 그래야 여전히 그녀와 섹스할 수 있는 일말의 희망을 품을 수 있으니까. 그래서 나는 그녀로부터 거의 이 미터[14]나 떨어져서(그런데 뭐랄까, 그녀 쪽에서도 별로 간극을 좁히려고 하지 않았다.) "전화할게."나 "그럼 다음에 보자." 같은 말들을 중얼거리고 있었다.

부서진 마음을 안고, 호텔까지 홀로 되돌아가는 실연의 행진을 하기 위한 마음의 준비를 하던 찰나.

"수요일에 올 거지?"

나는 기쁨에 겨워 속으로만 펄쩍 뛰어올랐다. "아, 그럼, 깜박 잊었다, 네 전시회. 주소가 어디라고 했지?"

작별의 손을 흔들고 나서, 나는 마치 엄청난 양의 할 일이 쌓여 있는 사람처럼 소호 그랜드 호텔 쪽으로 격렬하게 달려갔다.

14 2야드는 약 1.82미터다.

그동안, 나는 가장 명성 있는 광고 회사에 있으면서, 회사 내에서도 까다롭기로 소문난 두 군데의 고객을 맡아 일하고 있었다. 해리스(Harris) 카메라와 잡지 《민티드(Minted)》였는데, 기적적이게도 일은 잘되어 가고 있었다. 상사는 내 업무 성과에 만족한 듯이 보였다. 나는 내 능력의 절반 정도만을 할애하여 일하였기에, 스스로도 좀 믿기가 어려웠다.

아슐링의 전시회가 열리는 대망의 밤이 다가오자 나는 굉장히 긴장했다. 그녀 친구들을 만나게 될 터였다. 마음속으로는 여전히 난 그녀의 남자 친구였다. 우리는 그저 좀 티격태격하는 과정에 있는 거라고. 물론 내 말은, 그렇게까지 자신감 넘치는 상태는 아니었다. 곧 마음에 들지 않는 무엇인가를 발견하게 되리라는 불길한 느낌이 들긴 했다. 그 장소에 도착했을 때 행사는 이미 시작되었다. 나는 최신 유행의 맵시 있는 옷차림을 하고, 당당하고 편안해 보이는 매력적인 군중 사이를 헤쳐 갔다. 사랑받는 데에 익숙한 것처럼 보이는 사람들.(이렇게 말하면 좀 이상하지만 나에겐 그들이 바로 그렇게 느껴졌다. 어디서나 인기 있고, 늘 원하는 수요가 있는 사람들 말이다.) 아슐링을 찾아보려고 했지만 처음엔 그녀가 어디 있는지 몰랐다. 하지만 바 뒤쪽 벽에 설치된, 그녀 사진들을 모아 놓은 거대한 콜라주 작품만은 내 눈에 들어왔다.

그 장소를 설명할 수 있는 말은 그게 다였다.

넓은 바 뒤쪽, 드넓은 벽 공간. 전체적으로 추상적인 인상을 주는, 지하철 노동자와 통근자 들의 모습을 찍은 흑백 사진 수백 장. 내가 보기에는 1920년대나 1930년대 사진 예술가들의 흔적이 살짝 남아 있는 것 같았다. 러시아 출신의 만 레이(Man Ray)나 존 하트필드(John Heartfield) 같은 느낌이랄까. 현재 시점의 광경이 마치 과거처럼 보이도록 표현했다는 점에서 시각적으로 영리해 보였다.

나는 그 작품이 참 마음에 든다는 점이 충격적으로 다가오는 가운데 화가 치밀어 올랐다. 그것은 곧 내가 두려워하던 것보다 그녀의 재능이 훨씬 뛰어남을 의미했다. 그녀는 내 마음을 빼앗아 버린 걸로도 모자라서, 내게 일말의 용기만 있었다면 스스로 너무도 바랐을 바로 그 삶까지도 대신 차지해 버린 것이었다.

그 당시에 즉각 이 사실이 의식적으로 날 후려친 것은 아니었지만, 어쨌든 기분이 편치 않았다. 아니, 사실은 그녀를 질투하고 있었다. 그리고 다른 무엇보다도, 내가 아슐링을 발견했을 때 그녀는 누군가에게서 받았다는(의

심할 바 없이, 어떤 남자겠지.) 엄청난 크기의 빌어먹을 붓꽃 한 송이를 품에 안은 채, 역시 엄청나게 큰 기네스 맥주잔을 다른 손에 들고 있었다. 기네스, 맥주잔을, 말이다. 사 년 동안 단 한 번도 내 눈에 비친 적이라곤 없던 그 찰랑거리는 술이, 내가 사랑하는 여자의 손에 들려 있었다. 내 발밑에서 무엇인가 쩍쩍 금이 가면서 곧장 깨어져 가는 것만 같았다.

그녀가 자기 친구를 소개해 줬고 나는 정중하게 목례 했다. 내가 지금까지 살아오며 본 중에서 가장 키가 크고 건장해 보이는 체구의 여자였다. 키가 이 미터[15]는 족히 됐을 것이다. 마치 나를 번쩍 들어서 창문 밖으로 던질 수도 있을 것만 같았다. 그녀는 친구인 아슐링을 보러 무려 로스앤젤레스에서 특별히 왔다고 했고, 나는 충실한 우정이라고 말했다. 그러자 그녀는 오히려 짜증스럽다는 듯이, 언젠가 아슐링이 부자가 될 거니까 그렇게 한 것뿐이라고 대답했고, 나는 속으로 그것참 이상한 반응이라고 느꼈던 것이 기억난다.

그래서 나는 꼼짝없이 이 거대한 여자의 몸통을 마주 보며 대화를 나눠야 하는 신세에 처했고, 그건 내 인생의 두 가지 사랑인 기네스와 아슐링과는 전혀 좆도 아무런

15 6피트 7인치, 약 200.66센티미터.

상관이 없는 상황이었다. 아슐링은 바 주변을 바삐 돌아다니며 눈에 띄는 모든 사람들의 뺨에 키스를 하고 있었다. 심지어 그녀의 상사까지도 등장했다. 알고 보니 피터 프리먼은 회색 머리칼이 숭숭한 데다가, 늙은이 같은 카디건이나 걸치고 다니는 말라빠진 인물이었다. 내가 상상했던 것보다는 훨씬 나이 들어 보였다. 오십 대 초반쯤 되었을까. 나는 속으로 안심하며 이렇게 생각했던 것을 기억한다. "음, 최소한 저 사람에 대해선 한시름 놓아도 되겠군."

나는 키 큰 여자에게 베일리스[16]를 한 잔 대접했다. 그리고 내가 교묘하고 끈질기게 주장한 덕분에 우리는 겨우 어느 작은 탁자에 자리를 잡고 앉게 되었다. 왜냐하면 그녀의 로스앤젤레스 생활에 관심 있는 척하며 이야기를 들어주는 내내 그녀의 콧구멍을 올려다보고 있자니, 정말 우스꽝스럽고 바보 같은 기분이 들었기 때문이다. 내가 그녀에게서 원하는 것은 오직 그녀의 친구이자 나의 사랑하는 연인, 놀라운 재능을 지닌 신예 사진작가에 대한 정보를 캐내는 것. 물론 얻어 낸 것은 하나도 없었다. 한참 동안 그렇게 앉아 있다가 갑자기 내 얼굴과 가슴께에 베일리스 몇 방울이 후드득 묻어 떨어지는 것을 느꼈다. 나는 믿기지 않는다는 듯이 어처구니없는 얼굴로 그 여자를 바

---

16 베일리스(Bailey's): 아일랜드 위스키와 크림을 배합한
술로 알코올 도수는 17도다.

라보았다. 그녀는 베일리스 술잔에 꽂혀 있던 플라스틱 빨대를 들고 있었다. 그 빨대를 내게 튀기고 말았던 것이다. 그녀의 사과를 들으면서 나는 술 한 방울이 내 아랫입술에 촉촉이 묻어 있음을 깨달았다. 미소를 지으면서 나는 조심스럽게 내 가슴팍과 입을 닦아 냈다. 내가 입술을 한 번 핥기만 한다면, 그 어떤 일이든 일어날 수 있음을 나는 매우 잘 알고 있었다. 만약 일이 고약해진다면 나는 전시회 이후에 알코올 중독자 모임의 친구인 애덤과 만날 수 있도록 미리 약속을 해 둔 상태였다. 그리고 이것은 충분히 고약한 일이라고 나는 결정했다. 거짓으로 지어낸 변명을 어색하게 주워섬기는 것보다, 정말로 만날 상대를 구체적으로 마련해 두는 편이 좋았다. 나는 좀 더 앉아 있다가, 그녀에게 또 한 잔의 베일리스를 사 주고 나서(이 이상 신사적일 순 없겠지?), 저녁 약속이 있어서 먼저 가 봐야 하니 나 대신 아슐링에게 사과의 말을 전해 달라고 부탁했다.

행복한 날이다. 나는 거기서 빠져나왔다. 키 큰 여자는 미안해서 어쩔 줄 몰라 했고, 가지 말고 다시 앉기를 권유하면서 내 팔을 잡으려고 했다. 하지만 아슐링에게 그만큼 단호하게 무시를 당하면서까지 거기에 굳이 머무를 이유는 전혀 없었다. 다 집어치우라지, 나는 스스로에게 말했고, 나를 반기는 3월의 대기 속으로 경쾌하게 뛰어들었다. 날씨 참 멋진데. 약 십오 분 후 애덤과 나는 격렬한 폭풍우와 맞서 싸우며 윌리엄스버그 다리를 건넜다. 그런데 내게는 그 순간이 좋았고, 애덤도 그랬던 것 같다. 나는 계속해서 마음속으로 조금 전의 베일리스 사태를 되새기고 있었다. 빌어먹을, 그게 어떻게 단순한 사고일 수 있지? 십오 년 넘도록 나는 손에 잡히는 거라면 뭐든지 들이붓듯 마셔 온 사람인데, 그동안 그런 식으로 술이 흩뿌려진 적은 단 한 번도 없었다. 있긴 했어도, 그게 순수한 사고는 아니었지. 그녀가 일부러 그런 짓을 꾸미지 않았을까 의혹을 품는 것만으로도 굉장히 소름 끼쳤다. 과도한 피해망상이야. 그래서 나는 그런 일이 벌어졌다는 사실 자체를 잊기로 했다.

나는 다음 날에는 아슐링에게 전화하지 않았다. 이제 그녀와 그녀가 어울리는 집단의 속성이 어떤지 나름대로 판단이 섰다. 나는 그녀 친구들 한두 사람을 더 만났었고, (그 엄청난 덩치 말고도) 그들 모두에게 돈 많고 한가한 아일랜드 상류층 인간들이라는 유형의 딱지를 붙여도 무방하겠다는 느낌을 받았다. 아일랜드인 중에서도 촌뜨기에 속하는 컬치를 불러다 놓고 모멸감을 주는 일을 여전히 일말의 여흥으로 삼는 유일한 족속들 말이다.

하지만 나는 그다음 날에 그만 자제력을 잃고, 전화를 걸어 메시지를 남겨 버렸다. 그녀 친구들을 만나서 정말 좋았고, 나중에 다시 점심이라도 같이하면 좋을 것 같다고. (그런 말을 한 내가 얼마나 덜떨어진 멍청이였던지.) 그녀는 물론 곧장 그러자고 답장을 남기며, 자기도 나를 봐서 기뻤고, 점심이나 뭐 다른 것이라도 기꺼이 하고 싶다고 말했다.

우리는 그녀가 사는 곳에서 멀지 않은 카페 드릴(Caf Drill)에서 점심 식사를 함께하기로 했다. 나는 당연히 약속 시간보다 더 일찍 나와 있었고, 그녀는 사십오 분이나 뒤늦게 나타났다. 젠장, 거기서 바로 길 모퉁이만 돌면 되는 곳에 살면서 말이다. 그녀는 심지어 그 사실을 내게 상기시켜 주기까지 했다. 나는 어깨를 으쓱하며 아무렇지 않다는 듯 넘겼다. 나는 관대하고, 이해심이 넘쳐 나는 사람이니까. 늘 하는 가벼운 농담과 수작들이 오고 갔는데, 언성을 높일 만큼 강조해서 말한 내용은 하나도 없었고, 주로 광고업계 현황에 대한 쓸데없는 헛소리가 주를 이루었다. 그러다 그녀는 난데없이 지난밤 자기가 내게 건넸던 날카로운 한마디를 언급하며 사과했다. 그 말은 확실히 빈

정거리는 어조로, 듣는 사람을 무안하게 하는 효과를 주기는 했었다.

"만약 당신 마음대로 하게 내버려 뒀다면, 그 빌어먹을 대중 매체들을 지금 여기 한 트럭 끌고 왔겠지."

이 말은 그녀에게 잘 보이기 위해, 그녀 전시회를 효과적으로 '론칭'할 수 있는 좋은 수단이 되리라고, 내가 생각했던 방법을 겨냥한 말이었다. 나는 《보그》, 《엘르》, 《배니티 페어》처럼 다양한 미디어 메카에 종사하는 사진작가들이 그녀 전시회 현장에 오면 좋겠다고 생각했었다. 심지어 나는 사진들을 벽면에다 큼지막하고 눈에 띄게끔 확실히 잘 걸어 두어야 한다고 주제넘은 제안을 하기까지 했다. 그래야 그 전시회에서 다들 어떤 사진을 찍든, 그녀 작품이 시선을 사로잡는 배경으로 들어가게 될 테니까. 나는 또한 그녀가 사진을 찍는 현장에서 사람들 사이에 어떤 싸움이 일어난다면 굉장히 멋질 거라고 얘기했던 것도 기억난다. 만약 사람들이 모인 곳에서 흔한 싸움이 벌어졌는데 그녀가 '우연찮게도' 준비된 카메라를 들고 있고, '우연찮게도' 현장감 넘치는 싸움 사진들을 찍게 된다면, 그것자체가 그녀의 작품이 될 수도 있지 않겠느냐고. 또한, 미디어업계에 종사하는 용병으로서 나는 그런 종류의 사진이라면 그 어떤 잡지나 편집자도 거절하기 힘들다는 사실을, 탐나는 물건이라는 점을 알았다. 우리와 마찬가지로, 그들 역시 채워 넣어야 할 공백들이 넘쳐 나는 것이다.

실제로 내가 그녀에게 그런 아이디어를 주었다는 게 아이러니한 일이었다. 물론, 그녀가 잘 아는 사람을 그 소동에 연루시킬 수만 있다면 사진의 가치는 더욱 올라가는 거고.

하지만 나는 또다시 사건의 순서를 훨씬 앞질러 가서 말하고 있다. 내가 그렇게 하지 못하게 막았어야지. 그러니까 다시, 그녀는 전에 자신이 했던 말을 사과하고 있었다. 전시회 때문에 잔뜩 긴장해서 말이 그렇게 나온 것뿐이라며.

나는 그러려니 하고 있었다. 당연히 받아 주고말고. 그런 거 마음에 담아 두지 않아. 그러고 나서 나는 곧장 후회하게 될 말을 하게 된다.

"네가 오늘 밥값 내면 되겠네. 우리 처음 만난 이후로 계속 네가 한 번쯤은 사고 싶다고 했으니까, 그러면 나 때문에 네 마음이 속상하진 않겠지."

그러자 그녀는 이렇게 반응했다.

그녀는 지갑을 손에 든 채, 아마도 내가 이만하면 됐

으니 집어넣으라는 말을 해 주기를 기다리는 모양새로 부지런히 내용물을 뒤지고 있었는데, "네 마음"과 "속상하지는"이라는 단어를 듣자마자 그녀 동작이 문득 얼어붙었다. 그녀 시선이 (아, 그 예쁜 눈동자들이) 자기 지갑에서 멀어지면서 마치 내 눈을 마주 보려는 듯이 이쪽으로 향했으나, 도중에 부자연스럽게 멈췄다. 그녀는 이제 식당 바닥을 뚫어지게 내려다보는 것처럼 보였다. 내가 그녀를 바라본다는 걸 그녀도 알았고, 나도 그녀가 그 사실을 안다는 걸 알았다. 몇 초 동안 그녀는 시선을 거기에 고정한 채 움직이지 않았고, 그러다가 마치 테이블 위에서 무엇인가를 발견하기라도 한 것처럼 먼 곳을 응시하는 시선으로 다시 눈을 들어 서서히 깜박였다. 그녀는 몸과 머리의 자세를 여전히 유지한 채 눈동자들만 위쪽과 옆쪽으로 굴리면서 내 왼쪽 어깨 너머를 한참 바라보았다. 마침내 마지막으로 비스듬한 사선을 긋듯 내 뺨으로 눈을 돌리더니 내 눈동자 안까지 움푹 파고들 기세로 강렬하게 나를 쏘아보았다.

"그럴 일은, 전혀, 없을걸."

그게 그녀가 내게 한 말이었다. 마치 자신이 거기서 내 목숨을 이만 끊어 놓을 수도 있지만, 아직은 적당한 때가 아니라는 듯이. 그 말투에 담긴 단호한 절도가 나를 겁먹게 했다. 그것은 그녀가 지금 하는 일이 무엇이든, 프로페셔널한 직업적 목적을 가지고 수행하고 있다는 뜻이었다. 거기엔 일말의 사적인 열정도 없었다. 그러므로, 그 전에도 그런 열정 따윈 결코 존재하지 않았다. 셸본 호텔에서의 일은 그저 과정상 필요한 연기일 뿐이었으며, 사전에 미리 성공까지 보장되어 있는, 운명적 공식의 전개일 따름이었다. 우리가 사랑을 나누던 중 그녀가 연거푸 손가락으로 내 어깨를 어루만지던 것, 연신 도발적인 열여섯 살 소녀처럼 보이는 자세를 취하던 것, 내가 그 순간 그녀의 모습을 내 마음속에 오래도록 담아 두는 것을 확인하기 위해 이따금 자신의 몸을 내려다보며 고개를 끄덕이고, 교태어린 미소를 짓던 것까지도 모두 완벽하게 짜인 연기였다. 그녀는 사진의 본질을 너무나 잘 이해하고 있었다. 그 점심 식사에서 아슐링이 보여 준 놀라운 참을성은, 그녀가 얼마나 복잡하고 정교한 내면을 가진 사람인지를 새삼 깨닫게 해 주었고, 심지어 그 때문에 나는 그녀를 더 원하게 되었다.

솔직하게 말하자면, 나는 그 당시에도 내가 어떤 속임수에 말려든다는 생각을 갖고 있었다. 하지만 나는 기꺼이 그 속임수의 격랑에 휘말려 내던져지고 싶었다…….
어디로든. 어쨌거나, 이게 그녀가 내게서 무엇인가를 원하는 방식이고 내가 그것을 내줄 수만 있다면, 그 장단에 맞춰 주지 못할 이유가 어디 있단 말인가? 나는 그녀를 사랑하고 있었다, 그렇지 않아? 또한, 나는 정신적으로 그녀가 마련한 이 상황에 완전히 매혹된 상태였다. 나는 이 년 동안 세인트라크로이에서 비디오 영화나 보면서 지냈는데(프랑스 영화들), 이것만큼 흥미진진한 전개는 본 적이 없었다. 그리고 언제나, 그녀와 다시 같이 자게 될지도 모른다는 가능성이 저 멀리 어딘가에 숨어 있었다. 하지만 현실에서 나는 물고기였고 그녀는 낚시꾼이었으며, 그다음에 내가 무엇을 하면 좋을지는 그녀 마음대로 결정할 문제였다.

이어서 그녀가 내게 원했던 것은, 브로드웨이 거리에 있는 스텐트 갤러리[17] 전시회에 동행하는 일이었다. 그래서 우리는 함께 갔다. 이 글에 언급할 만한 일이 딱 하나 있다. 정확히 어디였는지는 잊었지만 교차로의 횡단보도를 건너면서, 그녀는 마치 내가 몰려오는 자동차들 앞까지 멍하니 걸어가는 일 없도록 나를 보호해 주려는 듯이 몸을 빙 돌려 걸으면서 내 가슴팍을 정말 세게 쳤다. 그러니

---

17 실존하지 않는 가상의 화랑이며, 스텐트(stent)는 폐색
방지용으로 혈관에 주입하는 의학 기구를 뜻한다. 화자가
이어서 말하는 병리학적 징후와 관련이 있는 이름이다.

까, 정말 빌어먹게 세게 말이다.

잠시 동안 나는 숨을 쉴 수가 없었다. 나는 머리가 멍
해지고 현기증을 느꼈는데, 당시에 이미 정신적 충격으로
약 6킬로그램 정도[18] 체중이 줄어든 상태라 더 그랬다. 어
디선가 읽은 글에서, 사람이 감정적인 충격에 빠지면, 심
장 부근을 보호하던 지방층이 약간 떨어져 나가서 외부
위험에 평소보다 더 취약해진다고 했다. 이때 급소에 결
정적인 일격을 맞으면 그저 잠깐 고통스러운 수준을 넘어
서 버린다. 충격으로 빠진 살은 다시 붙어도, 이럴 때 공격
받은 심장의 타박상은 그대로 남아 있고, 대동맥의 섬유성
연축을 야기할 수도 있는 것이다.[19] 생명의 위협을 받는
정도까지는 아니지만, 불편한 증상이다.

매우 아팠지만, 나는 아무렇지 않은 척했다.

경이로운 발견으로 넘치는 내 사적인 항해의 그다음
기항지는 체스 카페였다. 그렇다, 뉴욕에는 그런 장소마

---

18 영국의 무게 단위 스톤(stone). 1스톤은 약
6.35킬로그램 정도다.
19 심장 부근에 강한 타격을 가할 경우 입는 심장
좌상(cardiac contusion)의 일종으로 심장 진탕(commotio
cordis)이 발생할 경우 심장 근육의 불규칙한 잔떨림 증상인
심실 세동(vertricular fibrillation)으로 돌연사에 이를
가능성도 있다. 그러나 심방 세동(atrial fibrillation)은
드물게 나타나며 이와 같은 연축 현상이, 하물며
대동맥에서까지 관찰되는 일은 흔치 않다. 화자가 언급하는
"대동맥의 섬유성 연축(aortic fibrillation)"은 의학적으로는
쓰이지 않는 엉뚱한 표현이며, 이는 화자의 우려가 다소
비약적이고 피해망상적인 측면을 지니고 있음을 시사한다.

저 있다. 소호에 말이야. 정말 끔찍했다. 이 지구상에서 가장 낭만적인 분위기가 넘쳐 나는 부동산 택지 위를 거닐고 있음에도 꼭 지옥에 와 있는 것만 같았다. 나는 꿈속에서조차 그리워할 정도로 내가 사랑하는 여자의 바로 곁에 있다. 그런데 그녀는 내가 경험해 본 것들 중에서도 가장 최악의 고통을 가져다준 원천이기도 했다. 체스 카페에서는 단돈 일 달러를 내고 테이블에 앉아 원하는 만큼 체스를 둘 수 있다. 거기서는 커피를 마실 수 있었고, 또한 체스 선수들의 중립적인 면모에 충실한 까닭인지 이제 몇 군데 남지 않은 공식적으로 흡연 가능한 장소들 중 하나였다. 그뿐 아니라 심지어 그것이 적극적으로 권장되는 곳이기도 했다. 피어오르는 담배 연기 사이로 잔뜩 찡그린 표정이 꽤 근사해 보였다.

그녀는 쉽사리 나를 완패시켰고, 조지나스에서 그랬던 것처럼 이리저리 삐걱거리는 의자 위에서 다시금 끙끙대며 꿈틀거리는 나 자신을 발견했다. 그녀는 조지나스에서 그랬던 것처럼, 정신적인 의미에서 손을 툭툭 털고 다시 준비 운동을 하는 것처럼 느긋이 뒤쪽으로 등을 기대고 앉았다. 두 번째 판을 하던 도중에 나는 아예 내 킹을 손가락으로 밀어 쓰러뜨렸다. 그녀는 잔뜩 상처받고 억울하다는 표정으로 나를 올려다보았다. 상처를 받은 까닭은 내가 그녀의 즐거움을 단축해 버렸기 때문이고, 억울한 것도 아마 나를 죽음으로 내몰 지난한 과정을 하나하나 설계해 두었는데 갑자기 스스로 목숨을 끊고 그녀의 기쁨을 차단했기 때문이리라. 또한, 그것은 내가 인생이라는 게임을 어떻게 운영하는지 그녀에게 보여 준 셈이었다. 나는 고통을 연장하기보다 차라리 자폭을 택할 것이다. 그녀는 필요 이상으로 과도하게 항의했다. 마치 거기에 상징적인 의미가 들어 있다는 듯이.

꼭 내가 정확히 아픈 부분을 찌르기라도 한 것처럼.

"끝까지 하라고." 그녀는 소리를 질렀다.

나는 스스로 당할 패배의 괴로움을 연장하고 싶지 않다는 이야기를 하면서, 그녀의 체스 실력이 참 뛰어나다며 칭찬했다.

"왜? 내가 당신을 이기니까?"

이쯤에서 나는 거의 무너져 가고 있었다. 정신적으로 그리고 감정적으로 완전히 너덜너덜해진 상태였다. 거기다 한 방의 일격만 더해졌다면 나는 아마 울기 시작했을 것이다. 길거리에서 통곡을 하고 말았겠지. 여기에 날카로운 말 한 마디만 더해지면, 내 눈 뒤쪽에 있는 아주 가느다란 눈물샘에서 최초의 눈물이 찍 차오를 테고, 그러고 나면 거침없이 콸콸 쏟아져 내리겠지. 그리고 눈물들로 마침내 어마어마한 폭우가 밀어닥치고, 소호의 좁은 골목길들을 거대한 운하로 만들어 버렸을 터다.

나는 6시 30분에 좋은 친구이자 멘토 역할을 해 주던 딘과 만나기로 약속을 해 두었다. 그녀에게도 그렇게 말했다. 그날 오후 그녀 곁에서 그렇게 빠져나올 때만큼 안도감과 함께 가슴 찢어질 듯 아팠던 적은 없었다. 그녀 뺨에 입을 맞출 만한 용기도 내겐 없었다. 그녀에게서 그만 최후의 거절을 당해 버리면 그 충격과 낙심이 나를 극단으로 몰고 갈까 봐 겁이 났다. 나는 분노, 혼란, 두려움, 사랑 그리고 안도감으로 뒤죽박죽된 상태로 다시 부리나케 뛰어서 그곳을 벗어났다. 우리는 그 주에 다시 만나서 영화나 한 편 보자고 얘기했다.

나는 계속해서 그녀에 대해 이야기하는 게 지긋지긋했다. 하지만 누군가에게 이 이야기를 몽땅 하긴 해야 했다. 여기저기서 찔끔찔끔 흘리듯이 그녀와의 일화나 단편적인 사건들을 얘기하는 것이 아니라, 벌어진 일 전부를 한꺼번에 쏟아 내는 것 말이다. 그렇게 이야기를 하려던 이유는 부분적으로 나 자신도 이 일의 본질을 정확히 알지 못했기 때문이다. 이렇게 모든 것을 글로 적어 보면, 최소한 그 일에서 벗어날 수 있게 되리라고 생각했다. 그러면 그 일은 내게 이미 처리가 끝난 일이 될 테니까. 그리고 아마도 그렇게 쓰인 글은 다른 사람들에게 경고로써 기능할 수도 있을 터였다.

그다음 주에는 직장 업무가 바빠졌고, 심지어 아슐링에게 내가 다른 회사로부터 "러브콜 제의를 받고 있어서" 그쪽과 면담을 하느라 수요일에는 함께 영화를 보러 가지 못하게 되었다고 말할 수 있게까지 되었다. 이것은 한 3분의 1 정도만 진실이었다. 다른 회사에서 일하는 한 남자가, 작가인데, 그저 잡담이나 나눠 보자고 나를 만나길 원했던 것이다. 당시 그 회사가 신규 인력을 채용하던 것도 사실이긴 하지만, 그곳은 썩 좋은 성과를 내는 기업은 아니었다.

아슐링과 나는 금요일 밤에 어느 바에서 만나 "가볍게 음료나 한 잔씩" 하기로 했다. 나는 그게 그녀를 보는 마지막 순간이 되리라는 것을 전혀 몰랐다. 나는 그저 내가 사랑하는 여자를 만나러 가는 거라고 생각했다. 우리 두 사람이 여생을 보내면서 수없이 만나고 또 만날 수 있는 시간 중 그저 한 순간이리라고 생각했지. 사랑은 오래

참고, 친절하며, 많은 요구를 하지 않는 법이니까. 앞으로 내가 묘사하게 될 것들 중 상당 부분은, 당시 내게 즉각적으로 떠올랐던 게 아니라 그 이후에 한결 차분하고 객관적인 상태가 되었을 때 깨달은 것들이다. 분명히 말할 수 있는 것은, 그 당시에 내가 일종의 가벼운 충격 속에서 멍하게 하루하루를 지냈다는 것이다.

그것만큼은 틀림없다.

나는 그곳에 일찍 도착했다. 그녀가 8시 30분에서 9시 사이에 보자고 했기에, 나는 8시 15분쯤에 그 주변에 도착했다. 몇 분 후에 그녀 친구인 샤론(아일랜드인)과 남자 하나(앞으로 그를 '브라질 티셔츠'라고 부를 것이다. 왜냐하면 실제로 브라질 축구팀의 노란색 유니폼 티셔츠를 입고 있었기 때문이다.)가 바 안으로 들어왔다.

샤론은 내게 말을 붙였고 우리는 잠시 대화했다. 나를 아슐링의 친구라고 소개하자, 브라질 티셔츠는 이런 말을 내뱉었다. "아, 또야?" 나는 바로 뭔가 이상하다는 느낌을 받았고, 이후 그는 지나치게 퉁명스럽고 무뚝뚝한 태도로 일관했다. 정말 시비를 걸기 위해 시비를 건다고 해야 하나. 그렇게 별로 하는 말도 없이 그의 말에 일일이 동의하며 내가 잘 받아주었음에도 불구하고, 그는 한동안 사

사건건 트집을 잡으려 했다.

그러고 나서 그녀가 나타났다. 정말 근사해 보이는 모습이었다. 이미 어디선가 술을 몇 잔 걸치고 온 것 같았다. 어쩌면 그보다 더한 약 같은 걸 했는지도 모르지, 눈이 초롱초롱 유난히도 빛났으니까. 어쩌면 그냥 내 착각이었을지도 모른다. 그들은 모두 자기들끼리만 아는 어떤 일에 대한 기대감으로 잔뜩 들떠 있는 것처럼 보였다. 만약 내 가설이 옳다면, 그들은 마침내 사냥감을 끝장내 버리기 직전의 흥분과 전율을 즐기고 있었던 것이리라. 아니면 그냥 정말 순수하게 그날 밤 모인 친구들과 즐거운 시간을 보내기만을 바랐던 것뿐이었는지도 모른다. 아슐링은 내 쪽을 거의 쳐다보지도 않았고 내가 거기 와 있다는 사실 자체를 별로 알아차리지도 못한 듯 보였다.

이 점에 나는 다시 크게 상심했지만 겉으로는 티를 내지 않았다. 마치 비행기의 자동 조종 장치처럼 흘러가는 상황에 태연하고 자연스럽게 대처하기로 했다. 나는 예의 바르게 미소 짓는 표정으로 일관하며 그들에게 내 실제 감정을 드러내지 말자고 다짐했다. 만약 내가 그 시점에 그곳을 박차고 나가 버렸다면, 그날 훨씬 나은 저녁 시간을 보냈으리라. 또 지금 여기 앉아서 이 글을 쓰고 있지도 않았을 것이다. 하지만 나는 혹시나 거기 계속 머물면 그 날 밤이 끝날 무렵 그녀와 같이 잘 수 있지 않을지 확인해 보고 싶었다. 얼마 안 있어 그녀는 꽤 술에 취한 상태가 되리라는 걸 알았고, 어쨌든 나도 달리 할 일이 없었으니까.

그날 밤 내가 고를 수 있는 선택지는 성모 마리아를 닮은 아름다운 여자에게 아주 희미한 동침 가능성을 두고 정신적으로 고문을 당하거나 혹은 그 근처에서 열리는 알코올 중독자 모임을 찾아 나서는 것이었다.

사실 이런 묘사는 다분히 편파적이다. 왜냐하면 뉴욕 '익명의 알코올 중독자들' 소호 모임은 내가 본 중에 가장 섹시한 여자들로 넘쳐 났기 때문이다. 하지만 나는 여기에 남아 있는 것을 택했다. 이 세상에서 내가 마음 쓰는 유일한 여자한테서는 무시당하고, 반면 브라질 티셔츠에겐 원치 않는 과도한 관심을 받으면서. 그러고 나서는 머릿속이 멍해지는 느낌이 들었다. '마비된 듯 저려 왔다.'라는 표현이 정확할 것이다. 고통이 전달은 되는데, 어떤 차단막 탓에 그 감각이 가려진 느낌.

브라질 셔츠가 그녀에게 지나칠 정도로 가까이 몸을 기댔다. 너무 가깝도록. 거의 키스를 하려는 것처럼 보일 만큼 가깝게 말이다. 그가 그녀에게 키스를 한 것은 아니지만, 그 상태에서 키스를 하더라도 이상해 보이지 않았을 것이다. 어느 시점에선 그가 그녀 양쪽 다리 사이에 파고든 채로, 바 스툴에 다리를 벌리고 앉은 그녀가 계산대 쪽으로 등을 살짝 젖혀 기대게 할 정도로, 자기 몸을 그녀에게 굽혀 밀착시켰다.

그 모습은 너무나 현실적이지 않았다. 그녀는 그의 어깨 너머로 나를 흘깃 바라보며 이렇게 말하는 듯했다. "내가 지금 뭘 하는지 봐. 그가 뭘 하는지도 봐 봐. 우리가 이러고 있는 데 당신은 화도 안 나?" 사실 화가 났다. 또한 내가 멍청한 바보처럼 느껴지기도 했다. 하지만 상대적으로 해석해 볼 여지도 남아 있었다. 그저 그 남자 또한 그녀에게 거절당할 위험 부담을 안고 한번 질러 보기나 하자, 하는 심산이었는지도 모른다. 어쨌든 그녀는 예쁜 여자였으니까. 혹은 그녀 역시 금요일 밤 뉴욕 시내 바에 나온 젊은 여성으로서, 장난삼아 적당히 유혹하고 유혹받으며 즐겨 보는 권리를 행사하는 것뿐일 수도 있다. 하지만 그다음에 일어난 일은, 이 일련의 사건들을 전적으로 다른 차원에 속한 것으로 만들어 버렸다.

일어난 일은 바로 이랬다. 당신이 어느 바 자리에 서 있다고 상상해 보라. 계산대는 당신 오른쪽에 있고, 그 뒤에는 커다란 거울이 놓여 있다. 길게 가로놓인 바와 당신 사이 오른쪽에는 사랑하는 여자가 앉아 있다. 당신이 싫어하는, 브라질 셔츠를 입은 남자는 당신에게 등을 돌린 채 서서 당신이 사랑하는 그녀의 또 다른 친구와 이야기를 하고 있다. 당신이 사랑하는 여자는 그녀 양손으로 어떤 몸짓을 취하는 듯 보이는데, 그 몸짓은 오직 단 하나의 의미만을 담고 있는 것이다. 그녀는 마치 아주 조그만 물고기를 묘사하듯이, 양쪽 손을 그녀 눈앞에 들어 보였다. 조그만 크기의 물고기? 그녀는 이런 몸짓을 하면서 쭉 당신을 바라보고 배시시 웃음을 흘린다. 당신은 그녀가 무슨 의미로 그런 동작을 하는지 아직 잘 이해하지 못한다. 그래서 얼이 빠진 표정으로 의아하게 그녀를 쳐다본다. 어쨌든 그녀가 당신을 바라봐 준다는 것만으로도 감지덕지한 기분이 든다. 그녀는 당신에게 다시 힐끔 시선을 던진다. 그리고 마치 그녀가 자신에게 무엇인가 알려 주기 위해서 이 몸짓을 보여 준다는 듯이, 브라질 티셔츠가 그녀 손을 의미심장하게 응시하고, 그리고 당신을 연거푸 쳐다본다. 그리고 그는 당신의 수치심을 대신 느낀 듯 히죽히죽 실소를 터뜨린다.

거의 동정하는 듯한 웃음이다.

그녀는 앞쪽으로 몸을 굽히고 그의 귓가에 무엇인가를 속삭인다. 입가에 걸린 그의 웃음이 더욱 커진다. 이제 그녀 얼굴도 활짝 피더니 웃음으로 가득하다. 당신이 본 그 어느 순간보다 그녀는 더 행복해 보인다. 그녀는 정말 아름답지만, 당신이 그런 시선으로 바라보는 것을 원하지 않는다. 당신이 얼마나 속수무책으로 그녀에게 마음을 빼앗겨 버렸는지, 이제 그녀도 불 보듯 뻔하게 알 수 있다. 그녀가 다시 앞쪽으로 몸을 기대 오자 그는 자기 귓가에 그녀가 입술을 갖다 댈 수 있도록 몸을 웅크린다. 그녀는 귓속말을 하는 척 그의 옆 이마에 키스를 하는지도 모른다. 그녀는 다시 손을 들어서 '물고기'의 크기를 묘사해 보인다. 이번에는 심지어 더 작아졌다. 그리고 그녀는 이쪽으로 눈을 돌려 당신을 위아래로 훑어본다. 브라질 티셔츠도 그렇게 한다. 그들은 함께 웃음을 터뜨린다. 완전히 소외당한 기분이 들지 않도록 당신도 함께 웃는다.

어색하게 말이다. 그러고 나서 브라질 티셔츠는 그녀가 아닌 다른 여자에게 큰 소리로 이야기한다. "저 사람, 이미 완전히 끝나 버렸다고 말해 줘야겠는데. 얘가 그렇게 따먹고 땅에 묻어 버린 인간이 저 인간 말고도 최소한 네 명은 더 있었다고. 몇 명이었지?"

이렇게 말하고 나서, 그는 그녀에게로 몸을 돌려 확인했다. 그녀는 손가락을 꼽아 가면서 수를 셌다. 일부러 더 과장된 동작을 해 가며, 의도적으로 한 손가락을 입술에 갖다 대 보인 채, 손가락을 꼽을 때마다 곰곰이 생각해 보는 척 연기하면서 말이다. 그는 계속 말을 이었다.

"저 사람 전에 나도 너한테 당했잖아. 내가 저 인간보다 먼저 따먹히고 묻힌 거면 좋겠다…… 아님 네 안에 날 파묻든가?"

그녀 쪽에서도 지지 않고 명랑하게 톡 쏘아붙인다. "아니, 내가 위로 갈 건데."

그 말이 제대로 효과를 발휘한다. 그는 마치 바로 그 자리에서 그녀와 뒹굴기라도 할 것처럼 뜨거운 눈길로 그녀를 더듬는다. 당신은 비로소 무슨 상황인지 감을 잡는다. 지금 상황에서 당신에게 주어진 유일한 자비는, 그들이 당신 눈앞에서 해 보이는 그 행위를 더 밀어붙이지는 않는다는 점이다. 만약 그들이 그렇게 해 버린다면, 당신도 더 이상 상황을 이해하지 못한 척 시치미를 떼고 있지는 못하게 될 테니까. 그래서 당신은 할 수 있는 한 가장 우아하게, 그녀가 아닌 다른 여자 쪽으로 다가가서 형식적인 대화를 시도하기 시작한다. 당신에게는 상황을 받아들일 만한 시간이 필요하기 때문에. 머리가 온통 멍해진다. 만약 당신이 설마 그렇지 않을까 우려하던 일이 지금 정말로 일어나고 있는 것이라면, 빌어먹을 그곳에서 빨리 도망쳐야 할 것이다. 왜냐하면 지금 당신을 겨냥해서 벌어지는 일은 엄청나게 사악하고 악의적인 상황이니까.

하지만 당신은 아직 확신하지 못한다. 최소한 그렇게 재빠르게 판단이 서지 못한 것이다. 만약 당신이 잘못 이해하고 있는데 섣불리 도망부터 친다면 어쩌나? 벌써 그런 일이 두 번째가 아니던가. 이들은 그녀 친구들인데, 당신에 대해서 어떻게 생각할까? 혹은 그녀에 대해서는? 이들이 지금 당신을 눈앞에 두고서도 이렇게 비웃는데, 여기서 자리를 뜨면 얼마나 더 심하게 비웃음당할 것인가? 그래서 당신은 머물러 있기로 한다. 당신이 대화를 나누려고 시도하는 그녀의 다른 친구는 전혀 아무런 도움도 되지 못한다. 이야기는 듣는 둥 마는 둥, 당신이 사랑하는 그녀를 향해 고개를 쭉 빼고 거의 "이 사람은 네 소관이잖아, 네가 처리해."라는 듯이 내내 그녀 쪽만 넘겨다본다.

그래서 그녀는 날 처리한다.

당신은 계산대 쪽에 기대서 거기 모인 그녀 친구들 중 또 다른 사람에게, 코크(Cork)에서 왔다는 어느 멍청한 놈한테 말을 건다. 애초에 여기 초대받은 핑계가, 바로 이번 주말에 뉴욕에 잠시 들른 이 친구들을 꼭 만나 봐야 한다는 거였으니까. 나중에 당신은 이들이 다름 아닌 프린스턴 대학교 출판 미디어학과의 친구들이었음을 깨닫게 된다. 그들 중 여자가 아일랜드인이라고 했으니, 그녀 얘기와 들어맞지. 오랜 동창들이었어, 확실히. 그리고 그들은 그녀를 위시해서 고작 4.5미터 남짓 거리에 있었다.

그러고 나서 그 일이 일어난다, 아주 천천히. 아니면 당신이 그 순간을 슬로 모션처럼 기억하기 때문에, 천천히 일어났다고 생각하는지도 모른다. 브라질 티셔츠가 캔버스로 된 가방 하나를 집어 들며 그의 녹색 야전 상의를 확 걸쳐 입는다.

그는 당신 곁으로 다가오더니 당신 발 옆 바닥에 가방을 내려놓는다. 그는 야상 재킷의 양쪽 소매에 팔을 힘차게 꿰어 넣어 양손을 빼낸다. 마치 공연을 앞둔 피아니스트 같다. 그가 곧 자리를 뜨는 줄로 알고 당신은 안도감을 느낀다. 그런데 이제 그는 당신 바로 앞에 서서 아래위로 훑어본다. 그는 촬영용 노출계를 손에 들었는데, 당신이 알기로는 사진작가들이 피사체에 쏟아지는 광량을 측정하여 노출 감도를 조절할 때 쓰는 것이다. 그 노출계로 당신을 측정하고 있다. 그는 숫자를 읽고, 뒤쪽의 몇몇 사람들에게 몸짓을 한다. 수상쩍게도 지금 여기 몰려든 사람들의 머릿수는 당신이 사랑하는 여자와 그녀 공범들을 포함하여 이제 거의 소규모 관중이라 해도 무방할 정도다. 그들은 각자 자기들끼리 대화를 하지만, 한편으로는 내내 노골적으로 낄낄거리다 이따금 너털웃음을 터뜨리는 이 새로운 친구와 당신 쪽을 건너다보고 있다. 당신은 이제 야전 상의까지 입은 브라질 티셔츠에게 지금 사진을 찍으려는 것이냐고 묻는다. 그는 당신의 질문에 대꾸하지 않는다. 하지만 당신은 아트 디렉터기 때문에, 노출계 측정 이후 그가 몸짓으로 전달한 내용이 무엇인지 안다. 카메라 촬영 설정을 위해서, 사진작가에게 광량에 알맞은 셔터 속도와 에프 스톱 값을 지정해 주는 것이다. 기분이 불편해진다. 돌아가는 상황으로 보건대, 무엇인가 옳지 않다.

이 남자의 프로페셔널한 태도가 당신을 불안하게 한다. 주말이 시작되는 금요일 밤인데. 다들 좀 더 느긋하게 풀어져 있어야 하는 것 아닌가? 왜 저렇게 업무를 준비하듯이 심각한 태도를 보이는 거지? 그러고 나서 당신은 노출계가 사라졌다는 사실을 깨닫는다. 다시 가방에 집어넣었나? 그리고 그는 카메라 렌즈를 꺼내 들고 있다. 렌즈를 쥐고 팔을 쭉 뻗어 최대한 자기 몸에서 멀리 떨어지게 든다. 한쪽 눈을 질끈 감고 다른 쪽 눈을 깜박거리며, 그는 조명을 렌즈를 위로 올렸다가 아래로 내렸다가 이리저리 각도를 조절하면서 감도를 확인한다. 그의 행동은 짐짓 과장되어 있다. 그의 동작들은 광대처럼 연극적이고 괴상하다. 마치 다른 사람들이 그를 구경하면서 여흥을 느낄 수 있도록 무대 위에서 연기를 펼치듯이 말이다. 무슨 여흥의 재미? 그는 그저 카메라 렌즈를 들여다보고 있을 뿐인데. 그는 렌즈가 좀 더 명확하게 비칠 수 있도록 그 안에 묻은 먼지를 한 줌 닦아 낸다.

그때 당신은 벼락처럼 깨닫는다.

처음에 당신은 그저 자신의 피해망상증이 도진다고 생각했다. 왜냐하면, 솔직히 말해서, 정말 당신에겐 그런 증상이 있으니까. 하지만 불현듯이, 지금 벌어지는 이 어리둥절하고 유치한 장난을 설명해 줄 수 있는 해답이라곤 바로 그것밖에 없다는 사실을 깨닫는다. 나름 창의적으로 머리를 굴려 전혀 아무렇지도 않은 듯 말을 던져서 상황을 전환시켜 볼 심산으로, 당신은 그에게 말한다. "사진상으로 내 좆 사이즈가 아주 작아 보이게 나오도록 찍을 수 있겠네."

그가 든 렌즈는 당신 사타구니 쪽에 똑바로 고정되어 있다. 렌즈 방향이 정중앙에 맞춰지자, 촬영 세팅이 다 되었다는 듯 가늘게 뜨고 있던 그의 눈초리에 단호함이 드러난다. 당신은 웃음을 터뜨린다. 현재 상황이 싫지만 그래도 당신은 웃어 보인다. 당신을 향해 웃는 사람들을 보는 것보다, 속은 타더라도 겉보기에 그들과 함께 웃는 편이 훨씬 낫기 때문이다. 당신은 그렇게 생각한다. 그는 마치 당신에게 그걸 어떻게 알았지? 라고 말하는 것처럼 반응한다. 그는 이다음에 해야 할 일에 대해 자문을 구하기라도 하듯이 관객들을 쳐다본다. 그는 어깨를 으쓱해 보인다. 그는 당신을 가리키고 난 뒤, 관자놀이에 손을 짚고 나서, "이 사람 다 알고 있잖아."라는 듯한 말을 입 모양으로 벙긋댄다. 아니면 적어도 당신이 그때 상황을 기억하는 바로는 그랬다. 그는 당황한 얼굴로 당신을 힐끔힐끔 살펴본다. 당신은 미소를 짓는다. 아마 그 미소가 그에게 어떤 생각을 불어넣은 것 같다. 그는 다시 당신을 찬찬히 뜯어본다.

이번에는 대놓고.

그리고 이쯤에서 나는, 여러분이 읽는 이 책이 영화로 만들어질 경우에 써먹을 수 있는 제안 하나를 하고 싶다. 도입부에 제작사와 출연진 자막이 지나가고 나서 화면은 암전된다. 프란츠 리스트의 「단테 교향곡」이 깔리면서, 그런 분위기에 보통 관례적으로 쓰이는 엄숙한 분위기를 자아내는 인용구가 흰 글씨로 까만 화면 위에 떠오른다.

나를 통하여 그대 슬픔의 도시에 입성하며
나를 통하여 그대 영원한 고통에 이어지고
나를 통하여 그대 길 잃은 자들에게 이르니
이곳에 들어오는 자, 모든 희망을 버려라.[20]

아마 단테의 이 경고는, 블리커 스트리트의 캣 앤드 마우스 바 문 위에도 적혀 있어야 했을 터다. 이제 이 시점에서는, 야상 재킷을 걸친 브라질 티셔츠가 당신 성기가 전면에 드러나는 부분에 렌즈를 고정시키고, 당신의 작은 물건이 사진 속에 잘 부각되도록 전문가적인 노력을 기울이느라 아예 거리낌 없이 얼굴을 찡그리고 있다. 그는 렌즈에 묻은 미세한 먼지 한 점을 조심스럽게 걷어 내는 척하는데, 아마도 그것이 당신의 초소형 거시기를 가리고 있었던 모양이다. 그는 가식적인 동정의 표정을 하고 당신을 넘겨다본다.

---

20 단테 알리기에리의 『신곡(La Divina Commedia)』 칸토 3에서 지옥의 문에 쓰여 있는 글귀.

당신은 이 상황이 영 괴롭기만 하다. 하지만 당신이 괴로워한다는 사실을 그가 알게끔 할 수는 없다. 당신은 그의 유머와 재치에 감탄했다는 듯이 웃어 보인다. 관객들도 함께 웃는다. 이제 상황이 어떻게 돌아가는지 알 것 같다, 적어도 당신은 그렇게 생각한다. 그들은 당신을 바보로 만들어 버리려는 것이다. 당신이 바로 여흥의 대상이다. 금요일 밤 술집에서 이목을 사로잡는 웃음거리, 그게 바로, 이 친구야, 당신이 바로 먹잇감이라는 말이다. 당신은 큰맘 먹고 눈을 들어서 당신이 사랑하는 여자를 쳐다본다.

그녀는 아름답고 사랑스럽다. 비록 그녀가 당신을 향해 조소를 날리고 있을 때조차. 그리고 그녀는 실제로 그렇게 웃음을 터뜨리고 있다. 당신은 언제나 그녀가 웃는 모습을 좋아했다. 당신도 그녀를 따라 함께 웃는다. 그녀의 웃음소리가 높아진다. 그녀는 당신이 아무것도 모르는 사람처럼 웃는다는 사실에 더욱 웃고 마는 것이다. 이제 그녀는 손가락으로 브라질 티셔츠를 가리킨다. 당신은 그녀의 웃음 가득한 시선을 따라간다. 당신은 그를 향해 고개를 돌린다. 그는 당신에게 렌즈를 건네준다. 마치 선심 쓴 공물을 바치듯이. 만약 당신이 그것을 받아들인다면,

최소한 이 우스꽝스러운 의식을 송두리째 종결할 수 있으리라는 데에 당신 생각이 미친다. 그래서 당신은 그것을 받는다. 거기선 미지근한 온기가 느껴진다. 하지만 잠깐 기다려 봐, 내가 잊고 말하지 않은 게 있었네. 어떻게 이걸 잊어버렸을 수가 있지? 바로 조금 전에 당신은 이런 생각을 하면서, 화장실에 가려고 했었다. "제기랄, 다 집어치워. 여기 멍하니 서서 이런 수작을 다 받아 줄 필요가 있나?" 복잡한 기분을 좀 정리해 보려고 화장실 쪽으로 발걸음을 옮기면서, 어쩌면 아예 가방과 코트까지 챙겨 그곳에서 당장 꺼져 버릴 생각을 하기에 이른다.

하지만 안 돼.

남자 두 명이 당신 앞에 나타난다. 그들 중 한 사람은 키가 한 195센티미터[21]쯤 되고 굉장히 귀족적인 데다 냉담한 외모를 가졌다. 그들은 당신의 양어깨에 두 손을 얹고 필요 이상으로 강하게 움켜쥔다. "잠깐만요." 귀족처럼 생긴 쪽이 부드럽게 말한다. "이거 한번 보자고요." 그는 덧붙이며, 카메라 렌즈를 가리킨다. "금방 갔다 올 건데." 당신은 미소 지으려고 애쓰면서 말한다. 하지만 이제 당신은 이 상황에 상처를 받거나 심지어 화가 나는 걸 넘어서서, 바싹 겁이 난다. 그들 태도는 충분히 정중하지만,

21 6피트 5인치는 약 195센티미터.

사실상 당신이 화장실에 가려는 것을 가로막고 있다. 빌어먹을, 이게 대체 뭐하는 짓거리람? 당신은 꼼짝 못하고 그 자리에 굳는다.

당신은 어떻게 하면 좋을지 생각해야 한다. 렌즈를 든 남자가 당신에게 윙크를 하고, 관중은 웃음을 터뜨린다. 그들을 거칠게 밀쳐 버리고, 사람들 사이를 비집고 지나가 그 자리를 아예 떠 버리면 어떨까 생각하지만, 실제로는 그러지 않는다. 당신은 몸을 돌리고 바텐더에게 경찰을 불러 달라고 말한다. 얼굴은 미소 짓고 있지만, 어쨌든 똑똑히 그렇게 말한다. 바텐더는 이상한 눈초리로 당신을 쳐다보지만, 사실 이상할 일도 아니다. 실내에서 벌어지고 있는 이 작은 장난질에 그도 가담한 것일까? 그는 당신의 말을 듣고도 그다지 깜짝 놀라는 것처럼 보이지 않으니까. 바텐더는 왜 그러느냐고 당신에게 묻는다. 당신은 엄지손가락으로 자신의 가슴팍을 툭툭 치며, 이 남자들이 신체적으로 괴롭힌다고 이야기한다. 그는 당신 말에 수긍하는 것처럼 보이지만, 경찰서에 전화를 하는 대신에 관객들이 있는 곳으로 천천히 걸어 나와서 그들과 한두 마디 대화를 시작한다.

이제 당신은 매우 걱정스러워진다.

그래서 당신은 렌즈를 집어 들고 서서, 경찰에 신고를 해 달라는 당신의 발상이 어쩌면 브라질 티셔츠에게도 이 수치스러운 야단법석 촌극을 계속 이어 갈 가치가 없음을 확실히 보여 준 게 아닐까 속으로 생각한다. 하지만 상황이 정말로 당신 생각대로 돌아가고 있는지 확인해 보고 싶은 마음을 결국 억제하지 못한다. 그가 당신을 피사체로 삼아 겨냥하던 각도와 동일하게, 그를 향해 카메라를 들이대 본다. 그의 사타구니 쪽에 렌즈를 갖다 대고 실눈을 떠 본다. 당신은 아주 조금 복수한 듯한 기분이 든다. 당신은 다시 한 번 그렇게 한다. 이건 마음에 드네. 하지만 고작 몇 초 만에, 이미 조롱당한 바 있는 당신의 기둥을 향해서 이제 그 남자가 또 다른 렌즈를 꺼내 들이대고 있다는 사실을 깨닫는다.

무려 이번에는 엄청나게 거대한 망원 렌즈다.

이 정도면 당신이 그를 한 대 칠 만한 순간이다. 서로가 최후의 한계점을 넘어서는 순간. 하지만 어떻게 된 것인지 당신은 괜찮다. 이쯤은 받아들일 수 있다. 그래서 당신은 그를 향해 미소 짓는다. 미소를 짓는다고?

그래. 그리고 그것은 아주 진심 어린 순수한 미소다.

무슨 이유에선지 당신은 갑자기 이 모든 일들이 매우

감복스럽고 뿌듯하게 느껴진다. 여기 모여 있는, 이처럼 도시적이고 세련된 사람들, 전 세계를 무대로 활동하는 화려한 코즈모폴리턴들이 고작 당신 한 사람에게 창피를 주기 위해서 이렇게나 애를 쓰고 있다니. 어쩌면 그런 생각 자체가 방어 기제였는지도 모르지만, 여하튼 당신은 진실하게 그런 기분이었다. 그는 다시 당신에게 눈을 꿈쩍여 윙크를 했다. 시비가 붙은 두 사람이 한바탕 몸싸움을 시작하기 직전에 마지막 몸짓으로 해 보이곤 하는 그런 종류의 윙크. 나는 그런 윙크를 이전에도 여러 번 본 적이 있었다. 술집에서 시비가 붙어 싸웠던 일이 무수히도 많았으니까. 정정해서 말하면, 술집에서 시비가 붙어 얻어터진 적이 무수히도 많았으니까. 그 윙크는 보통 사람들이 서로에게 건네는 것과는 정반대의 의미를 갖는다. 그건 한 남자가 상대방의 아내와 불순한 관계에 있다고 할 때, 그 오쟁이 진 남자를 상대로 쏘아 보내는 윙크였다. 빈정대는 거짓 친근함을 보여 주면서 이렇게 말하는 것과 같다. "난 네 마누라랑 떡쳤거든, 그러니까 너까지도 내가 엿 먹인 거지." 그다음 순간 이어질 몸싸움에도 이런 다정한 육체적 친밀감이 차고 넘치게 될 터다. 하지만 당신은 지금 이 남자와 그만큼 가까워지고 싶지 않다. 당신은 그저 미소를 띠고 있다. 그 미소 역시 보통의 의미와는 정반대의 의미를 가진다. 그것은 "네까짓 놈과 싸움에 휘말리는 일 따위 없을 거다. 난 너만 한 멍청이가 아니니까."라는 뜻이다.

그는 여전히 망원 렌즈를 들고 있다.

갑자기 엄청난 섬광이 번쩍인다.

정말 어마어마한 빛이. 처음에 당신은 번개가 친다고 생각한다. 하지만 실내에서?

그러고 나서 당신은 카메라 플래시라는 사실을 깨닫는다. 그리고 당신은 아트 디렉터니까, 그게 평범한 카메라 플래시가 아니라는 걸 안다. 그것은 전문 사진작가들이 스튜디오에서나 사용하는 종류의 플래시다. 그 막대한 빛은 마치 거대한 하얀 손처럼 거기 있는 모든 사람들의 가장 깊숙한 곳까지 한순간에 밀어닥쳐 쓸어 버린다. 이어서 그 엄지와 검지로 당신의 가슴팍을 강력하게 잡아당겼다가 내동댕이쳤다. 거의 당신 내면에서 무엇인가를 약탈해 가 버릴 듯했다.

거의 그럴 뻔했다는 얘기다. 나중에, 당신은 오스트레일리아 원주민(Aborigine)이나 뉴기니섬 원주민들, 혹은 그런 원주민들이 카메라를 처음 봤을 때 사람의 영혼을 빼앗아 갈 수 있는 물건이라고 믿었다는 점을 기억해 낸다. 이 일을 겪고 난 지 얼마 지나지 않아서, 당신은 그 관점에 동의한다. 하지만 어떻게 된 일인지 당신의 영혼은 침탈당하지 않은 채 그대로 남아 있다. 당신은 그냥 그 사실을 안다. 그걸 느낄 수 있다. 당신을 겨냥한 잔인한 공격이 떨어졌지만, 그 타격에서 간신히 빗겨 났음을 말이다. 기분이 썩 좋지는 않지만, 당신은 자신이 살아남으리라는 사실을 안다. 그것은 좋은 느낌을 가져다준다. 이제 당신은 지금 그들이 어떤 이유에서건 당신을 피사체로 삼아 전문적인 수준의 사진을 찍고 있음을 안다. 하지만 신경쓰지 않는다. 당신이 아는 건, 어느 시시한 술집 안에서 그저 미소 짓고 서 있을 뿐인 당신 사진이 어느 누구에게도 달리 쓸모없으리라는 사실이다.

그래서 당신은 계속해서 미소 짓는다.

그리고 미처 깊이 생각해 보기도 전에, 당신은 욕설을 할 때 쓰는 오른손 가운뎃손가락을 들어 올리고, 관객 쪽을 향해 그 손 모양을 차례차례 들어 보인다. 딱히 이걸 승리라고 할 수는 없지만, 그들이 당신에게 모욕을 주려고 개수작을 부리고 있다는 걸 스스로도 잘 알고 있다고, 노골적으로 드러내야 할 것만 같았기 때문에.

그러니 그렇게 한 것이다.

그 자세로 그들을 바라보면서, 당신은 그다음 사진이 찍히기를 기다린다. 그렇게 함으로써 당신은 그들에게 이런 말을 전하려는 것이다. "좋아. 내 사진을 찍고 싶어? 그럼 이거나 찍어. 오늘 밤 너희가 찍게 될 사진이라고는 이것뿐일 거다." 하지만 브라질 티셔츠에겐 또 다른 묘안이 있었다. 인정해 주자면 그건 꽤 괜찮은 아이디어였다. 그는 망원 렌즈를 눈에 갖다 댄 채 실눈을 뜨기 시작하면서 당신 가운뎃손가락에 초점을 맞췄다. 그게 좆은 아니지만, 그 정도면 꽤 좆처럼 보이는 사진이 나오겠지.

당신은 그의 대안을 알아차리고 공중에 치켜들었던 팔을 다시 내려뜨려 버린다. 그는 실망한 눈치다. 그는 다시 팔을 들어 올리라고 당신에게 몸짓을 한다. 당신은 거절한다. 이제 그는 약이 올랐다. 일이 계획한 대로 돌아가지 않으니까. 그는 영감을 구하듯 당신이 꿈꾸는 그 여자를 바라본다. 그녀는 나의 손가락을 찍으려 한 묘수를 생각해 낸 그를 칭찬하느라 여념 없는 상태였다. 소리 없이 그에게 손뼉 치는 시늉을 하며. 그는 그녀를 향해 절하는 흉내를 낸다.

그녀는 다시 그것을 원한다.

"방금 사진은 못 건졌는데." 브라질 티셔츠가 말한다.

"손만 그렇게 다시 아까처럼 들어 봐요. 그럼 더 이상 그쪽 귀찮게 안 할 테니까."

당신은 이것을 승리로 받아들인다. 지금까지는 이 모든 바보 놀음이, 당신이 생각하는 대로 진정 벌어지고 있는 건지, 아니면 그저 피해망상적 상상인지 확신하지 못했었다. 어쨌든 당신은 최근에 너무나 많은 스트레스를 받아 왔으니까. 하지만 이제 당신은 안다. 당신은 단호하게 내적으로 다짐한다. 오늘 밤 그 어떤 일이 여기서 벌어지더라도, 그들은, 그리고 그녀는 절대로 원하던 사진을 얻지 못하게 되리라고.

당신은 미소를 짓는다. 결국 이 승부에서 당신이 이기고 있다는 걸, 혹은 최소한 당신만은 그렇게 믿고 있다는 걸 그도 알게 되길 바란다. 그러자 이어서 그는 어디선가 빗을 꺼낸다. 그는 모든 사람들이 그 물건을 볼 수 있도록 높이 치켜든다. 공연 중인 마술사처럼, 그는 빗을 엄지와 검지로 잡아서 들고 있다. 그러고는 마치 우연인 것처럼 교묘하게, 당신 오른쪽 어깨와 그다음엔 왼쪽 어깨를 향해 빗어 내리는 시늉을 한다. 당신은 이 전혀 새로운 공격에 순전히 의아한 당혹감을 느낀다. 그러고 나서 갑자기 깨닫는다. 당신은 그녀를 바라본다. 그녀 얼굴에 떠오른

섬세하면서도 격렬한 표정은 아주 볼만하다. 그러나 그녀의 눈동자는 혐오감으로 이글거린다.

당신을 향한 혐오. 그녀가 당신을 싫어한다고? 왜? 그것은 지금 중요하지 않다. 지금 당신은 이 위기에서 빠져나가야 한다. 당신은 등과 어깨에 태생적으로 잔털이 많다. 그건 수치스럽고 늘 부끄럽게 여겨지는 일이었다. 나중에 당신은 왁싱을 해서 말끔히 제모를 하지만, 그 당시만 해도 아직 털투성이 그대로였다.

그 방에 있는 사람들 중에 당신 몸에 수북하게 난 덤불을 아는 사람은 아슐링뿐이었다······. 그리고 이제 브라질 티셔츠 님까지. 그녀가 그에게 말해 줬구나. 이 잔혹한 악의 정체가 서서히 밝혀지기 시작하고 있었다. 그녀는 당신을 완전히 파멸시킬 심산인 것이다. 이게 바로 당신이 실제 누군가를 향해 주먹을 날리거나 발길질을 뻗어 보거나 하는, 그야말로 딱하고 한심하기 짝이 없는 행동을 하지 않도록 극한의 자제력을 발휘해야 하는 순간이다.

그런 짓을 저지르지 않았다는 데에 당신은 언제나 다행스러워할 것이다.

미국에서 신체 상해로 입은 법적 소송은 굉장히 흔한 일이고, 일 년에 30만 달러나 버는 사람한테 그런 기회를 마련해 보는 것은 꽤나 시도해 볼 가치가 있는 일일 터다. 브라질 티셔츠는 이제 꼴사나울 만큼 노골적으로 당신을 도발하려 한다. 빗질, 카메라 렌즈, 잊을 만하면 시비조로 당신 가슴팍을 툭툭 쳐 대면서, 예의 불쾌하게 찡긋대는 윙크도 한데 모아서. 당신은 이 상황이 가져다준 충격과 멍한 상태를 방패 삼아 계속 도피한다. 그에게 물리적으로 덤벼들고 싶은 욕구가 너무나 크지만, 내면의 무엇인가가 당신을 가로막는다.

당신은 간절히 기도를 한다.

어쩌면 그 덕분인지도 모른다. 아니 사실, 그보다는 더 구체적으로 말해야겠지. 나는 쉴 새 없이 속으로 기도하던 행위가 나를 도왔음을 안다. 그러지 않았다면 나는 그를 때려눕혀 죽이려고 들었을 것이다. 그리고 돌이켜 보면, 일종의 전투복인 야전 상의를 차려입었다는 사실부터 이미 그는 내가 그러기를 전적으로 기대하였다는 의미였다. 사방에서 증인들이 지켜보고 또 내가 사진 찍히던 상황이라는 점을 생각해 보면, 그것은 결코 현명한 수가 아니었다. 그녀 작품이 될 사진을 찍는 와중에 누군가 싸움을 일으키면 좋겠다는 나의 홍보 지상주의적 발상이 실제 현실로 나타날 뻔한 것이다. 시적이군.

만일 그랬다면 그녀가 낼 책에 아주 막대한 공헌을
해 준 셈이 되었을 것이다. 자신이 버린 독 묻은 칼날에 쓰
러진 광고쟁이. 그녀는 복수의 사자로서 스스로를 연출해
볼 수 있었을 것이다. 나는 그 예쁘고 순수한, 천사를 연상
케 하는 얼굴이 뒤표지에 인쇄되어 있는 장면을 상상했다.
피터 프리먼이 찍어 준 근사한 흑백 초상일 테지.

　　아니, 그녀는 그를 상대로 한 작업 기간이 끝날 때까
지 아마 출간하지 않으리라. 내가 장담하건대, 심지어 그
조차도 그녀에게서 안전한 입장은 아니고. 그 역시 조심
스럽게 발을 디뎌야 할 거야. 사 년을 좀 넘긴 기간이라면,
그녀는 벌써 그의 취약한 사진들을 원하는 만큼 얼마든지
손에 넣었을 테니까.

　　그래서 마침내 말하자면, 나는 그녀가 출간할 책에
넣고 싶어 하던 나의 문제적 사진들을 내주지 않는 데에
간신히 성공했다. 그녀가 그날 얻은 내 사진은, 바보같이
활짝 웃는 얼굴로 계산대 바 앞에 뻣뻣하게 서 있기만 할
뿐인 시시한 몇 장뿐이다. 아마 그것만으로도 그녀가 쓰기
엔 충분했을지 모른다. 어쩌면 아닐 수도 있고. 하지만 최
소한, 술집에서 일어나는 흔한 소동의 주인공이 되어 엉망
진창으로 땅바닥에 뒹구는 모습의 사진을 넘겨주지는 않

왔다.

　내가 이 글을 써 내려가는 것은, 내게 일어난 일이 어떤 것이었는지 정리해 보고 나서, 그것을 내 내면으로부터 털어 버리고자 하는 일종의 노력이다. 하지만 또다시, 나는 이 일이 심지어 정말 일어나긴 했는지 곰곰이 생각해 보게 된다. 마치 내가 이 모든 일들을 상상해 낸 게 아닐까 느껴지기도 한다. 기이한 점은 그 모든 계획이 그토록 교묘하고 영리하게 짜였다는 것이다. 스스로 이와 비슷한 경기를 벌이던 칠 년 전에, 나도 이토록 고차원적이고 정교한 악행을 해 볼 수 있었다면 참 좋았을 텐데. 하지만 내가 했던 짓은 그저 정신적인 차원에서 행해진, 거칠고 양식 없는 파손 행위에 지나지 않았었다.

　반면 그녀가 내게 한 일은 냉혹한 전문가의 솜씨였다.

　나는 사 년 반이란 시간 동안 함께했었던 여자와 서로 돌이킬 수 없는 상처를 주고받았다. 마지막 반년이 중요한 시기다. 그때 난 그녀에게 아주 나쁜 놈이었으니까. 부정직하고, 무신경하고, 눈을 뜬 거의 대부분의 시간 동안 술에 절어 있었다. 그녀는 내게서 좀 떨어져 있을 공간이 필요하다고 했다. 그 말을 듣고 처음엔 아주 반가웠지만, 곧이어 나는 완전한 무력감과 슬픔에 빠져 버렸다. 그건 술을 마실 만한 아주 훌륭한 구실이 된다. 그래서 나는 술을 마셨다. 엄청나게 많이. 하지만 그 많은 술을 목구멍 안으로 흘려보내는 동안에도, 나의 가슴 아픈 실연 이야기를 구구절절 주워 삼키며 고작 지저분한 단골 술집들에서 함께 뒹굴어 댈 여자들을 꾀는 용도로 써 버렸다. 그렇게 부지런히 스스로를 즐겁게 해 주었다. 나는 이른바 내가 친 그물로 그녀들을 끌어들이고, 그들이 나를 사랑한다고 확신하는 순간 그들을 공격하기 시작했다. 나는 흔히들 상상하는, 화려한 벨벳의 스모킹 재킷과 보타이를 맨 무심한 플레이보이 이미지로 나를 상상했다. 나는 그들에게 상처 주는 것이 즐거웠다. 내가 그 관계에서 불러일으킬 수 있는 효과가 얼마나 깊은 파급력을 지녔는지는 미처 몰랐다. 나는 그들을 아프게 한 뒤에야 그들이 얼마나 나를 좋아해 줬는지를 알게 되었고, 그건 이미 늦어 버린 때였다. 아니, 정정. 사실 나도 알고 있었다. 바로 그렇기 때문에 나는 그들에게 상처를 주는 거니까. 어떻게 날 좋아할 수가 있어? 나 같은 놈을 좋아하게 되었다는 이유로, 나는 그들에게 벌을 내렸던 것이다. 심지어 내가 그들을 고통스럽게 하더라도, 그들은 끊임없이 나를 좋아해 주리라고, 가끔은 그 이전보다 더 좋아해 줄지도 모른다고 까지 나는 생각했다. 그들 모두는 그만큼 순수한 선의로 가득한, 본성이 착한 사람들이었으니까.

내가 꾸며 댄 일 전체에서 이것을 가장 뛰어난 부분이라고 생각했다니! 이제 와서 이걸 털어놓자니 수치스럽다. 그들이 천성적으로 배려심과 사랑 넘치는 착한 사람들이라는 사실이, 곧 그들의 발목을 잡아 깊은 물 아래로 가라앉게 하는 맷돌이 되었다는 점에 나는 주목했다. 공식은 완벽하다. 간호사는 점점 자기 환자한테 연민을 느껴서 자신의 모든 것을 기꺼이 희생하려 한다. 하지만 환자는 외적인 질병으로 고통받는 게 아니라, 자신이 자초한 상처로부터 고통을 받는다. 간호사는 이런 고통으로부터 환자를 구하고자 한다. 환자는 그녀가 자신의 고통을 똑같이 느껴 보기를 원한다. 그러지 않으면 그녀가 어떻게 그를 이해하겠는가? 그래서 그녀는 그를 따라 고통을 자초한다. 이제 환자가 둘로 늘어났다. 뭐, 그런 식으로 돌아가는 것이다. 하지만 최소한 나는, 나를 둘러싼 상황이 어떻게 돌아가는지 몇 가지 징후를 인식할 수 있었다. 내가 제정신을 유지한 채로 거기 있는 게 아니었더라면 결코 불가능했을 이야기다.

또한, 나는 이 일에 반영된 프랑스적 요소에 대해서

도 잠깐 언급하고 넘어가려 한다. 나는 프랑스 파리의 상류 귀족층 사이에서 열리는 사교 회합에서, 우리 아일랜드 식으로 말하자면 언어적 명석말이에 해당하는 활동을 즐긴다는 소문을 들었다. 거기서는 희생자가 본인이 처한 상황을 제대로 인식하지 못하고, 줄곧 어리둥절한 상태로 있는 것이 매우 중요한 요소다.

희생자는 저녁 식사나 여타 다른 모임에 초대되어, 자기도 모르는 사이에 거기 참석한 내빈들에게 굉장한 즐거움을 선사한다. 거기 있는 모든 사람들이 그 가엾은 놈에게 비수 한 마디씩을 꽂을 수 있다면 그날 저녁은 성공한 셈이다. 게다가 그 불쌍하고 불운한 인간이 저녁 내내 스스로의 상황을 이해하지 못한다면 더욱 큰 성공이다. 지금쯤 이런 생각을 한다는 건 나도 안다. "맙소사, 이 작자 뒤끝 한번 엄청나잖아." 하지만 나는, 그녀 책이 출간되는 데에 대고 내가 마주 보일 수 있는 반응이 아무것도 없어서 짜증 난다. 그러면 나는 완전히 무방비 상태가 되리라.

물론 나는 이 글을 출간해 주고자 하는 사람이 있는지조차 아직 모른다. 하지만 내가 바라는 바는, 그녀 책이 나오기 전에 내가 먼저 이 글을 발표할 수 있게 되는 것이다. 그러면 내가 그녀보다 먼저 첫마디를 뗄 수 있게 되는 거고, 그렇게만 된다면 그녀가 나에 대해 어떤 사진을 쓰고 어떤 글을 썼든 말든 나는 아무런 신경도 쓰지 않을 것이다.

그러니까, 상상이 돼?

당신이 살아온 인생의 한 부분을 멋대로 담은, 빌어먹을 사진과 글이라니. 그게 공정한 거야? 지난 십 년 동안 광고업계에 있으면서 남의 돈을 받고 다른 사람의 이미지들을 전문적으로 가공하며 먹고살아 온 내가, 결국 누군가에 의해서 내 이미지 역시 교묘하게 가공당하고 말았다. 이게 공정한가? 음, 어쩌면 그런 것 같기도. 그래도 최소한 이 글을 읽는 사람들에게는, 내 입장을 들려줄 수 있겠지. 그녀 책을 보게 됐는데, 광고업계 쪽에 있다는 어떤 놈팡이 얘기가 들어 있다면, 난 그저 그가 그럴 일을 당할 만했다고 생각할 것이다. 뻔하기 그지없는 유형이잖아. 마치 내가 뉴욕에 도착하면, 비행기에서 내리는 바로 그 순간에 곧장 총격을 당해 숨질 거라고 예상했던 것만큼이나 진부하지.

그래서 어쨌든, 내가 이렇게 또 요점을 벗어나 버렸네. 어디까지 얘기했더라? 아, 맞아. 캣 앤드 마우스 술집. 세상에, 나는 그 앞을 지나갈 때마다 아직까지도 몸이 떨린다. 지금 내 여자 친구가 그 동네에 산다. 가끔 그 술집 앞을 걸어서 지나간다. 그럼 기분이 나빠지고. 여자 친구는 이 모든 일에 대해서 안다. 그녀는 프랑스인이다. 처음 그녀가 그 근처에 산다는 걸 알게 됐을 때 나는 완전히 기함을 했다. 왜냐하면 아슐링의 친구들 중 하나가, 심지어 날 더 망쳐 놓으려고 발 벗고 나선 줄 알았기 때문이다. 여자 친구는 나더러 심리 치료사를 찾아가 봐야 한다고 조언한다. 완전 맞는 말이지, 접수 완료. 나는 이미 한 주에 여섯 군데 알코올 중독자 모임에 참석하고 있다. 하지만 그녀는 좋은 사람이야. 나는 그녀를 좋아한다. 그녀도 나를 좋아하고. 그냥 우린 서로를 좋아한다는 정도로만 해 두자. 그건 그렇고, 프랑스어로 좋은 비트(bitte)라고 한다. 그러니 지금 이건 일종의 행복한 결말이라고 해야 할 것 같다. 왜냐하면 아무것도 정말로 끝나지는 않았고, 나는 여전히 곱게 숨 쉬고 살아 있으며 계속 이런 상태를 유지할 의향으로 가득 차 있고, 또 그녀의 책이 과연 언제나 나오려나 아직도 기다리고 있으니까.

사실, 이 책에는 딱히 행복하거나 그렇지 않거나 하는 결말 자체가 없다는 생각이 지금 막 들었다. 만약 이게 정말로 책이 된다면 말이지. 이건 단지 그녀의 책이 나올 때 덧붙여질 문장의 작은 쉼표 하나일 뿐이다. 이 모든 것에는 복수의 요소가 들어 있다. 내 마음속 어딘가에 졸렬하고 슬프고 뒤틀리고 혹독하고, 전반적으로 유럽 나무의 뿌리같이 옹이 진 면이 있다는 점을 나도 느낄 수 있다.(이 빌어먹을 나라에서는 울퉁불퉁한 모양의 나무뿌리를 도무지 찾아보기가 힘들다.) 각 페이지를 넘길 때마다 초췌하기 그지없는 몰골의 원한이 도사리고 있는 것 같지. 솔직히 말하자면 현재 나는 그렇게 느끼지 않는다.

들려줄 얘기가 아직 하나 더 있다. 그날 밤 캣 앤드 마우스에서 떠나자고 결심하기 바로 직전에 벌어진 일이다. 맥주잔에 담긴 콜라 한 잔이, 술자리에 있기엔 너무 어려 보이는 초록빛 눈[22]의 성모 마리아로부터, 코크에서 왔다던 한 남자에게 건네졌다. 코크 남자가 받은 콜라 잔을 다시 넘겨받은 상대는 딜포드에서 온 남자로, 그는 지난 육 년 동안 단 한 잔의 술도 마시지 않았던 상태였다. 그는 알코올 중독자였다. 그는 애초에 이런 술집에 와 있으면 안 될 사람이었다. 그는 곡예처럼 위태롭게 살고 있었다. 어쨌든 그는 방금 그 음료를 사 준 여자를 하염없이 위태롭게 사랑하고 있었다. 그 맥주잔에 담긴 칠흑 같은 콜라는, 다른 모든 이들이 고집하고 있는 듯한 기네스와 그다지

---

22 초록빛 눈(green-eyed): 아슐링의 실제 눈동자 색깔을 묘사하는 단어지만, 셰익스피어의 『오셀로』에서 "초록빛 눈의 괴물"이라는 구절이 언급된 이래, 독기 어린 질투의 감정을 비유적으로 의미하기도 한다.

달라 보이지 않았다.

그게 바로 중요한 거지. 아무렇지도 않은 척, 사람들 사이에 자연스럽게 섞여 들어가는 것 말이다. 그리고 그는 정말 기분이 이상해지는 밤을 보내고 있었다. 빌어먹을 코카콜라도 이미 너무 많이 마신 상태였다. 하지만 이 잔은 그녀에게서 왔다. 그건 특별한 의미였다. 그는 그걸 알았고, 그녀도 그걸 알았다. 코크에서 온 남자도 그걸 알았다. 그냥 널리 알려진 거라고 해 두자. 딜포드 남자는 잔을 들었다. 그녀는 저쪽에서부터 그를 지켜보고 있다. 그녀는 그에게서 다소 떨어져 있으면서 안전거리를 유지하는 데 신경을 쓰는 듯 보였다. 꼭 그가 아무런 예고도 없이 그녀에게 대뜸 달려들기라도 할 것처럼. 거의, 그가 그렇게 달려들기를 그녀 쪽에서 원하고 있기라도 한 것처럼. 그녀는 거기에 우뚝 서서, 그다음에 일어날 어떤 격렬한 동작에든 단단히 대비하고 있었다. 당장이라도 달아날 준비가 된 자세로. 그녀의 그런 모습은 그에게 이상한 효과를 발휘했다. 그는 과연 그녀에게 덤벼들고 싶은 이유가 있다면 대체 무엇일지, 차분히 숙고해 보는 반성의 시간을 가졌다.

그는 아무런 이유도 찾지 못했다. 그는 스스로 뭔가 경솔한 짓을 저지르지 않도록 보호받고 있다는 생각이 들었다. 또 다른 무엇인가가, 그녀에게 뛰어들고 싶은 욕구와 자신 사이에 끼어들어서 중재를 해 주었던 것이다. 자신이 전문가적인 솜씨로 모욕을 당했다는 사실을 논리적으로 이해하고 있었으나, 거기에 반응할 권리는 잠정적으로 연기해 둔 상태였다. 아예 취소된 것이 아니라, 그저 미뤄진 것.

그녀가 그를 조롱하는 건배 동작으로 잔을 치켜들고, 속았지? 라는 의미의 윙크를 보내왔다. 그 행동은 그를 아프게 해야 마땅했지만, 그는 별로 아프지 않았다. 적어도 그 밤엔 말이다. 나중에 상황을 돌이켜 보았을 때 비로소 그 순간이 그를 얼마나 깊고 날카롭게 베어 냈던지, 그는 너무나 고통스러운 나머지 제대로 호흡하기 위해서 이를 악물어야 했다. 그 깨달음이 그의 존재를 몽땅 불로 지져서, 피 한 방울마저 남김없이 온통 독으로 변해 버린 것만 같았다. 마치 그의 혈관 속에 피 대신 깨진 유리 조각들이 흐르는 것처럼 말이다. 그녀가 아름답고 사랑스러운 얼굴로 그를 향해 깔깔대는 모습이 그의 눈에 똑똑히 보였다.

하지만 그날 밤엔, 이런 징후들이 아직 그에게 나타나지 않았다. 그는 그녀를 마주 보면서 유리잔을 높이 들어 보였고, 단 몇 초 동안, 아주 짧은 순간이나마, 그녀와 그 사이에 여태껏 전혀 존재한 적 없었던 평형 상태가 이뤄졌다. 만약 이게 영화였다면, 기네스 잔을 한 모금 들이켜는 그녀의 미소를 클로즈업하고 나서, 바로 콜라 잔을 들어 올리는 그의 입가를 화면 가득 당겨 잡을 것이다. 다시, 그녀와 그를 번갈아 가며 빠르게 전환해 보이는 컷. 그녀 윗입술이 거품 가득한 잔 속 액체에 잠겨 든다. 그의 입술도 똑같이. 그녀는 한 모금 입에 담긴 음료를 꿀꺽 삼킨다. 그는 멈칫한 채 삼키지 않는다. 그녀는 입술에서 유리잔을 떼고 승리자의 몸짓으로 공중 높이 잔을 들어 올린다.

그가 입술을 가져다 댄 유리잔은, 그 상태로 그의 얼굴 아래쪽 절반에 붙어 버린 듯 움직임 없이 그대로 있다. 콜라에 잠긴 채로 굳어 버린 그의 윗입술이 차갑다. 그는 보드카 냄새를 맡는다. 그는 그 콜라에서 보드카 냄새가 풍긴다고 굳게 믿는다. 코크에서 왔다는 남자는, 그와 그녀가 서로 테니스 경기라도 하는 양 흥미롭게 바라보고 있다. 딜포드 남자는 머릿속에서 어렴풋이 들려오는 어떤 목소리의 명령에 본능적으로 따르고 만다. 그리고 며칠이 지난 뒤에야 그 의미를 깨달을 수 있었다. 그걸 마시지 마. 그는 목이 마른 것이 아니다. 이미 그것과 똑같은 콜라를 다섯 잔이나 마신 상태인걸. 보드카는 원래 무향인 게 정상이다. 알코올 중독자 모임에는 이걸 중요한 사실로 신봉하는 사람들이 가득하다. 바로 그 이유 때문에, 그들은 다름 아닌 보드카를 선택해서 격렬하게 퍼마셔 왔다. 알코올 중독자는 술 냄새에 찌든 사람으로 보이고 싶어 하지 않는다. 사실 재미있는 거지, 아마 당신도 우리가 그런 걸 신경 쓰리라곤 전혀 생각하지 않았을 테니까.

하지만 만약 당신이 두 번 다시 심각한 알코올 중독에 빠지고 싶지 않다면, 이것 하나만은 저절로 체득하게 되리라. 그 간단한 요령이란 바로 무엇을 마시든지 음료의 냄새를 맡는 습관을 붙이는 것이다.

심지어 차를 마실 때도.

그건 좋은 습관이다. 당신의 인생을 구제해 줄 수도 있다.

그러니까 결론적으로는 이런 얘기다. 만약 이 책이 출판된다면, 그녀의 사진집은 출판되지 않을 가능성이 높다. 왜냐하면 그녀가 사용하는 수법이 폭로되고 말 테니까. 혹은 나온다고 하더라도, 최소한 내가 먼저 입을 여는 사람이 되어서, 일어난 일을 돌아보고 느낀 내 모든 감정들을 이렇게 만천하에 공개하려 한다. 만약 이 책이 출판

되지 않는다면, 아마 일 년 이내에 그녀의 책이 나오게 될 테고, 나는 수치를 당해 모멸감을 느끼거나 최소한 약간의 부끄러운 감정에 파묻힌 채 지내게 되리라. 그러면 그녀는 승리자 단상에 오르고, 나는 그녀의 찬란한 위용에 기가 죽은 채 영원히 한쪽 구석에 엎드려 있을 것이다. 그러나 다른 한편으로 만약 당신이 이 책을 읽는다면, 결국 이 글이 출판되었을 뿐 아니라, 내가 지금 두 번째 책을 쓰고 있거나 혹은 이 책을 원작으로 연출되는 영화 각본을 집필하느라 여념 없다는 뜻이겠지.

부디 나를 축하해 주길.

옮긴이 박소현
성균관대학교에서 프랑스어문학과 영어영문학을
전공했고, 서울대학교 대학원 영어영문학과에서 영미
시를 공부했다. 현재 전문 통역 및 번역가로 활동 중이다.
스티븐 그린블랫의 『세계를 향한 의지』, 엘리자베스
길버트의 『빅매직』, 나오미 앨더만의 『불복종』을 우리말로
옮겼다.

산소 도둑의 일기

1판 1쇄 찍음 2019년 3월 22일
1판 1쇄 펴냄 2019년 3월 29일

지은이 익명인
옮긴이 박소현
발행인 박근섭, 박상준
펴낸곳 (주)민음사

출판등록 1966. 5. 19. 제16-490호
서울시 강남구 도산대로 1길 62(신사동)
강남출판문화센터 5층 06027
대표전화 515-2000 팩시밀리 515-2007

www.minumsa.com

한국어판 © (주)민음사, 2019. Printed in Seoul, Korea

ISBN 978 89 374 3982 7 (03840)

산소 도둑(oxygen thief):
단순히 숨을 쉬는 것만으로도 공기를 허비한다고
생각될 만큼 쓸모없는 존재.